Constantin Grebner

Die Deutschen

Constantin Grebner

Die Deutschen

ISBN/EAN: 9783944349510

Auflage: 1

Erscheinungsjahr: 2013

Erscheinungsort: Bremen, Deutschland

@ Saga-Verlag in Access Verlag GmbH, Fahrenheitstr. 1, 28359 Bremen. Alle Rechte beim Verlag und bei den jeweiligen Lizenzgebern.

Die Deutschen.

Erzählungen, Schilderungen, Sagen und Gedichte aus
Deutschlands Vergangenheit und Gegenwart.

Mit einem Anhange:

Die Deutsch-Amerikaner.

Für deutsch-amerikanische Schulen und Familien gesammelt
und bearbeitet

— von —

Constantin Grebner.

Milwaukee, Wis.
Druck und Verlag von Geo. Brumder.
1902.

Germania vom Niederwald-Denkmal am Rhein.

Den Deutsch-Amerikanern:

Lehrern als Leitfaden und Schülern als Text für den Unterricht in der Geschichte der alten und neuen Heimat; Familien als Lesebuch; Allen als Ehrenmal deutscher Sprache und deutscher Sitte.

Der Verfasser.

Cincinnati, Ohio, im Jahre 1902.

Inhalt.

Inhalt.

Inhalt.

Die Deutſch-Amerikaner.

1.

Die alten Deutschen.

Ein Blick auf die Karte von Europa zeigt uns in dem mittleren Teile des Festlandes das Deutsche Reich.

Dieses Reich wird im Norden begrenzt von der Nordsee, von Dänemark und von der Ostsee; im Süden grenzt es an die Alpen und an Oesterreich, im Westen an die Niederlande, Belgien und Frankreich; die Ostgrenze bildet Rußland.

Bedeutende Flüsse durchströmen das Land und ansehnliche Gebirge ragen aus ihm empor. Viele große Städte, Seen, Heiden und fruchtbare Ebenen schmücken die verhältnismäßig nicht große, von 56 Millionen Menschen bewohnte Oberfläche, die politisch in 26, unter einem Kaiser verbündete und von ihren einheimischen Fürsten regierte Staaten verteilt ist.

Das ist Deutschland; seine Bewohner sind die Deutschen.

So wenig wie von den übrigen Völkern Europas, weiß man von den Deutschen genau die Zeit anzugeben, wann die ersten von ihnen aus Asien, dem insgemein als die Wiege des Menschengeschlechtes angenommenen Weltteil, hereingekommen sind. Die erste Kunde, dunkel und zweifelhaft, reicht bis dreiundeinhalb Jahrhunderte vor Christi

Geburt zurück. Damals, so meldet ein altgriechischer Geschichtsschrei=
ber, schifften handeltreibende griechische Kolonisten aus Massilia —
Marseilles im heutigen Südfrankreich — durch die, zu jener Zeit Säu=
len des Herkules genannte Straße von Gibraltar in den ihnen unbe=
kannten atlantischen Ozean und fuhren die Küsten entlang nord= und
ostwärts, bis sie in die Nordsee kamen, wo sie die Gegenden des jetzi=
gen Diethmarsenlandes in Schleswig=Holstein von einem schönen,
starken Menschenstamm mit meist blonden Haaren und blauen Augen
bewohnt fanden, der sich die Teutonen nannte.

Zweihundert und fünfzig Jahre später begegnen wir dem Volks=
stamme wieder auf der Wanderung nach Italien und den weltbeherr=
schenden Römern Angst und Schrecken einjagend.

Zu jenen Zeiten sah es im heutigen Deutschland anders aus als
jetzt. Dichter Urwald bedeckte den größten Theil des Landes; breite,
ungeregelte Ströme durchschnitten die Wälder und bildeten in den
Niederungen große Sümpfe. Die Luft war rauh und feucht und
wehrte gar oft den warmen Sonnenstrahlen den Zugang. Wilde
Tiere hausten in den Wäldern, doch auf den Triften, die dem Son=
nenlichte offen standen, weideten Pferde, Rinder und Schafe im hohen
Grase.

Die Bewohner dieser Landstrecken lebten nicht in Städten und
Dörfern. Abgesondert und zerstreut siedelten sie sich an, wo eine
Quelle, eine Weide, eine schöne Waldung sie anlockte, ihr
Haus mit einem weiten freien Raume umgebend. Ihre Kleidung be=
stand aus Tierfellen und wollenen oder leinenen Gewändern, wozu
das eigene Land das Material lieferte. Das Volk schied sich in vier
Stände: Adelige oder Edelinge, Freie oder Kerle, Hörige oder Liten,
Unfreie oder Knechte. Im Laufe der Zeit hatten einzelne reich begü=
terte adelige Geschlechter ein größeres Ansehen erlangt und bildeten
eine bevorrechtete Klasse unter den Edelingen, aus welcher später zu=

meist die Herzöge und Könige gewählt wurden. Die Freien bildeten den Kern der Bevölkerung, ihnen gehörte der Grund und Boden, auf dem sie wohnten, sie regierten das Land und schlugen seine Schlachten. Die Hörigen hatten keinen Grundbesitz, sondern erhielten Ackerland zur Nutznießung von den Adeligen und begüterteren Freien gegen bestimmte Abgaben und Dienstleistungen. Die Unfreien, meistens Kriegsgefangene oder zugelaufene Fremde, dienten als Gesinde auf den Höfen ihrer Herren, in deren Gewalt sie ganz gegeben waren.

Mehrere Freie bildeten mit ihrem Grundbesitze, der zu bestimmten Zeiten aufs neue abgeschätzt und verteilt wurde, eine Mark oder Gemeinde; mehrere Marken bildeten einen Gau, und mehrere Gaue eine Völkerschaft. Die Regierung und oberste Verwaltung wurde vom ganzen Volke, d. i. von allen Freien, in der Volksversammlung geführt, wo auch über Krieg und Frieden entschieden wurde und Heerführer und Richter gewählt wurden.

Als Gesammtvolk unter dem gemeinschaftlichen Namen „Deutsche" treten die Stämme erst einige Jahrhunderte nach Christi Geburt auf; ebenso wurde ihre gemeinsame, aber in viele Mundarten geschiedene Sprache erst später als die deutsche bezeichnet.

Die Hauptbeschäftigungen der Freien bildeten der Krieg und die Jagd. Dem Schmausen, Trinken und Spielen waren sie ziemlich stark ergeben. Kein anderes Volk Europas übte so freigebig die Gastfreundschaft wie die alten Deutschen. Gute Sitten galten und bewirkten bei ihnen mehr als gute Gesetze und Vorschriften. Ihre, von ihnen selbst Treue genannte Beharrlichkeit im Guten sowohl wie im weniger Lobenswerten war ohne Gleichen bei anderen Völkern und trug, neben ihrem stürmischen Kampfesmute, viel zu ihrer Jahrhunderte währenden Unbesiegbarkeit bei. Oft zogen die Frauen mit in den Kampf und bewirkten da nicht selten durch ihren Zuspruch die Wiederherstellung gebrochener Schlachtlinien und den Sieg. Häufig töteten sie die aus den Reihen weichenden Männer und brachten, lieber als der Gefangenschaft zu verfallen, ihre Kinder und zuletzt sich selber ums Leben.

Ueberhaupt genossen bei den freien Deutschen die Frauen und Jungfrauen großer Achtung und nicht selten bedeutenden Einflusses auf die öffentlichen Angelegenheiten. Sie hatten nur für die Erziehung der kleinen Kinder und, mit Hülfe unfreier Mägde, für das Hauswesen zu sorgen. Die Mädchen blieben bis zu ihrer Verheiratung ganz unter der Obhut der Mutter und nahmen schon frühe an den Geschäften der Haushaltung teil. Die Söhne folgten schon als Knaben dem Vater auf die Jagd und wurden von ihm im Rennen, Schwimmen, Reiten, Schlagen und Bogenschießen, sowie in den Rechten und Pflichten ihres Standes unterwiesen. War die Zeit der Wehrbarmachung des Jünglings gekommen, so wurde diese unter eindrucksvollen Ceremonien vorgenommen.

Gewöhnlich bekam der älteste Sohn das Gut des Vaters ungeteilt, während die jüngeren den Waffendienst, in späteren Zeiten auch wohl den geistlichen Beruf wählten. Im ersteren Falle wanderten sie — so sehr war deutschen Männern lange Ruhe verhaßt — oft als Folglinge eines Edelinges freiwillig zu anderen, sich im Kriege befindenden Völkerschaften. So geschah es im Laufe der Zeit, daß es nicht für eine Schmach gehalten wurde, im Dienste der Römer gegen andere deutsche Völkerschaften zum Streite zu ziehen, um Ruhm und Beute sich zu erkämpfen.

————

2.

Ein heiliger Hain.

Die alten Deutschen besaßen keine dem Gottesdienste geweihte oder für die Geschäfte der Gemeinde- und Gau-Verwaltung bestimmte besondere Gebäude. Jeder Gau hatte seine gemeinsame Opfer- und Gerichtsstätte, die Malstatt. Dieselbe lag gewöhnlich inmitten des Gaues an hervorragender Stelle, mit einem umhegten großen Baume oder einem aus Steinen errichteten Altare in der Mitte. Meistens standen diese zwischen schönen Baumgruppen im Walde und wurden als „heilige Haine" bezeichnet.

War die Gemeinde zum Opfer — das war die einzige Form gemeinschaftlichen Dienstes — versammelt, so wurde das Feuer auf dem Opfersteine angezündet, das Opfertier oder auch wohl der Kriegsgefangene geschlachtet, ein Teil des Tierfleisches verzehrt und der Rest verbrannt. Die ganze Nacht wurde so im Dienste der Götter und beim Schmause zugebracht. Dabei erschallten rauhe, aber eindrucksvolle Gesänge, in welche die Gemeinde einstimmte. Diese Zusammenkünfte fanden in der Regel zur Zeit des Voll- und Neumondes statt.

Im übrigen besorgte jeder Hausvater die den Göttern geweihten Verrichtungen seiner Familie selbst. Er war Priester und Richter innerhalb seines Gehöftes. Wenn seine Kunde nicht ausreichte, rief er eine „weise Frau" oder einen Runenleser und Deuter der Zukunft zu Hilfe. Runen, d. i. auf Holzstäbchen oder Baumrinde eingeritzte Schriftzeichen, konnten nur jene entziffern und daraus die Ratschlüsse und den Willen der Götter entnehmen. Auch aus dem Fluge der Vögel, dem Wiehern der Pferde, dem Rauschen der Baumkronen und der Beschaffenheit der Eingeweide geschlachteter Opfertiere mußten sie

Lehren für die Gegenwart und Weissagungen für die Zukunft zu deu=
ten. So einfach und bequem war dieser Glaube, daß es über tausend
Jahre dauerte, ehe an seiner Statt die christliche Religion sich allgemein
in ganz Deutschland Eingang verschaffen konnte.

Auch die Gerichtssitzungen und Volksversammlungen wurden in
den heiligen Hainen, oder wo sonst die Malstatt errichtet war, abgehal=
ten. Aus der Zahl der anwesenden Edelinge wurde der Vorsitzer oder
der oberste Richter erwählt. Er „hegte und bannte", d. i. eröffnete die
Sitzung und wahrte den „Thing= (Versammlung)=Frieden", die Ord=
nung und Form. Geschriebene Gesetze, gelehrte Richter und Anwälte,
Anbachtsschriften und Geistliche gab es nicht. Es wurde nach Her=
kommen, Zeugenaussage, Schwur und Gewohnheit gerichtet, und die
Rechtssprüche pflanzten sich von Geschlecht zu Geschlecht mündlich fort.

In den Volksversammlungen wurde über Krieg und Frieden ent=
schieden über Bündnisse und Auswanderungen, über die Verteilung
der Kriegsbeute und der Aecker, über die Ausstoßung von Feiglingen
und Verrätern, über die Ernennung von Kriegsführern und Heer=
königen. In allen Fällen galt die Stimmenmehrheit. Auch die Wehr=
barmachung der Jünglinge fand in solchen Versammlungen statt, be=
ren Macht und Einfluß sich auf Jahrhunderte lang im Volke erhielt
und später nicht selten bei Kaiserwahlen sich geltend machte.

Es giebt in Deutschland noch viele Stellen, und auch Gebräuche,
bie an die heiligen Haine und Malstätten erinnern. In ihrer Nähe
werden häufig alte Grabmäler — „Hünengräber" — gefunden.

3.

Walhalla und Hela.

Die arischen oder indo=germanischen Völker, welche in alten Zei=
ten Europa bewohnten, verehrten neben vielen anderen besonde=
ren Göttern alle einen gemeinsamen obersten Gott, dessen Namen wir,
wenn auch leise verändert, überall finden. Die Kelten nannten ihn
Teot, die Griechen Zeus, die Deutschen, je nach der Stammesmundart,
Tiu, Ziu, Tuit, Tuisk, Teut. Ihm war bei den Deutschen der Tius=
dag, Tuesday, Dingsdag, Dienstag geheiligt.

In den deutschen Landen finden wir jedoch schon frühe den Wuo=
tan, Wotan, Wodan, Odin als den Vater aller Götter, Menschen und
Dinge. Er thront in Walhalla, dem himmlischen Göttersitze, eine
herrliche Gestalt, aber einäugig. Als er im Anfange der Dinge aus
dem Brunnen der Weisheit trinken wollte, mußte er vorher den dort die
Wache haltenden Riesen das andere Auge als Pfand geben. Oft kam
Wodan, von zwei Raben und zwei Wölfen begleitet, zu den Menschen
auf die Erde hernieder. Er ist vor allem der Lenker der Schlachten,
ohne sich jedoch persönlich am Kampfe zu beteiligen. Ihm war der
Wodansdag, Wunsdag, Wednesday, geweiht.

Wodans Gemahlin war Freya oder Frigg, die ebenso mächtige wie
liebreiche Königin der Götter und Göttinnen. Sie beschirmte insbe=
sondere die guten und fleißigen Frauen und wurde deshalb auch Holda,
Hulda, Frau Holle genannt. Ihr war der Freydag, Friday, Freitag
geweiht.

Nerthus oder Hertha war die Göttin der Erde, die diese oft be=
suchte und in ihrem Gefolge den Ländern Fruchtbarkeit und Ernte=
segen zu Zeiten jedoch auch Plagen und Mißernten brachte.

Wobans mächtigster Sohn war Thor oder Donar, dem zu Ehren ein Wochentag der Thorsdag, Thursday, Donderdag, Donnerstag genannt wurde. Er war überaus stark und beteiligte sich an den Schlachten der Menschen mit einem großen Hammer, der nach jedem Wurfe in die Hand des mächtigen Gottes zurückkehrte. Dann rollte Donner durch die Lüfte, fuhr der Blitz aus den Wolken; aber auch befruchtender Regen träufelte hernieder.

Ostara war Wobans liebliche Tochter. Ihr Fest fiel in die Zeit des Lenzes, den man an vielen Orten in ihr verehrte. In unserem „Ostern" ist der Name dieser Göttin fortgepflanzt.

Besonders bei den norddeutschen Stämmen galt Balbur oder Balder, Wobans jüngster Sohn, als die Verkörperung des Frühlings. Er war der Liebling aller Götter und Menschen, und eine herrliche Sage, die die Vertreibung der schönen Jahreszeit durch den bösen Winter darstellend, ist von ihm überliefert. Einst träumte Balder, daß seinem Leben Gefahr drohe. Da ließ seine Mutter Freya sich von allen Göttern und Geschöpfen schwören, ihres Sohnes auf immer zu schonen. Nur die unscheinbare Mistelpflanze wurde dabei vergessen. Da ging Loki, einer der bösen Götter, hin und schnitzte aus dem Zweige der Mistel einen spitzen Pfeil. Als nun die Götter in Walhalla nach ihrer Gewohnheit mit Balder allerlei Kurzweil trieben, wobei alle auf diesen geschleuderten Speere und Pfeile vor ihm niederfielen ohne ihn zu verletzen, gab Loki dem blinden Gotte Höder einen Bogen und den Mistelpfeil in die Hände und richtete selbst das Geschoß auf Balder. Der Blinde, nichts ahnend, drückt ab und Balder fällt tot zur Erde. Tiefer Schmerz ergriff die Götter. Hermut, Balders Bruder, ritt in das Totenreich, das am äußersten Ende der Welt lag. Er brachte aber nur diesen Ausspruch von Hela, der Beherrscherin der Unterwelt, zurück: „Wenn alle Götter und Menschen um Balder weinen, so darf er ins Leben zurückkehren." Alsbald sandte Woban diese

Kunde überallhin aus. Da weinten alle Götter und alle geschaffenen Wesen und Dinge. Loki aber, der Mörder, hatte sich in ein Riesen= weib verwandelt, das saß am Wege und sprach: „Verhaßt ist mir Bal= ders Sonne; ich weine nicht!" Darum blieb Balder im Hause der Hela.

Hela ist, im Gegensatze zu Walhalla, die Unterwelt, das Reich der nicht in der Schlacht gefallenen Toten. Da herrscht ewige Dämme= rung. Die im Leben gut waren, wohnen in Sälen mit goldenen Ti= schen und Bänken, schmausend und fröhlich vergangener Zeiten ge= denkend. Die Bösen dagegen sind ins Reich der Finsterniß verstoßen, wo sie mit Schrecken und Pein die Missethaten ihres Lebens büßen.

Die im Kampfe gefallenen Helden wurden von den Walkyrien oder Schlachtenjungfrauen, Wodans Botinnen, vom Felde der Ehre hinauf nach Walhalla gebracht, in die mit Gold gedeckte Götterburg. Da wohnen sie mit Wodan in großer Herrlichkeit und Freude, feiern vor seinen Augen Kampfspiele und sitzen mit ihm beim Göttermahle.

So bevölkerte der Glaube der alten Deutschen die ganze Natur mit Göttern und Halbgöttern, Elfen, Nixen und Feen — die guten Asen, die bösen Thursen genannt. In der Luft, in Wäldern, in Flüssen und Seen wohnten sie; Riesen gab es auf den Bergen, Zwerge in ihrem Innern, bald den Menschen feindlich, bald ihnen hilfreich und beistehend.

Außer in den Wochentagen finden wir deutsche Götternamen, Feste und Sagen jetzt noch mit christlichen Gebräuchen verschmolzen, so Ostern, Weihnacht, Neujahr, Maifest u. s. w., und viele unserer schön= sten größeren und kleineren Dichterwerke, vor allem auch unsere Volks= lieder erinnern uns an die urdeutschen Gottmenschen.

4.

Die Cimbern und Teutonen.

Etwas über hundert Jahre vor Christi Geburt erschienen an der Nordostgrenze des römischen Reiches zwei deutsche Stämme aus dem hohen Norden, die Cimbern und Teutonen (Kap. 1). Die Männer waren außergewöhnlich hoch und stark gewachsen, mit blonden Haaren und blauen Augen, in Thierfelle und Eisenpanzer gekleidet. Zu ihren Waffen gehörten mannshohe Schilde, lange Schwerter und Speere. Frauen und Kinder folgten dem Heereszuge in von Rindern gezogenen Wägen.

Das Nahen einer so großen Anzahl von bewaffneten Fremblingen — ihre Zahl wurde auf 300,000 streitbare Männer geschätzt — verbreitete großen Schrecken bis nach Rom. Dieser wurde um so größer, als die Eindringlinge verschiedene gegen sie ausgesandte Heere mit großen Verlusten zurückschlugen und endlich in Oberitalien erschienen mit der Forderung, die Römer sollten ihnen Land geben, wofür sie sich anheischig machten, diesen mit den Waffen zu dienen. Das Gesuch wurde ihnen nicht gewährt, und sie besiegten dafür ein weiteres römisches Heer so gründlich, daß nur sehr wenige Römer heimkehren und die Niederlage berichten konnten.

Die Sieger verstanden es nicht, ihren Vorteil zu benutzen. Sie trennten sich unkluger Weise. Die Teutonen zogen nach Gallien, dem heutigen Frankreich, wo der berühmte römische Feldherr Marius sie bei Aquä Sextiä, dem jetzigen Aix, überwand und alle, die nicht in der Schlacht fielen, in die Gefangenschaft nach Rom führte. Unterdessen waren die Cimbern, unbekannt mit dem Schicksale ihrer Verbündeten, tiefer nach Italien eingedrungen. Marius zog ihnen aus Gallien nach

unb erreichte fie in ber raubifchen Ebene am Fluffe Po. Wieber ver=
langten bie Cimbern Land unb erkunbigten fich zugleich nach ben Teu=
teren. Da lachte Marius unb fprach: „Eure Brüber haben Land ge=
nug!“ Als er bann gefangene Teutonenkrieger, ja fogar ihren be=
rühmten Heerkönig, ben ftarken Teutoboch, in Ketten vorführen ließ,
ergrimmten bie Cimbern unb bereiteten fich zum Kampfe. Aber auch
fie wurben bei Vercellä, nahe einem Nebenfluffe bes Po, gänzlich ge=
fchlagen. Sie verloren 140,000 Krieger in ber Schlacht; viele wurben
gefangen weggeführt, unb ein kleiner Theil bekam von Marius, ber bie
Tapferen bewunberte, bie Erlaubnis, in ihre Heimat zurückzukehren.

Dies war bie erfte Bekanntfchaft, welche Deutfche unb Römer mit
einanber gemacht haben. Den letzteren ift ber „cimbrifche Schrecken“
lange im Gebächtniffe geblieben. Jene norbifchen Krieger aber waren
jetzt fchon weit unb breit berühmt, unb anbere Feinbe ber Römer trach=
teten balb, neue Schwärme berfelben zum Verlaffen ber Heimat unb
zum Kriege gegen ihren Ueberwinber zu bewegen.

Als etwa zwanzig Jahre fpäter im ganzen römifchen Reiche bie
Sklaven unb Glabiatoren fich unter bem ausgezeichneten Führer
Spartacus gegen ihre Herren unb Befitzer erhoben unb erft nach fechs=
jährigem fchwerem Kampfe befiegt werben konnten, ba ftellte es fich
heraus, baß ber gefährliche Aufruhr von bei Aquä, Sextiä unb Ver=
cellä gefangenen Teutonen unb Cimbern angezettelt worben war. In
ber letzten Schlacht fielen über 12,000 Sklaven, größtenteils eben
folche Norblänber, von welchen nur zwei ihre Wunben in ben Rücken
empfangen hatten. Dies war für bie Römer ein zweiter Vorgefchmack
beffen, was fie von ben Deutfchen zu erwarten hatten.

5.

Die Germanen.

Ungefähr fünfzig Jahre vor Christus standen sich in der Nähe der Stadt Mühlhausen im Oberelsaß — so werden der Ort und der Landstrich gegenwärtig genannt — zwei der berühmtesten Männer des Altertums mit ihren Heeren kampfbereit gegenüber: Gajus Julius Cäsar, der größte römische Feldherr und Staatsmann, und Ariovist, der vielgenannte, ebenso tapfere wie gewandte Heerkönig der deutschen Sueven von der rechten Seite des Rheines.

Vor dem bevorstehenden Zusammenstoße ihrer Streitkräfte hatten die beiden Führer eine Unterredung, im Laufe welcher der Römer dem Deutschen zumutete, er solle mit seinem Volke Gallien, wohin es von einem den Römern noch nicht unterworfenen Stamme, den keltischen Aebuern, gerufen worden war, um diesen im Kampfe mit dem ebenfalls noch freien Stamme der Aequer beizustehen, freiwillig wieder verlassen. Rom werde dafür dem Ariovist den Königstitel verleihen. Ariovist aber antwortete: „Wir sind in dieses Land gerufen und für unsere Hilfe mit Grund und Boden belohnt worden, auf welchen die Römer durchaus keinen Anspruch haben. Wenn Dir nun unsere Nachbarschaft unangenehm ist, so kannst Du ja das Land verlassen, welches Du nur durch das Recht der Eroberung besitzest. Euer Königstitel reizt mich um so weniger, als ich längst durch freie Wahl meines Volkes Heerkönig bin. Deine Drohungen schrecken mich nicht im entferntesten. Muß es also sein, dann möge das Schwert zwischen Römern und Sueven entscheiden."

Die darauf folgende Schlacht wurde zugunsten der Römer entschieden, und die Sueven zogen sich auf eine kurze Zeit auf das rechte Rheinufer zurück, um bald weiter nördlich wieder in Waffen Gallien zu betreten. Doch aber wurde seit der Schlacht der Rheinfluß stillschweigend als die Grenze zwischen Deutschland und dem römischen Gallien (heute Frankreich, Belgien und die Schweiz) betrachtet, und jeder Versuch der Römer, diese Grenze auf das rechte Rheinufer zu verlegen, führte zu endlichen Mißerfolgen, während bei den Deutschen das gerade Gegenteil je länger je mehr Regel wurde. Das Eis war jedoch gebrochen: Auf Kriegszügen sowohl, wie in frieblichem Verkehr kamen die beiden Völker einander immer näher, und die Römer nann= ten die Deutschen mit einem Gesammtnamen „Germanen", d. i. Nach= barn. Wohl wäre ihnen gewesen, hätten sie es dabei bewenden lassen! Da sie aber Gallien und dann auch die britischen Inseln nun erobert hatten, so regte sich das Verlangen nach dem Besitz der deutschen Lande über dem Rheine, wenn auch Cäsar, der weitsehende Mann, nachdem er ein einziges Mal das rechte Rheinufer betreten, seinen Landsleuten den sehr weisen Rat gab, die Germanen ungeschoren zu lassen.

Seine Warnung wurde in den Wind geschlagen. Bald nach sei= nem Tode entspann sich am Niederrheine eine Fehde, die durch das energische Vorgehen des römischen Feldherrn Drusus schnell das An= sehen eines Eroberungskrieges bekam. Drusus drang, ohne viel Wi= berstand zu finden, bis an die Elbe vor, als nach der Sage ein riesen= haftes Weib sich ihm in den Weg stellte mit der Warnung: „Wohin strebst Du, Unersättlicher? Alle unsere Länder möchtest Du sehen, aber das Schicksal will es nicht. Fliehe von dannen, das Ende Deiner Tage ist nahe!" Erschreckt wich Drusus zurück und fand bald darauf seinen Tod.

Der kluge römische Kaiser Augustus verfolgte bezüglich Deutsch= lands ganz die Politik des großen Cäsars. Ruhmsüchtige Generäle aber und die leicht bewegliche öffentliche Meinung zwangen ihn, von diesem Wege abzuweichen. Ein Ereignis trat denn auch bald ein, welches den Römern auf furchtbare Weise die Augen öffnete.

6.

Hermann und Thusnelda.

Im Jahre 7 nach Christi Geburt wurde der aus Asien heimgekehrte römische Feldherr Quintilius Varus, den es nach neuen Lorbeeren gelüstete, an das Rheinufer gesandt, um dort die Beziehungen mit den Deutschen in dem wünschenswerten frieblichen Zustande zu erhalten. Voller Eifer verlegte jedoch dieser sein Hauptquartier alsbald auf das rechte Rheinufer, brachte dagegen den Deutschen in angeblicher Freundschaft Geschenke mit und empfing alle, die sich für römische Kriegsdienste anwerben lassen wollten, mit offenen Armen. Bald wurde nun der Römer dreister. Er rückte über die Weser in das Land der Cherusker und schickte sich an, daselbst das römische Gerichtswesen und sonstige römische Gebräuche einzuführen.

Da erwachte der Groll in den Herzen der von Varus ganz falsch beurteilten Germanen, und sie dachten daran, die Eindringlinge zu veitreiben.

Der junge tapfere Cheruskerfürst Hermann oder Arminius, wie ihn die Römer nannten, fand den Weg zur Befreiung seines Heimatlandes. Gleich anderen deutschen Edelingen hatte er in römischen Diensten die Kriegskunst erlernt und die Ritterwürde nebst dem römischen Bürgerrechte erlangt. Mit ganzem Herzen aber hing er seinem Volke an und begriff, daß es nur des rechten Führers und eines möglichst glänzenden Anfangserfolges beburfte, um sich der länberfüchtigen Fremden zu entlebigen.

So stiftete denn der edele junge Mann in aller Stille einen Bund mit den benachbarten Stämmen, die er zu überzeugen wußte, daß es recht wohl möglich sei, die Römer zu verjagen.

Ein anderer Cheruskerfürst, Segest, dessen Tochter, Thusnelda, Hermann gegen den Willen des Vaters zu seiner Gemahlin gemacht hatte, zeigte dem Varus die Sache an, fand jedoch keinen Glauben bei dem selbstgefälligen Manne, der die Deutschen eines solchen Unternehmens nicht für fähig hielt.

Bald fingen nun aber einige vom Römerlager entfernt gelegenen Gaue Feindseligkeiten an, um Varus in ihre Gegend zu locken. Es gelang ihnen. Im Herbste des Jahres 9 befanden sich drei Legionen — etwa 25,000 Mann — römischer Truppen unter Varus' Befehl bei entsetzlichem Regen und Sturme in dem Teutoburger Walde. Da brachen auf einmal deutsche Heerhaufen von allen Seiten aus dem Dickicht hervor. Die Legionen konnten, trotz der römischen Kriegstüchtigkeit, dem furchtbaren Ansturme der Deutschen nicht widerstehen und wurden zum größten Teile niedergemetzelt. Nur ein geringer Teil der Reiterei entkam, um die Schreckenskunde ins Römerlager zu bringen. Varus wollte die Schmach dieser selbstverschuldeten Niederlage nicht überleben und stürzte sich in sein eigenes Schwert. Diejenigen, die nicht in dem Blutbade umgekommen waren, wurden zum Teile nachträglich noch grausam niedergemetzelt, den Göttern auf der Malstatt geopfert, während die, denen man das Leben ließ, dasselbe als Knechte auf deutschen Gehöften beschlossen.

In Rom ergriff Furcht und Schrecken die Gemüter; man glaubte die siegreichen Deutschen schon vor der Stadt zu sehen. Der Kaiser Augustus irrte klagend in seinem Palaste umher und rief ein ums andere Mal aus: „Varus, Varus, gieb mir meine Legionen wieder!"

Die Deutschen aber begnügten sich klugerweise mit ihrem Erfolge; nur über den Rhein, zum deutschen Lande hinaus, jagten sie die Eindringlinge. Niemals wieder haben die Römer es vermocht, oder auch nur versucht, in Deutschland festen Fuß zu fassen.

Auf den Höhen des Teutoburger Waldes, in der Nähe der Stadt Detmold, ist dem Nationalhelden Hermann ein großartiges Denkmal errichtet worden, von welchem sich zu Neu Ulm, Minnesota, eine gut gelungene Nachbildung befindet.

Jetzt ließen die ihrer Kraft bewußt gewordenen Deutschen sich von gelegentlichen Angriffen auf das römische Reich nicht länger zu= rückhalten. Sie mußten nun, daß Eintracht stark macht; wie denn auch Hermann sein ganzes Leben fortan dem Streben weihte, alle deutschen Stämme zu einem großen Bunde zu vereinigen, der sie zu Herren Europas gemacht haben würde. Es gelang ihm nicht; er mußte es sogar erleben, daß, als er endlich die meisten westlichen Stämme bei= sammen hatte, die im Osten wohnenden sich gegen ihn erhoben. Auch dieses Mal war es wieder vor allen anderen sein Schwiegervater, Segest, der alles aufbot, Hermanns Pläne zu durchkreuzen.

Der römische Feldherr Germanicus war nämlich einige Jahre nach der Niederlage im Teutoburger Walde, um wenigstens die römi= sche Waffenehre zu retten, nochmals ins Cheruskerland eingedrungen und hatte die Deutschen unter Hermann bei Ibistoviso in der Nähe des Weserflusses geschlagen. Damit begnügte sich der Römer und ging über den Rhein zurück. Da rief ihn der treulose Segest noch= mals ins Land und geleitete ihn nach der Burg des abwesenden Her= mann, auf daß er dessen Familie gefangen nehme. Das geschah, und das geliebte Weib des deutschen Fürsten und Befreiers seines Volkes mußte im darauf folgenden Jahre mit ihrem Bruder und Sohne in dem Triumphzuge des Germanicus vor seinem Wagen in Ketten ein= herschreiten. Ihr eigener Vater, der in Deutschland sich nicht mehr sicher fühlende Segest, befand sich zur Zeit in Rom und verschaffte sich die grausame Genugthuung, seine eigene Tochter in diesem schmach= vollen Aufzuge zu sehen. Der von den Römern erwartete Sünden=

lohn blieb aber aus; Segest erfuhr von ihnen die verdiente Verachtung, die gewöhnlich Landesverrätern zuteil wird.

Thusnelbens weitere Schicksale sind nicht bekannt. Von ihrem Sohne Thumelicus sagt eine Ueberlieferung, daß er von den Römern mit anderen dafür geeigneten Gefangenen gezwungen wurde, sich als Gladiator auszubilden. Als er dann in Ravenna zum ersten Male öffentlich habe auftreten sollen, habe seine dort anwesende Mutter ihn beim Eingange zur Arena erbolcht, um sich und ihrem Gatten diese Schande zu ersparen.

In demselben Jahre, 17 nach Christus, besiegte Hermann seinen erbitterten Gegner, den Markomannenfürst Marbuod, der gleichfalls später in Rom seine Belohnung für die Bekämpfung Hermanns erwartend, nicht fand was er ersehnte, sondern nach achtzehnjähriger strenger Ueberwachung zu Ravenna, wo Thusnelba ihren Sohn vor einem noch schlimmeren Schicksale bewahrt hatte, starb. Hermanns großes Unternehmen gelang, trotz Marbuods Beseitigung, nicht. Er konnte weder seine eigene Wahl zum König der nordwestlichen Stämme durchsetzen, noch die östlichen zum Anschlusse an das angebahnte Bündnis überreden. Endlich fand der Befreier Deutschlands aus dem Römerjoche in seinem siebenundbreißigsten Lebensjahre durch den Haß und die Eifersucht der ihm Nächststehenden ein gewaltsames Ende. Er starb, wie es hieß an Gift, im Jahre 21 nach Christus.

Wenn zu jener Zeit eine germanische Priesterin weissagte, daß die Deutschen den Römern die Weltherrschaft im Verlaufe einiger Jahrhunderte entreißen würden, so ließ sich der jetzt in friedlicher Weise vollziehende Anfang der Erfüllung unbedingt sehr gut an. Der nunmehr sich immer mehr entwickelnde Verkehr zwischen den beiden Völkern änderte in sehr kurzer Zeit vieles. Römische Kaufleute und Händler begaben sich von den zahlreichen befestigten römischen Grenzstädten des linken Rheinufers und der oberen Donaugegend in das Innere

Deutschlands, wo sie ihre feineren Waaren gegen die Bodenerzeugnisse des letzteren austauschten. Römische Bildung, römischer Luxus, römisches Geld und oft auch römische Laster waren unter den Deutschen bald keine Seltenheit mehr. Vor allem aber trugen die sehr zahlreichen deutschen Söldner in den römischen Heeren dazu bei, daß ihre Landsleute die Römer in vielen Stücken gar bald übertrafen. Nicht wenige solcher Glücksoldaten brachten es zu hohen Ehrenstellen als römische Heerführer, Minister und Statthalter.

Was das Schwert nicht vermocht hatte, das würde wohl stille, Friedensarbeit vollbracht haben, wenn die Römer nicht bereits in so großem Maße entnervt und entartet gewesen wären, daß sie nicht mehr instande waren, das welterschütternde Ereignis, welches nunmehr bald eintrat, für sich auszubeuten.

7.

Die Völkerwanderung.

Ums Jahr 200 fingen die Not des Lebens und die Herrschsucht Einzelner einerseits, aber auch das ideale Streben nach einem deutschen Nationalstaate andererseits an, die lange ersehnten Völkervereinigungen und dauernden Bündnisse in Wirklichkeit zu schaffen. Es entstanden die Verbände der Alemannen am Oberrhein, der Franken am Niederrhein, der Sachsen zwischen dem Rhein und der Elbe, der Goten an der Donau. Besonders mächtig waren die letztgenannten, die ihre Herrschaft zu Zeiten bis in das oströmische Reich und an das Schwarze Meer ausbreiteten. Doch muß man sich diese Verbände noch keineswegs als eine gänzliche Verschmelzung der genannten Völker unter einem bestimmten Führer und beständigen Oberleiter denken. Dazu war der wuchtige Anstoß nötig, welcher nunmehr als Alles erschütternde Katastrophe eintrat und so zu sagen alles Be= stehende über den Haufen warf.

In der Mitte des vierten Jahrhunderts kamen aus dem fernen Asien große Völkerschwärme, die wie ein ungeheurer Strom bald ganz Europa überfluteten. Unter diesen waren die Hunnen die ersten und am meisten gefürchteten. Sie waren ein wildes häßliches Reitervolk, das auf windschnellen Pferden mordend und sengend das Land über= fiel und die Bewohner aus ihren Sitzen drängte. Diese warfen sich dann wieder auf andere, und dadurch entstand ein fast zwei Jahrhun= derte andauerndes Bewegen und Rücken unter den Völkern Europas, die sogenannte Völkerwanderung. Dieselbe hat das Angesicht des ganzen Weltteiles verändert und vor allem dem tausendjährigen Be= stande des mächtigen weströmischen Reiches ein Ende gemacht.

Damals zogen Sachsen und Angeln aus dem Norden Deutsch= lands nach Britannien und gaben dem Lande seinen jetzigen Namen und die Hauptgrundlage seiner Sprache. Andere Stämme gingen nach Italien, zuletzt die Langobarden, deren Namen Oberitalien noch führt, Lombardei. Die Burgunder, Alemannen und Franken drangen über den Rhein, und von den letztgenannten leitet Frankreich seinen Namen her. Ganze Stämme — die Goten in Italien und Spanien, die Vandalen in Afrika, die Sueven in Portugal — gingen, nachdem sie mächtige Reiche von ein= bis dreihundertjährigem Bestehen gegrün= det, völlig unter oder vermischten sich bis zu endlicher Unkenntlichkeit mit anderen, sie erdrückenden Volksstämmen. Aus der Verschmelzung mancher deutscher Stämme mit den unterjochten Römern entstanden die romanischen Völker, wie Italiener, Spanier, Franzosen, Rumänen und andere, die den Süden Europas bewohnen.

Die mehr unter sich gebliebenen germanischen Völker — Deutsche, Schweizer, Oesterreicher, Niederländer, Dänen, Schweden und Eng=

länder — bewohnen, hier und dort mit slavischen Elementen ver=
mischt, seither die Mitte und den Nordwesten von Europa, während
eigentliche Slaven, Griechen und später eingedrungene Türken den
Osten innehaben.

Viel Unheil hat die Ueberflutung Deutschlands während der
Völkerwanderung diesem gebracht; aber auch Segen war in ihrem Ge=
folge, denn das rechte Bewußtsein deutscher Zusammengehörigkeit ist
erst durch die gemeinsame Not zu größerer Stärke erwacht.

8.

Das Grab im Busento.

Die Hunnen stießen in ihrem ersten Ansturme auf die zur Zeit am
Schwarzen Meere wohnenden Ostgoten und besiegten diese.

Dann wurden die Westgoten bedroht, die aber im oströmischen
Reiche Aufnahme fanden. Bald jedoch zogen sie gen Italien und
standen unter ihrem großen Könige Alarich drohend unter den
Mauern der Hauptstadt Rom. Voller Angst entsandten die Römer
eine Anzahl würdiger Senatoren in das Lager des Feindes, um ihn
zur Umkehr zu bewegen. Als aber die Abgeordneten mit der großen
Zahl und der Tapferkeit der Römer prahlten, lachte Alarich laut auf
und sagte: „Je dichter das Gras, desto leichter ist es mähen!" Er for=
derte, daß ihm sämtliches Gold, Silber und sonstige Kostbarkeiten
ausgeliefert würden. Auf die Frage, was er denn den Römern übrig
lassen wolle, lautete die stolze Antwort: „Das Leben." Die Stadt
mußte sich fügen und mit einer unermeßlichen Geldsumme den Abzug
der Goten erkaufen. Aber im folgenden Jahre kehrten die gefürchteten
Feinde zurück, eroberten die Stadt und plünderten sie aus.

Mit schwerer Beute beladen brachen die siegreichen Goten sodann nach dem südlichen Italien auf. Dort ereilte der Tod den großen Alarich in der Blüte seiner Jahre. Seine Krieger begruben ihn in ebenso seltsamer, wie großartiger Weise. Sie leiteten den Fluß Busento in der Nähe der Stadt Cosenza ab, mauerten in dem leeren Strombette ein Grab aus und senkten den toten Helden in voller Rüstung auf seinem Streitrosse hinab. Dann wurde das Grab vermauert, mit Erde bedeckt und der Fluß wieder darüber in das alte Bett geleitet, damit niemand erfahre, wo der Gotenkönig zur Ruhe versenkt worden.

> „Und es sang ein Chor von Männern:
> „Schlaf in deinen Heldenehren!
> Keines Römers schnöde Habsucht soll dir
> je das Grab versehren.“
> Sangens, und die Lobgesänge tönten
> fort im Gotenheere;
> Wälze sie, Busentowelle, wälze sie von
> Meer zu Meere!“
>
> (A. Graf von Platen.)

Der neue Westgotenkönig, Ataulf, führte sein Volk durch Italien und Gallien nach Spanien, wo er ein großes Reich gründete, das drei Jahrhunderte hindurch bestanden hat.

9.

Der erste deutsche Herrscher in Rom.

Seit dem Anfange des fünften Jahrhunderts herrschte über die damals in Ungarn hausenden Hunnen ein Mann von großen Gaben und gewaltigem Ehrgeize, Attila. Dieser wandte sich nun westwärts und drang mit einem Heere von mehr als einer halben

Million Streitern, alles vor sich her verwüstend, in Gallien ein. Dort stellten sich die gegen ihn verbündeten Römer, Westgoten, Franken, Burgunder und Alemannen auf der katalaunischen Ebene in der Nähe der heutigen Stadt Chalons sur Marne zum Kampfe und letzten Ringen des Westens mit dem barbarischen Osten, nach dem 200,000 Tote das Schlachtfeld bedeckten. Die geschlagenen Hunnen kehrten nach Ungarn zurück, und bald starb ihr großer König Attila. Ihr Reich zerfiel jetzt und sie verschwanden aus Europa.

Wenn nun auch das weströmische Reich dem Untergange, den Attila ihm zugedacht hatte, noch einmal entging, so vollendete sich sein unabwendbares Schicksal dennoch bald.

Wenige Jahre nach Attilas Tode betrat ein mit einigen Gefährten aus dem östlichen Donaulande nach Italien wandernder Glücksoldat, der deutsche Rugier Odoaker, auf dem Wege durch Noricum, das heutige Deutsch=Österreich, die Klause des dort in hohem Ansehen und im Geruche der Heiligkeit stehenden Einsieblers Severin. Der Krieger trug ein Tierfell um die Lenden gegürtet und war von so hohem Wuchse, daß er mit dem Kopfe gegen die Thürbalken der Klause stieß. Als er dem Siedelmanne mitteilte, daß er in römische Dienste treten wolle, und ihn um seinen Segen bat, sprach dieser: „Zieh' hin, mein Sohn, Du wirst reiche Gewänder Dir erwerben statt dieses Tierfelles."

Einige Jahre darnach war Odoaker bereits einer der Anführer der in Italien stehenden deutschen Soldtruppen, die zu jener Zeit das römische Heer nach ihrem Gutdünken leiteten. Der Kaiser Julius Nepos ward damals von dem römischen Obergeneral Orestes verjagt, und sein Sohn, Romulus, mit dem Beinamen Augustulus, zum Schatten=kaiser erhoben, befand sich in der Gewalt des aufrührerischen Generals. Da unternahm es Odoaker das Wort des Schicksals auszusprechen und im Jahre 476 das Ende des weströmischen Reiches in einer bestimm-

ten Thatsache anzukündigen. Er verlangte für alle in Italien stehen=
den deutschen Söldner von Orestes, an des Kaisers Statt, feste An=
siedlung und Grundbesitz, ein Drittel des ganzen italieschen Landes.
Als Orestes die Forderungen abwies, wurde er getötet. Odoaker
nahm die Führung an sich und wurde von seinen deutschen Truppen als
Heerkönig ausgerufen. Er herrschte nunmehr, gestützt auf sein Kriegs=
volk, seine Waffengenossen, die er alle sogleich zu italischen Grundbe=
sitzern machte, über Rom.

Das Altertum war zu Ende, und eine neue Zeit, das Weltalter
der Deutschen, brach herein.

10.

Dietrich von Berne.

Eine der gewaltigsten Heldengestalten und einer der größten und
weisesten deutschen Herrscher auf der Schwelle des Mittelalters
war der König der Ostgoten, Theodorich der Große, nach einem bei der
Stadt Verona in Oberitalien über die Römer errungenen Siege von
den Deutschen Dietrich von Berne genannt und in unzähligen Sagen
und Liedern gefeiert und besungen.

Die Ostgoten hatten nach Attilas Tode (Kap. 9) ihre Unabhän=
gigkeit wieder erkämpft und sich von den Hunnen, denen sie durch viele
Jahre Heeresfolge geleistet, losgesagt. Bald nachher brachen sie auf
Veranlassung des oströmischen Kaisers, der die gefährlichen Nachbarn
gerne los sein mochte, nach Italien auf, zwei= bis dreihunderttausend
an Zahl. In drei Schlachten besiegten sie Odoakers deutsche und rö=
mische Legionen, und Theodorich traf mit diesem das Abkommen, daß
die Ostgoten im Norden, Odoaker aber im Süden Italiens herrschen

sollte. Nach kurzer Zeit wurde indes Odoaker auf Theodorichs Veran=
lassung getötet und die Ostgoten waren nun die Beherrscher von ganz
Italien, dessen Bewohner, wenigstens dem äußeren Anscheine nach, mit
dem neuen Zustande ganz zufrieden waren.

Die Goten führten die Waffen, die Italier trieben die Gewerbe
des Friedens und ernährten durch ihre Abgaben die fremden Herren
und Meister des Landes.

Ein Hindernis in der vollständigen Verschmelzung der zwei Na=
tionen bildete die Religion. Die Römer waren katholische, die Goten
arianische Christen, die wegen der Verwerfung einiger Glaubensartikel
der römisch=katholischen Kirche für Ketzer gehalten wurden. Der weise
König nahm aber seinen Stand über den Parteien und verhütete durch
rechtzeitige Zugeständnisse nach beiden Seiten hin den Ausbruch von
Religionsstreitigkeiten. Auch auf die benachbarten Franken, Burgun=
der und Alemannen übte Theodorich, ratend und helfend, großen Ein=
fluß aus und stand besonders seinen oft bedrängten Stammesgenossen,
den Westgoten in Spanien, getreulich bei. Durch Heiraten verband er
sich mit den Königsfamilien der eben genannten Völker so innig wie
möglich.

So muß der ostgotische Stamm, trotzdem er dem westgotischen um
zwei Jahrhunderte im Untergange vorauseilte, als die eigentliche Ver=
körperung des Wesens des berühmten Gotenvolkes angesehen werden.
Daher schreiben wir auch ihm am liebsten die segensreiche Thätigkeit
des gotischen Bischofes Ulfilas gut und darunter in erster Stelle die
von diesem verfaßte Bibelübersetzung aus dem griechischen in gotischen
Text, die erste überhaupt in einer deutschen Mundart vollendete. Bruch=
stücke derselben, hochwichtige Denkmäler des ältesten deutschen Sprach=
zweiges, sind noch vorhanden, und es lautet unter anderem der Anfang
des Vaterunsers wie folgt: „Atta unsar, þu in himinam, veiþnai
namo þein......"

Nach dem im Jahre 526 nach dreißigjähriger Regierung erfolgten Tode Theodorichs brachen Feindseligkeiten aus mit dem oströmischen Reiche, welches noch bis auf dreihundert Jahre nach dem Zusammenbruche Westroms Anspruch auf das Erbe desselben machte. Nach nochmals dreißig Jahren ununterbrochener Gegenwehr wurden die Ostgoten unter ihren heldenmütigen Königen Totilas und Tejas von den Oströmern besiegt und verschwanden aus der Reihe der Völker.

In der oberitalischen Stadt Ravenna, der einstigen Residenz des großen Ostgoten, befindet sich Dietrich von Berne's großartiges Grabmal.

11.

Chlodwig's Taufe.

Zu derselben Zeit, als die Ostgoten sich in Italien festsetzten, erhob sich im nördlichen Teile Galliens eine deutsche Herrschaft, der ein glücklicheres Loos beschieden war. Dieses Land war zur Zeit des Unterganges des weströmischen Reiches in verschiedene selbständige Teile zerrissen: Im Süden hatten Westgoten und Burgunder, im Westen Briten, im mittleren Teile Alemannen sich festgesetzt. Das nördliche Land, von der Loire bis zur Somme bildete noch eine römische Scheinherrschaft. Gegen diese drangen nun die Alemannen vor, während auch die Franken vom Niederrhein her sich in Bewegung setzten, und zwar mit vielem Erfolge, langsam aber sicher. Sie waren nicht nur Krieger, sondern auch Ackerbauer und fingen immer sogleich an, die eingenommenen Landesteile regelmäßig zu bebauen und sich also ebensowohl mittels des Pfluges, als mit dem Schwerte zu Eigentümern der Scholle zu machen.

Unter der Herrschaft des neunzehnjährigen Königs Chlodwig aus dem Geschlechte der Merovinger unterwarfen die Franken das römische Gallien sich vollständig. Der König vermählte sich sodann mit der burgundischen Prinzessin Chrotegilde, einer katholischen Christin, die es doch, trotz ihres großen Einflusses auf Chlodwig, nicht vermochte, ihn zur Annahme der christlichen Religion zu bewegen. Endlich gab ein hochwichtiges kriegerisches Ereignis die Veranlassung zu diesem Schritte, von dessen politischer Notwendigkeit der ebenso schlaue wie grausame König ja längst überzeugt sein mochte.

Der lange schon erwartete Zusammenstoß der einem und demselben Ziele zustrebenden Alemannen und Franken erfolgte im Jahre 496 in der Schlacht bei Zülpich zwischen dem Rhein und der Maas. Die Alemannen waren weit zahlreicher als die Franken, und diese sahen die Niederlage vor sich. Da, in der höchsten Not gedachte der Frankenkönig des seiner Gemahlin geleisteten Versprechens, daß er sich an ihren Gott wenden werde, wenn seine heidnischen Götter ihn verließen. Jetzt that er es, in den Worten den Dichters Karl Simrock, so:

> . . . Beide Arme, beide Hände
> Hält der König hoch zum Schwur,
> Ruft mit seiner Eisenstimme,
> Daß es durch die Reihen fuhr:
> „Gott der Christen, Gott am Kreuze,
> Gott, den mein Gemahl verehrt,
> So Du bist ein Gott der Schlachten,
> Der im Schrecken niederfährt,
> Hilf mir dieses Volk bezwingen,
> Gieb den Sieg in meine Hand,
> Daß der Franken Macht erkennen
> Muß des Rheins und Neckars Strand!
> Sieh, so will ich an Dich glauben,
> Kirchen und Kapellen bau'n
> Und die edlen Franken lehren,
> Keinem Gott als Dir vertrau'n! . . ."

Das sonderbare Gebet wurde erhört; die Franken siegten. Als
der Krieg beendigt war und das Glück ihm treu geblieben, ließ Chlod=
wig sich mit dreitausend Edelingen taufen und in Rheims durch einen
römisch=katholischen Bischof zum Könige der Franken krönen und sal=
ben. Das wirkte sehr günstig bei den romanischen Galliern und der
katholischen Geistlichkeit. Der zielbewußte Herrscher wurde vom ost=
römischen Kaiser zum Patrizier und Proconsul der römischen Provinz
erhoben, die in Wahrheit bereits ihm gehörte, und schlug nunmehr
seine Residenz in Paris auf.

Allmählich vereinigte Chlodwig nicht nur sämmtliche fränkischen
Herrschaften auf beiden Seiten des Rheins, sondern auch den burgun=
dischen Theil Galliens zu einem mächtigen Staate, der von nun an
eine Art Führerstelle in der germanischen Welt einnahm, obgleich das
fränkische Königshaus während vieler Jahre das Schauspiel grenzen=
loser Sittenlosigkeit und Verworfenheit bot.

———

12.

Die Deutschen jenseits des Oreans.

Die Eroberungszüge der deutschen Völkerschaften beschränkten sich
zur Zeit und nach der Völkerwanderung nicht auf das europäische
Festland. Sie suchten vielmehr auch die Inseln und sogar einen an=
deren Weltteil heim, um sich auf den Trümmern des Römerreiches
Herrschaft und Beute zu erringen.

Vor allen zu jener Zeit sich kürzer oder länger hervorthuenden
Stämmen gehörten die, gewöhnlich zur gotischen Gruppe gerechneten
Vandalen zu den wildesten und kriegerischsten. Sie wohnten ur=
sprünglich im heutigen Schlesien, von wo sie sich allmählich gegen den

Rhein vorschoben. In den ersten Jahren des fünften Jahrhunderts
verheerten sie Gallien, drangen sodann nach Spanien vor, von wo sie
unter ihrem Könige Geiserich nach Afrika hinüberfuhren und nach
jahrelangen Kämpfen sich den größten Teil der römischen Provinz
Nord=Afrika aneigneten.

Sie wurden bald eine gefürchtete Seemacht, der Schrecken des
Mittelländischen Meeres und seiner Küsten, welche sie in so furchtbarer
Weise verheerten, daß ihr Name selbst heute noch als Bezeichnung
grausamer Plünderung gilt. Innere Zwiste aber, Religionsstreitig=
keiten, und die Heere Ostroms machten nach kaum hundertjährigem
Bestehen dem Vandalenreiche ein Ende. In mehreren Schlachten be=
siegt, wurden ihre waffenfähigen Mannschaften nach Asien abgeführt,
um für die Oströmer gegen die Perser verwendet zu werden. Nur ein
kleiner Teil des einst so gefürchteten Volkes rettete sich in das afrika=
nische Gebirge und verlor sich bald unter den eingeborenen Barbaren
und Romanen, wo man gegenwärtig noch Dörfer mit blondhaarigen,
blauäugigen Bewohnern findet, in welchen Nachkommen der Vandalen
vermutet werden.

Zum Beweise, wie selbst in den kriegslustigsten und als rohe Bar=
baren verschrieenen alten Deutschen ideale Züge immer zu finden wa=
ren, wird erzählt, daß der letzte Vandalenkönig, Gelimer, von den
Oströmern gehetzt und verfolgt, sich in einer Gebirgsschlucht verschanzt
und verborgen halten mußte. Als ihm, dem Hungertode nahe,
Freunde irgend eine Hilfsleistung anboten, ohne ihn aber aus seiner
Lage thatsächlich befreien zu können, da erbat Gelimer sich nur eine
Laute, um in der Musik Erholung zu finden und bei ihren Klängen
lieber zu sterben, als sich den Römern zu ergeben.

Eine ganz andere Rolle in der Weltgeschichte zu spielen, war den
bereits früher genannten Angelsachsen beschieden. Als die Römer, von
den Hunnen bedrängt, ihr sämmtlichen Legionen so schnell wie mög=

lich in Italien und Gallien zusammenzuziehen sich genöthigt sahen, da mußten auch ihre auf den britischen Inseln stationirten Soldaten dieses Land räumen, und die in langjähriger Unterwerfung im Gebrauche der Waffen untüchtig gewordenen Briten standen rat- und kraftlos den vom Norden wieder hereinbrechenden Picten und Scoten gegenüber. Sie riefen deshalb die ihnen als kühne Fischer und Schiffer bekannten, Jüten, Angeln und Sachsen aus dem heutigen Schleswig zu Hülfe. Diese ließen sich gerne erbitten und kamen in der Mitte des fünften Jahrhunderts auf ihren leichten Weidenkähnen unter der Führung zweier Seekönige, Hengist und Horsa, in das bedrängte Nachbarland, aber — um es nicht wieder zu verlassen. Immer größer wurde ihre Anzahl und immer mehr Land mußten die, augenscheinlich aus dem Regen unter die Traufe geratenen Briten diesen Freunden überlassen. So besiedelten die Angeln und Sachsen sehr schnell die britischen Inseln, gründeten kleine Königreiche, verbanden dieselben zu einem starken Bunde, Heptarchie, mit einem Worte, sie waren in kurzer Zeit die Herren des Landes, und diejenigen Briten, welche sich dieser Ordnung der Dinge nicht fügen wollten, mußten auswandern. Besonders viele fanden in Gallien Aufnahme und besiedelten dort den Westen des Landes, wo noch heute in der Bretagne die altbritische Sprache gesprochen wird.

Jahrhunderte lang erhielt sich unter tapferer und weiser Führung die Heptarchie; und wenn auch die Angelsachsen später dem Ansturme der französischen Normannen unterliegen mußten, so waren es doch gerade sie, welche dem heutigen England den Namen, die Sprache und die Grundlage des Rechtes gegeben haben.

13.

Alboin und Rosamunde.

Es konnte sich, nachdem die tapferen Ostgoten in Italien der größe=
ren Kriegskunst oströmischer Feldherrn unterlegen waren, wohl
fragen, welcher deutsche Völkerstamm das gotische Erbe antreten und
das deutsche Uebergewicht in Italien behaupten werde. Die Antwort
auf diese Frage ließ nicht lange auf sich warten.

Südlich von der mittleren Donau wohnte nach dem Untergange
des Hunnenreiches das tapfere, früher an der Ostsee ansäßig gewesene
Volk der Langobarden. Sein König Alboin besaß bereits einen ge=
feierten Namen, der noch an Ruhm gewann, als er in der letzten
Hälfte des sechsten Jahrhunderts den weiter östlich wohnenden Stamm
der gotischen Gepiden besiegte und von demselben kaum noch den Na=
men übrig ließ. Rosamunde, die Tochter des erschlagenen Gepiden=
königs Kunimund wurde Alboins Gemahlin, obgleich der rauhe Sie=
ger den Schädel ihres getöteten Vaters in Gold hatte fassen lassen,
um das grause Beutestück fortan als Trinkschale zu benutzen.

Durch diesen Erfolg aufgestachelt brachen nun auch die Langobar=
den nach dem vielbegehrten Italien auf, wo sie kein Heer im offenen
Felde fanden. Nur die Stadt Pavia leistete drei Jahre hindurch hart=
näckigen Widerstand. Endlich nahm Alboin dieselbe ein und schlug
dort seine Residenz auf, von wo aus der tapfere, aber keineswegs
staatskluge Eroberer das italische Volk in harter Weise regierte. Mit
den benachbarten Burgundern, Westgoten und Franken lagen die
Langobarden beständig im Kriege und ließen die Italier für ihren Un=
terhalt sorgen. Am Königshofe herrschte große Sittenlosigkeit, die
Königin Rosamunde setzte selbst das Beispiel, und Alboin war der
Völlerei ergeben. Da zwang er einst in trunkenem Uebermute, seine

14.

Die Donar-Eiche.

Die Verbreitung des Christenthums unter den Deutschen machte, un= geachtet des Uebertrittes Chlodwigs und der Erhebung des christ= lichen Glaubens zur Staatsreligion im Frankenreiche nicht die erhoff= ten schnellen Fortschritte. Dagegen hatte die Lehre auf den britischen Inseln allgemeinen Anhang gefunden, und schon am Ende des sechsten Jahrhunderts kamen von Irland und England viele Missionäre nach dem europäischen Festlande, um die Heiden zu bekehren.

Diese frommen Sendboden zogen ohne Furcht nach Alemannien, Thüringen, Sachsen und Bayern, wo sie in der That außerordentlicher Energie und Ausdauer bedurften, denn sie fanden dort harten Boden für ihre Saat und harte Köpfe für ihre Lehre.

In der Gegend von Bregenz am Bodensee fand einst der irische Missionär Columban eine Anzahl alemannischer Männer, um ein gro= ßes mit Met gefülltes Faß versammelt, im Begriffe ihrem Gotte Wodan ein Trankopfer darzubringen. Er ergrimmt im Geiste und bläst das Faß an, dessen Reifen sich alsbald krachend lösen, so daß der Met ausläuft. Dieses Wunder überzeugt jedoch die verstockten Heiden keineswegs; sie staunen nur über den starken Atem des fremden Mannes und vollenden ihr Opfergelage mit einem neuen Fasse voll des beliebten Getränkes.

Willibrord, ein angelsächsischer Mönch und Bekehrer, hatte von dem friesischen Herzoge Radbot zu berichten, daß derselbe, mit dem einen Fuße schon im Taufbecken, ihn gefragt habe, was denn aus seinen ungetauften Vorfahren geworden. Als nun der glaubenseifrige Mis= sionär ihn dahin beschied, daß dieselben als Ungetaufte sich ohne Zweifel in der Hölle befänden, da habe der Friese, rasch umgewandelt, ben Fuß wieber aus bem Waffer gezogen mit ben Worten: „Wo biefe tapferen Männer finb, ba will ich auch fein!"

Im fränkifchen Reiche hanbelte es fich nur noch mehr um eine Reform ber Kirche, als um Bekehrungen. Die Bifchöfe bekunbeten bort einen bem römifchen Papfte nachgerabe unbequem werbenben Unabhängigkeitsfinn. Derfelbe trachtete baher die königlichen Staats= minifter ober Hausmeier, zur Zeit aus bem mächtigen Abelsgefchlechte ber Pipine, auf feine Seite zu bekommen, benn fie regierten thatfächlich bas Lanb an ber Stelle ber fchwachen unb lafterhaften Könige. Er hatte Erfolg mit feinen Bemühungen, befonbers mit bem Hausmeier Karl Martell, ber foeben die aus Spanien eingebrungenen mohham= mebanifchen Araber in einer großen Schlacht bei Poitiers befiegt unb bamit eine unheilvolle Kataftrophe von Weft=Europa abgewenbet hatte.

So fanb benn ber angelfächfifche Miffionär Winfried am frän= tifchen Hofe volle Unterftützung in feinem Bemühen, bem Wunfche bes Papftes gemäß, nicht nur beutfche Heiben zu bekehren, fonbern zu= vörberft die fränkifche Kirche unb Geiftlichkeit in enge Verbinbung mit Rom zu bringen. Um ihm größeres Anfehen zu verleihen, ernannte ber Papft ihn zum Bifchof unter bem Namen Bonifatius.

Bei feinem Bekehrungswerke unter ben Chatten im heutigen Heffenlanbe unternahm es Bonifatius einmal, in ber Nähe ber Stabt Kaffel eine mächtige, bem altbeutfchen Gotte Thor ober Donar (Ka= pitel 3) heilige Eiche zu fällen. Eine große Menge heibnifcher Chatten umftanb unb verwünfchte ben Feinb ihrer heimifchen Götter, immer erwartenb, baß ber Zorn Donars ben Frevler treffen werbe. Balb aber fiel die Eiche unter ben wuchtigen Schlägen ber chriftlichen Glaubensboten. Kein ftrafenbes Feuer aus ben Wolken traf die kühnen Mönche, welche jetzt von ben Heiben mit fcheuer Ehrfurcht an= geftaunt wurben. Sie ließen fich barauf taufen, ba fie die Ohnmacht ihrer alten Götter erkannten.

3

Nun wurde Bonifatius vom Papfte zum Erzbifchof von Mainz erhoben und frönte als folcher den erften Frankenkönig aus dem Gefchlechte der Pipine, der den letzten der fchwachen Merovingerkönige abgefetzt hatte und von dem Frankenvolke an deffen Stelle zum König erwählt worden war, unter dem Namen Pipin I., der Kleine.

Schon hochbetagt unternahm der glaubenseifrige Bonifatius noch einen Bekehrungszug in das Land der Friefen, wobei er mit feinen Gefährten von einer Schar Heiden überfallen und erfchlagen wurde. Sein Leichnam wurde nach Fulba im Heffenlande gebracht und dort in dem von ihm gegründeten Klofter beigefetzt. Ein mächtiges ehernes Standbild des gewaltigen Gottesmannes befindet fich in diefer Stadt, und die Nachwelt hat ihn mit dem wohlverdienten Ehrentitel „Apoftel der Deutfchen" gefeiert.

15.
Karl der Große.

Einer der größten Männer aller Nationen und Zeiten ift der, mit dem wir uns jetzt befchäftigen werden: Karl der Große, König der Franken, römifcher Imperator und deutfcher Kaifer, Pipins des Kleinen Sohn.

In der Mitte des achten Jahrhunderts fehen wir auf dem Boden des ehemaligen römifchen Weltreiches drei verfchiedene Gruppen von Völkern und Staaten: die chriftliche Gruppe mit dem oftrömifchen Reiche als Hauptvertreter und Konftantinopel als Vorort, geftützt auf den Namen und die Ueberlieferungen der alten Römer; den Mohamebauismus, der im Weften folange noch gefahrbrohend daftand, als die Germanenvölker zerfplittert und unter fich uneins blieben; die heidnifche Gruppe, beftehend aus den noch wenig bekannten flavifchen Nationen im Often.

Noch keineswegs entschieden war der Sieg der christlichen Gruppe,
als in sie der hochbegabte Karl der Große eintrat, ein entschlossener,
klarer, weitblickender Geist in einem kraftvollen Körper, eine stattliche,
aber doch schlichte Erscheinung, ein echter Germane in jeder Hinsicht,
obgleich in seinem Stammlande franko-romanische Sitte und Sprache
schon zu jener Zeit sich von der deutschen zu scheiden anfingen. Mit
großem Eifer war er auf das Wohl der römisch-katholischen Kirche bedacht, ohne deren Mithilfe er die von ihm vor allem anderen ange-
strebte Sittigung und Erziehung des Volkes nicht verwirklichen zu
können glaubte. Zu dem Zwecke ließ er einerseits die alten deutschen
Volks- und Heldensagen und Lieder sammeln und niederschreiben,
während er anderseits gelehrte Geistliche und Laien aus allen Ländern,
besonders aus Italien und England, an seinen Hof berief, die ihm
behilflich waren Schulen zu errichten, Handwerke und Landbau zu ver-
feinern, schöne Bauten zu errichten, die Rechtspflege und öffentliche
Verwaltung auf bessere Grundlage zu stellen, mit einem Worte sein
Volk vorzubereiten auf die große Rolle, welche er demselben zugedacht hatte.

Karls Hauptziel war offenbar, und eben dazu dienten alle diese
vorbereitenden Maßregeln, die Vereinigung aller germanischen, romanischen und slavischen Länder zu einem großen Gesamtreiche. Das
konnte er nicht ausführen als bloßer König der Franken, auch nicht
als deutscher König. Er bedurfte eines weiter greifenden allge-
meineren Titels, und das war der eines römischen Kaisers. Daß ihm
dieser zu teil wurde, das bewirkte er, wie alle hochstrebenden Herrscher
nicht allzu wählerisch bezüglich der Mittel zum Zwecke, durch die Ver-
nichtung des italischen Langobardenreiches (Kap. 13), welches mit den
römischen Päpsten beständig im Streit lag. In der That krönte ihn
denn auch der Papst im Jahre 800 zu Rom unter dem Zurufe des versammelten Volkes: „Heil und Segen dem von Gott erwählten großen
und friedfertigen Imperator Carolus Augustus!"

Durch die Erwerbung des langobardischen Königtumes und durch
weitere Ausdehnung der deutschen Marken nach allen Seiten, was
freilich nur durch oft blutige und grausame Mittel bewerkstelligt wer=
den konnte, umfaßte das neue germanisch=romanische Reich schließlich
25,000 Quadratmeilen. Dasselbe dehnte sich im Norden bis an die
Eider, die Nordsee und Ostsee, sowie an den atlantischen Ozean aus;
im Süden erstreckte es sich bis an den Ebro in Spanien, an den Gari=
gliano in Italien, an die Drau in Ungarn; im Osten bis an die Donau
in Ungarn, die Elbe in Böhmen, die Oder in Schlesien; im Westen
grenzte es an den atlantischen Ozean. Nur eine großartig angelegte
Persönlichkeit konnte ein solches, aus so verschiedenartigen Bestand=
teilen zusammengesetztes Reich zusammenhalten. Das zeigte sich nach
des großen Karls Tod nur allzubald.

Im Jahre 813 machte der alternde Herrscher seinen einzigen noch
lebenden Sohn Ludwig nach Frankenart selbst zu seinem Nachfolger,
indem er ihm auf einem Reichs= oder Maitage zu Aachen die goldene
Krone der römischen Kaiser auf das Haupt setzte mit den Worten:
„Gelobt seist Du, Herr Gott, daß Du meinen Augen gegeben hast zu
schauen den Sohn meines Samens auf meinem Thron!"

Fünf Monate später starb Karl am 28. Januar 814 zu Aachen
im 72. Lebensjahre und im 46. Jahre seiner glorreichen Regierung
und ward im Dom zu Aachen in einer Nische, in vollem Kaiserornate
auf einem Throne sitzend, bestattet.

„Niemand kann berichten," sagt sein Lebensbeschreiber und Eidam
Eginhard, „wie groß das Klagen und das Trauern um ihn war auf
der ganzen Erde. Auch bei den Heiden ward er betrauert als Vater
des Erdkreises."

Von Fehlern frei war der große Mann nicht gewesen. Mit be=
sonderer Grausamkeit und Willkür hatte er die Eroberung und Be=
lehrung der tapferen heidnischen Sachsen durchgeführt, ohne welche

eben von einer festen und sicheren Grundlage des Reiches keine Rede sein konnte. Doch muß man bei der Beurteilung dieser und anderer Thatsachen aus dem Leben und Wirken des außerordentlichen Mannes das Ziel, die Zeitverhältnisse und den Standpunkt der Menschheit jener Tage nicht aus dem Auge verlieren.

Karl, der Winzer.

Bei Tafel einst der Kaiser saß
Zu Ingelheim am Rheine;
Vom Becher blinkt ihm Welschweins Naß,
Bestrahlt vom Sonnenscheine.

Am Berge drüben glüht die Firn,
Glühn lenzhaft rot die Zinnen;
Doch Karl ruht mit gefurchter Stirn,
Verlor'n in tiefem Sinnen.

Nun springt er auf, schaut froh darein
Und rufet laut: „Gefunden!
Bald soll uns eigner deutscher Wein,
Statt dieses fremden, munden.

Dort an besonnter Bergeswand
Die Lage gut mir dünket;
Nicht rast' ich, bis im Frankenland
Die goldne Rebe winket." —

Da ist der große Kaiser auch
Ein Vater Noah worden,
Pflanzt' Weinstöck' süß', nach Südlands Brauch,
Im waldbewachsnen Norden.

Am Rhein, am Main, im Neckarthal
Zog man die edlen Reben,
Gesunden, Kranken überall,
Alt und Jung, Labsal zu geben. —

Drum wenn ihr sagen wollt nach Pflicht
Von Karl dem Großen, Weisen,
Ihr Deutschen, dann vergesset nicht
Als Winzer ihn zu preisen.

Nach Gerok.

16.

Roland.

Bertha, die Schwester Karls des Großen, hatte sich gegen den Willen des gestrengen Bruders mit dem Grafen Milon von Anglante vermählt und war deshalb vom kaiserlichen Hofe verstoßen worden, während auch ihr Gemahl sich von ihr gewandt.

Einst saß der Kaiser in seiner Hofburg zu Aachen mit seinem Hofstaate beim Mahle, als ein hübscher, frischer, in ein aus allerlei Lappen zusammengeflicktes Gewand gekleideter Knabe die Halle betrat und ohne weiteres eine Schüssel mit Braten von der Tafel nahm und damit zur Thüre hinauseilte. Während die gut gelaunte Gesellschaft sich noch über den lecken Burschen unterhielt, kam derselbe zum zweiten Male und griff nach dem vor dem Kaiser stehenden mit Wein gefüllten Becher, um auch diesen wegzutragen. Da hielt ihn aber des Kaisers starke Hand fest, und auf Befragen sagte er aus, daß er mit seiner Mutter im Walde vor der Stadt in einer armseligen Hütte wohne, so von allem entblößt, daß er Lebensmittel wegnehmen müsse, wo er sie eben finde. Angezogen von dem Wesen des Knaben, sandte Karl einige Leute aus seinem Gefolge mit dem Knaben in den Wald, um die Mutter gleichfalls in die Hofburg zu bringen. Wie erschrak aber der hohe Herr, als er in der bald vor ihn geführten Frau seine Schwester Bertha erkannte, die sich ihm zu Füßen warf, seine Verzeihung zu erflehen. Noch einmal wollte der alte Groll sich in dem Kaiser regen, aber ein Blick auf seinen Neffen, der es ihm angethan hatte, bewog ihn schnell zur Güte. Er verzieh seiner Schwester, nahm sie in Gnaden auf und behielt den jungen Roland, so hieß ihr Sohn, fortan in seiner nächsten Umgebung. Dieser wurde bald ein gewaltiger Ritter und ein Vertrauter des Kaisers, den er, als einer der zwölf Paladine, auf allen Heerzügen begleitete.

Als Karl sich in der Folge veranlaßt sah, gegen die Araber in Spanien zu ziehen, um auch dort den Kampf für das Christentum aufzunehmen und nebenher sein Reich zu erweitern, war auch der Markgraf Roland beim Heere und verrichtete große Heldenthaten.

Die Deutschen eroberten Spanien bis an den Ebro und drängten die Araber zurück. Karl wurde durch einen neuen Aufstand der Sachsen nach Deutschland gerufen und Roland blieb mit einem Heere in Spanien. Er wurde aber von dem räuberischen Stamme der Basken in dem Thale von Roncevalles überfallen und nach äußerst heldenmütiger Gegenwehr getötet. Dieses in den schönsten Dichtungen jener und späterer Zeit von den romanischen sowohl, wie von den germanischen Völkern vielfach besungene Ereignis gehört zu den schönsten Sagenstoffen Altdeutschlands.

In Norddeutschland, wo Roland seiner Zeit Markgraf war, findet man auf den Marktplätzen heute noch große steinerne oder hölzerne Säulen mit, öfters auch ohne, darauf angebrachten roh gemeißelten Figuren. Man kennt weder den Ursprung, noch die eigentliche Bestimmung dieser Säulen genau. Dieselben werden aber „Rolande" genannt.

17.
Die Schule des Kaisers.

Unter den vielen noch vorhandenen Verordnungen Karls des Großen befindet sich auch diese: „Die Geistlichen und Mönche sollen in den Klöstern und Bischofsitzen Schulen einrichten. In denselben sollen die Kinder Psalmen, Noten, Gesänge, Kalenderkunde, Grammatik und von Fehlern gereinigte Bücher lesen lernen."

Eine Hofschule, welche der Kaiser errichtete, sollte ein Muster für alle Schulen im Lande sein; und er, der selbst als Mann erst lesen

unb schreiben gelernt, achtete es nicht unter seiner Würde, oft selber
den Schulaufseher zu spielen. Das besingt der Dichter Karl Gerot
wie folgt:

> Als Kaiser Karl zur Schule kam
> Und wollte visitieren,
> Da prüft' er scharf das kleine Volk,
> Ihr Schreiben, Buchstabieren;
>
> Im Vaterunser, Einmaleins,
> Und was man lernte mehr.
> Zum Schlusse rief die Majestät
> Die Schüler um sich her.
>
> Dann sprach er zu den Fleißigen:
> „Habt Dank, ihr frommen Knaben!
> Ihr sollt an mir den gnäd'gen Herrn,
> Den güt'gen Vater haben.
>
> Und ob ihr armer Leute Kind
> Und Knechtesöhne seid:
> In meinem Reiche gilt der Mann
> Und nicht des Mannes Kleid."
>
> Dann blickt er zu den Faulen hin,
> Wie Donner klang sein Tadel:
> „Ihr Taugenichtse, bessert euch;
> Ihr schändet euern Adel!
>
> Ihr seidnen Püppchen, die ihr trotzt
> Auf euer Milchgesicht;
> Ich frage nach des Manns Verdienst,
> Nach seinem Namen nicht!"
>
> Da sah man manches Kinderaug'
> In frohem Glanze leuchten,
> Und manches stumm zu Boden sehn,
> Und manches still sich feuchten.
>
> Und als man aus der Schule kam,
> Da wurde viel erzählet,
> Wen heute Kaiser Karl gelobt
> Und wen er ausgeschmälet.

Zu der Kalenderkunde, die der Kaiser auf dem Lehrplane hatte, gehörte natürlich die Benennung der Monate. An die Stelle der früheren lateinischen Namen führte er aber deutsche ein, die man jetzt noch teilweise in manchen Gegenden von Deutschland findet. Da hieß der Januar der Wintermonat, und die folgenden elf Monate hießen: Hornung, Lenzmonat, Ostermonat, Wonnemonat, Brachmonat, Heu=monat, Erntemonat, Herbstmonat, Weinmonat, Windmonat, Heil=monat.

———

18.
Die Karolinger.

Ludwig, genannt der Fromme, Karls des Großen Nachfolger, reichte in seinem Wirken, wenn auch von den besten Absichten geleitet, in keiner Hinsicht an den großen Vorgänger hinan. Auch wurde er durch den Ungehorsam seiner Söhne, der sich sogar bis zum Aufruhr steigerte, in vielen Plänen .geradezu gehindert. Was Karl für den deutschen, von ihm bevorzugten Teil des Reiches gethan hatte, das ver=nichtete Ludwig, der mehr Romane als Deutscher war, wieder. So ließ er die herrlichen deutschen Sagen und Lieder, welche jener mühevoll gesammelt hatte zum Nutzen und Besten des Volkes, in einer frommen Anwandlung verbrennen — ein unbegreiflicher Vandalismus.

Nach fränkischer Art hinterließ er das Reich seinen drei Söhnen, es gemeinschaftlich zu regieren. Diese bekriegten sich eine Weile unter einander und einigten sich im Jahre 843, in dem sogenannten Vertrage von Verdun, auf eine Teilung des Reiches und verrichteten damit eine That von weltgeschichtlicher Bedeutung, deren Folge und Schwere ihnen selber wohl nicht klar war. Von der Zeit an gab es ein westfränkisches Königreich, in dem die romanisch=fränkische Sprache vorherrschte, ein ostfränkisches mit deutscher Sprache, und ein lotharingisches gemisch=tes Königreich.

Der erste König des deutschen Reiches nach stattgefundener Teilung war Ludwig II., genannt der Deutsche; der erste französische war Karl der Kahle. Weder Ludwig der Deutsche aber, noch seine, in der Geschichte als „die Karolinger" bekannten, fünf Nachfolger aus dem Hause Karls des Großen leisteten Nennenswertes. Die einzige Ausnahme machte Kaiser Arnulf von Kärnthen, indem er den damals ihr Unwesen recht beginnenden Nordmännern oder Normannen das Gelüste, auch mit Deutschland anzubinden, gründlich austrieb.

Schon zu Karls des Großen Zeiten hatten Seeräuber aus Dänemark und Norwegen, unter dem gemeinschaftlichen Namen „Normannen" bald nur zu gut bekannt, unter der Anführung von sogenannten Wikings oder Seekönigen häufig die Küsten von Britannien, Gallien, Deutschland, Spanien und Italien heimgesucht. Auf leichten Fahrzeugen drangen sie in die Flußmündungen ein, verheerten das Land, raubten Frauen und Kinder, die Flüsse aufwärts fahrend bis nach London, Paris, Köln und Rom. Von der Ostsee aus in das heutige Rußland einbringend gaben sie diesem Lande ein Herrschergeschlecht und nach dem ersten dieser Könige, Rurik, den Namen. Späterhin kamen sie nach Konstantinopel und Griechenland; errichteten in Sizilien ein mächtiges Herzogtum, sowie im Westfrankenlande die heutige Normandie, von wo aus sie in der Folge dem Sachsenreiche in England ein Ende machten. Sogar die Nordostküste von Amerika suchten sie heim und hielten sich wohl hundert und mehr Jahre an den Küsten der jetzigen Neuengland-Staaten auf, versuchten aber nicht seßhaft zu werden, da es hierzulande wohl Arbeit, aber nichts zu plündern gab.

Nur in Deutschland gelang es diesen gefürchteten Räubern nicht, sich festzusetzen, und der vorletzte karolingische Herrscher, Kaiser Arnulf, schlug sie im Jahre 891 bei Löwen in den Niederlanden dermaßen aufs Haupt, daß sie nie mehr einen Einfall in Deutschland wagten.

Kaiser Arnulf war überhaupt der einzige Karolinger, der den Gedanken an die deutsche Reichseinheit hoch und beim Volke wach hielt, was um so leichter war, als der Papst und die gesamte Geistlichkeit darin nach wie vor einen Vorteil für die Kirche sahen, die eines mäch= tigen Schirmherrn damals noch nicht entraten konnte.

Mit Ludwig III., genannt das Kind, starb im Jahre 911 das karolingische Kaiserhaus aus. Nach der kurzen unwichtigen Regierung Konrads I. von Franken thaten die deutschen Fürsten den einzig rich= tigen, folgeschweren Schritt, indem sie den Sachsenherzog Heinrich, genannt der Finkler, auf den Thron beriefen. Die Abgesandten, welche ihm die Nachricht von seiner Erwählung hinterbrachten, fanden ihn mit dem Vogelfang im Walde beschäftigt, daher sein Beiname.

Anfänglich erstaunt und kaum willens die Wahl anzunehmen, bedachte sich der Sachse eine kurze Weile, dann aber richtete er sich hoch auf, ließ sich von den Gesandten huldigen und rief aus: „Mein Herr und Gott, Du gabst mir einen guten Fang! Wie Du willst!"

19.

Mönche und Klöster.

Aus dem fernen Osten hat sich auch bei den germanischen Völkern das Einsiedler= und Mönchswesen eingebürgert. Während es dort oft in närrisch übertriebenes Unwesen ausartete und nach und nach alles heilsamen Einflusses verlustig ging, nahm man in Deutschland die Sache viel ernster. So lange da die Kirche rein blieb, übte auch das Mönchtum Gutes. Bald galten daher die Gründung von Klöstern, die Ausstattung von Bischofsitzen und die Erbauung von schönen Kirchen als verdienstliche Werke. Sie waren es auch schon darum, weil eben diese geistlichen Anstalten zugleich Andachtsstätten,

Schulen, Pflegestätten von Handwerken und Künsten, Musterwirt=
schaften, Sitze der Wissenschaft und Gelehrsamkeit, und nicht selten
die letzten Zufluchtsorte für lang bewegte Leben waren.

Bistümer oder bischöfliche Gebiete waren an Größe sehr verschie=
den, manchmal einer Grafschaft, oft auch nur einem Rittergute gleich.
Der Bischof lenkte mit einer Anzahl von Geistlichen das Ganze von
dem Bischoffitze aus, dessen Mittelpunkt die Kirchen bildeten, aus
welchen in vielen Fällen später berühmte prächtige Dome und Münster
wurden, wie in Köln, Straßburg, Speier, Freiburg u. s. w. Da=
neben befanden sich hinter Schutzmauern die Wohnungen, Wirtschafts=
gebäude, Schulen und Bibliotheken.

Die Klöster wurden von den Bischofssitzen aus gegründet. Ihre
unter einem Abte stehenden Insassen, die Klosterbrüder oder Mönche,
mußten sich durch Gelübde zur Keuschheit, zur Armut und zum bedin
aunaslosen Gehorsam aeaen ihre Oberen verpflichten und mit Eifer

legten. War der Edeling gewonnen, so machte sich auch das Uebrige leicht, und mit, oft ohne, Zustimmung der Gauversammlung begann der Gottesmann sein frommes Werk. Im ersteren Falle war sein Erfolg nur noch von seinem Eifer und Geschicke abhängig, während im letzteren Falle, wenn er doch ans Werk ging, sein Leben in steter Gefahr war. Sogleich fing er die Arbeit an; besuchte die Gaubewohner, erzählte ihnen fromme Geschichten und sang seine heiligen Lieder an ihrem Herde dabei. Nebenher schaffte er fleißig an dem Bau eines Holzkirchleins, und bald sahen die Leute mit Erstaunen das Bethaus, meist in der Nähe der heidnischen Malstatt, fertig, ein großes Holzkreuz am Eingange emporragend. Zum Besuche des ersten Gottesdienstes eingeladen, vielleicht auch durch den ungewohnten Klang eines Glöckleins angezogen, umstehen sie scheu das Haus der Andacht.

Der Mönch tritt wohl unter die Thüre mit einem selbstgeschnitzten Bilde des Erlösers in der Hand und schildert in einfacher, aber eindringlicher Rede die Thaten und Leiden des Heilandes. Bald wagen es bei der nächsten Gelegenheit Frauen und Kinder, sich dem Heiligtum zu nähern, und es dauert nicht lange, da läßt sich das ganze Gau, der Edeling zuerst, taufen.

Nicht immer aber hat der Gottesmann so leichtes Spiel. Er findet wohl einmal bei der Heimkehr von seinen Besuchen in der Umgegend sein Kirchlein zerstört, in Asche liegend. Unverdrossen geht er wieder an die Arbeit, den Herrn für die gesandte Prüfung preisend. Diese Ausdauer und solches Vertrauen in die Gerechtigkeit des Christengottes überzeugen dann die Hartherzigsten, die wohl ihre Sinnesänderung in erster Linie dadurch bethätigen, daß sie bei der Wiederherstellung des zerstörten Bethauses mithelfen, und zwar um so eifriger, wenn sie sehen, daß der Klosterbruder ein geschickterer Arbeiter und ein ebenso geübter Schütze, Fischer und des Waffenhandwerks Kundiger ist wie sie selbst.

Die neue Christengemeinde war nun sicher gegründet, um so fester, wenn der Mönch es verstand, alte Gebräuche mit den neuen zu verschmelzen und niemanden vor den Kopf zu stoßen. Bald erschien nun ein Abt oder gar ein Bischof um die Kirche zu weihen und die Gemeinde zu segnen. Das Gepränge, welches dabei absichtlich entfaltet wurde, trug nicht wenig zum ferneren Gedeihen des Unternehmens bei. Gar viele Missionäre aber haben nicht nur umsonst gearbeitet, sondern auch den Tod von Heidenhand gefunden. Das hielt jedoch andere nicht ab, an derselben Stelle ihr Heil zu versuchen und endlich dem Christentum dort, wie überall, Eingang zu verschaffen.

So lange — und es währte in Deutschland glücklicherweise lange — Mönche, Priester und Bischöfe so ihres Amtes walteten, war ihr Einfluß groß und segensreich. Leider änderte sich manches. —

.... „Ihr bleibet bei uns," sprach der alte Senne, „ich seh's Euch an den Augen an."

„„Ich bin ein landfremder Mann," erwiderte Ekkehard traurig, „mich hat der Abt nicht entsendet.""

„Das gilt gleich," rief der Alte. „Wenn's uns recht ist und dem Säntis da droben, so hat niemand was drein zu reden . . . ."

Der Hirt schuf Ekkehard Vertrauen. Trotzige Kraft und gutes Herz strömte in seinen Worten. Sein Kind hatte einen Strauß Alpenrosen gepflückt und reichte sie Ekkehard dar. Dieser steckte die Blumen in den Gürtel seiner Kutte. „Ich bleibe bei Euch," sagte er. Da schüttelte ihm der alte Senne die Rechte, daß sie in ihren Grundfesten erbebte; dann ergriff er das Alpenhorn und blies es in seltsam erklingenden Zeichen. Aus Höhen und Tiefen klang's antwortend herüber; die benachbarten Hirten kamen herbei, und standen zu dem Alten.

„Wir haben einen Bergbruder überkommen," sprach er, „es wird keiner von Euch dawider schelten und tosen?"

Und sie erhoben alle die Hände als Zeichen der Zustimmung und hießen Ekkehard willkommen; und er ward gerührt und machte das Zeichen des Kreuzes über sie. So ward er Einsiedel auf dem Wild= kirchlein und wußte eigentlich selbst nicht wie ...

Am nächsten Sonntag nach dem Gottesdienste kam das Hirten= kind. Sie brachte einen sauberen eschenholzenen Milchkübel. „Den schickt Euch der Vater," sagte sie, „darum, daß Ihr so erbaulich gepre= diget — und wenn Euch einer was Leibes thun will, sollt Ihr wissen, wo die Ebenalp steht." Sie warf etliche Handvoll Haselnüsse aus ihrer Schurztasche in das Milchgefäß. „Die habe ich für Euch ge= pflückt," sagte sie, „und ich weiß noch mehr, wenn sie Euch schmecken."

Bevor sich Ekkehard bedanken konnte, war sie verschwunden... —

So schildert der Dichter Viktor von Scheffel in seinem berühmten „Ekkehard" die Besitznahme eines durch den Tod des Inhabers leer stehenden Leutekirchleins in den Seealpen durch einen neuen Priester.

20.

Die Lehensherrschaft.

Wir haben schon gesehen, wie die Franken von den durch sie erober= ten Ländern in der Art Besitz ergriffen, daß sie zwar den Freien (Kap. 1) ihren Grund und Boden ließen, aber die Güter der Adeligen und der Kriegsgefangenen einzogen. Mit einem Teile dieser Güter bedachte der König hervorragende Krieger, während die noch übrig ge= bliebenen Teile Königs= oder Krongüter, Domänen, wurden. Von diesen gab der König wieder die, welche er selbst nicht verwalten konnte oder wollte, zur Nutznießung, ohne daß er sich des Eigentumsrechtes entäußerte. Solche ausgeliehene Güter hießen darum „Lehen". Der damit Belehnte, der Lehensmann, zahlte dafür keine Abgaben, war aber dem Lehensherrn zur Heeresfolge in jedem Streite verpflichtet.

Nicht nur im übrigen Deutschland, sondern in ganz Europa überhaupt, wurde dieser Gebrauch eingeführt: überall war der König der oberste Lehensherr; und seine Lehensmänner, die Herzöge und Grafen, Bischöfe und Aebte, konnten alles, was einen dauernden Ertrag ab= warf — Grund und Boden, Zehnten, Renten, Zölle, Kirchen, Klöster, Aemter — weiter verleihen und von den Belehnten Dienste ver= langen.

Trotz dieser Veränderung war aber jeder freie Mann immer noch zum Landes=Kriegsdienste verpflichtet, wenn derselbe eine nationale Sache betraf. Der Kriegsdienst wurde zur Zeit, der Kampfweise ange= messen, mehr und mehr zu Pferde geleistet und war darum für die min= der begüterten Freien sehr drückend. Deshalb hielten es viele dersel= ben für geraten, ihr freies Eigentum einem mächtigen Nachbarn als Grundherrn zu übergeben und es, meist vergrößert, als Lehen zurück= zuempfangen. Dieses Lehensverhältnis, in welches der freie Bauer zum Grundherrn trat, brachte natürlich eine Minderung seiner persön= lichen Freiheit mit sich. Der Lehensherr stellte den Lehensmann bald den Hörigen (Kap. 1) gleich. So wurde die Anzahl der wirklich Freien immer geringer; und es bestand zuletzt vom Kaiser bis zum Bauern herab eine fortgesetzte Kette von Lehensherren oder Grund= herren auf der einen Seite und von Lehenmännern oder Grundholden auf der anderen Seite.

Bei der Belehnung mußte der Lehensmann dem Herrn „Hulde thun", indem er durch Handschlag und Eidschwur bekräftigte treu, hold, gewärtig zu sein. Der Herr hatte dagegen die Uebertragung des Lehens ausdrücklich auszusprechen und dem Lehensmann ein äußeres Zeichen der Belehnung zu überreichen — eine Fahne dem Fürsten, einen Handschuh oder einen Hut dem Edeling, Stab und Ring dem Geistlichen, einen Baumzweig oder ein Stück Torf dem Niederen. Daraus wurden später schriftliche Uebereinkommen.

Mehr oder weniger gemildert bestand das Lehenswesen an tausend Jahre in Deutschland, und erst im Jahre 1848 verschwanden die letz= ten Reste desselben.

21.

Die Ritter.

Mit der Lehensherrschaft war im Heerwesen eine große Aenderung vor sich gegangen. Nicht mehr der eigene Hofbesitz war, wie bei den alten Deutschen, die Grundlage der Heerespflicht, sondern die per= sönliche Stellung. Die Reichen, welche auf eigene Kosten rüsten konn= ten, und die Lehensherrn von adeliger Geburt übernahmen nunmehr die Heerespflicht. Von je zehn Hufen Landes, gleichviel ob sie eigener Besitz oder Lehen waren, mußte ein geharnischter Ritter mit Marsch= und Streitroß, sowie zwei berittenen Knechten gestellt werden. Wer weniger als zehn Hufen hatte, durfte sich freikaufen.

Erließ der Kaiser ein Aufgebot, so erging es nur an die Fürsten, Bischöfe und Aebte, welche zugleich Lehensherrn waren. Diese boten dann ihre Lehensträger auf, und diese wieder die ihrigen, die Hinter= saffen.

Wir besitzen noch ein Aufgebot, welches Karl der Große an den Abt eines Klosters erließ:

„Wir gebieten Dir, Dich am 17. Tage des Brachmonats 802 an dem Dir bekannten Sammelorte pünktlich einzufinden. Du sollst aber mit Deinen Leuten so vorbereitet kommen, daß Du von da, wohin auch der Befehl geht, schlagfertig ziehen kannst, nämlich mit Waffen, Gerät, Lebensmitteln und Kleidern und was sonst im Kriege nötig ist, auf drei Monate bis auf ein halbes Jahr. Besonders gebieten wir Dir, darauf zu achten, daß ihr in guter Ordnung an dem angegebenen Ort zieht und euch nicht untersteht, irgend etwas zu nehmen außer Futter

4

für Vieh, Holz und Wasser. Laß Dir keine Nachlässigkeit zu Schulden kommen, so Dir unsere Gnade lieb ist."

Der Kriegsdienst wurde sehr bald ganz Reiterdienst. Dadurch stiegen die unfreien Lehensmänner, die ihre Dienste im Gefolge eines großen Herrn verrichteten, der sie mit seinen Pferden beritten machte, nach und nach im Ansehen über die Freien, die Reiterdienste nicht verrichten konnten, weil sie keine Pferde besaßen.

Jene reitenden Lehensmänner, ob sie nun eigene oder geliehene Pferde ritten, wurden mit der Zeit, gleich den Edelingen, mit dem Ehrennamen „Ritter", d. i. Reiter belegt. Sie schlossen sich als solche von den gewöhnlichen Freien ab, und nur unter gewissen Bedingungen konnte man sich den Eintritt in diesen neuen Stand verschaffen.

Wer Ritter werden wollte, mußte einem ursprünglich freien Ge= schlechte angehören, ritterliche Ehre kennen und ihrer wert sein. Da= her wurde schon die Erziehung des adeligen Knaben mit dem Zwecke des Standes in Verbindung gebracht. Im siebten Lebensjahre kam derselbe aus dem Elternhause gewöhnlich an den Hof des Landesherrn oder eines sonstigen Fürsten. Da war er bis zu seinem vierzehnten Jahre Page oder Edelknabe, wartete bei Tische auf, trug Botschaften u. drgl. Zugleich lernte er reiten, fechten, schießen, Pferde versorgen, lesen, schreiben, und was sonst zu solcher Erziehung gehörte. Er wurde angehalten und angewiesen, daß Gott lieben und Frauen ehren die ersten Pflichten des Ritters seien. Vom fünfzehnten Jahre an folgte er, als Knappe, seinem Herrn in den Krieg, wo Treue und Anhänglich= keit die ersten Erfordernisse waren. Mit dem einundzwanzigsten Jahre wurde der Knappe zum Ritter geschlagen, und zwar unter eigentüm= lichen Feierlichkeiten und Ceremonien — die Schwertleite. Nach vor= hergehenden Fasten und gewissen geistlichen Verrichtungen in der Schloßkapelle, kniete der angehende Ritter in der Halle oder im Schloß= hofe im Beisein seiner Freunde und Anverwandten nieder, erhielt mit

der flachen Schwertklinge drei Schläge auf Hals oder Schulter mit den
Worten: „Im Namen Gottes, des heiligen Michael und Georg schlage
ich Dich zum Ritter!" Von da an mußte er jede Herausforderung zum
Kampfe seitens eines Ritters annehmen; auch hielt er sich verpflichtet,
immer Gott zu fürchten, für den christlichen Glauben zu streiten, dem
Vaterland zu helfen und ohne Furcht und Tadel vor Gott und Men=
schen zu wandeln. Nicht selten schlug der Landesherr ohne alle diese
Vorbereitungen tapfere, treue, verdienstvolle Krieger nach einer
Schlacht, in der sie sich besonders hervorgethan, zu Rittern.

Die Ritter bauten, um sich vor gefährlichen Nachbarn zu schützen
und sich auch äußerlich von dem Volke abzusondern, ihre Wohnungen,
die Burgen, fest aus Stein und Holz auf Höhen oder in sumpfigen
Gegenden. Mauern und Gräben umgaben sie, Türme und Erker ver=
schönerten sie. Manche derselben waren so fest und auf so schwer zu=
gänglichen Punkten gebaut, daß sie lange Belagerungen aushielten.
Die Besitzer so ansehnlicher Burgen waren stolz darauf und verbanden
meist den Namen derselben mit den ihrigen, z. B. Geroldstein, Rudels=
burg, Hohenzollern. Dann schoben sie zwischen den Burgnamen und
ihren Vornamen das Wörtchen „von" ein, wie Kurt von Hohenstaufen,
Adolf von Löwenstein, Kunz von Schweinsberg, Götz von Berlichingen
u. s. w., wie heute noch adelige Namen lauten.

Unbegüterte Ritter nahmen wohl Dienste bei Fürsten und Bischö=
fen, zogen aber auch oft mit ihren Knappen durchs Land, kehrten bei
reicheren Standesgenossen ein, denen sie ihre Fehden ausfechten hal=
fen, oder gingen dort, in der Heimat oder in der Fremde auf ritter=
liche Abenteuer aus. Manche derselben waren Dichter und Sänger,
gute Erzähler, besonders geschickte Jäger, angenehme Gesellschafter und
waren daher überall gerne gesehen.

Wohl fünf Jahrhunderte hindurch behielt das Ritterwesen sein
Ansehen und eine Art von poetischem Anstrich und Glanz. Dann aber

verfielen viele Ritter rohen Genüssen und Gewohnheiten, wüsten Feh=
den und Räubereien, so daß es nur noch der eintretenden abermaligen
Aenderung des Kriegswesens durch die Einführung der Schußwaffen
bedurfte, dem Rittertum ein Ende zu machen.

22.

Das heilige römische Reich deutscher Nation.

Der erste sächsisch=deutsche Kaiser Heinrich I. (Kap. 18) wurde von
den Geschichtsschreibern jener Zeit „der größte der Könige Euro=
pas" genannt, und er war in der That ein eben so starker, wie weiser
Herrscher, im Frieden wie im Kriege stets auf das Beste des Reiches
bedacht. Die unruhigen slavischen Nachbarn im Norbosten hielt er mit
gewaltiger Hand in ihren Grenzen, und die ihre verheerenden Einfälle
damals erneuernden Ungarn, würdige Abkömmlinge der Hunnen,
mußte er zuerst nachdrücklich aufs Haupt zu schlagen und dann mittelst
klugen Uebereinkommens aus dem Lande zu halten, bis er die unter=
nommene dichtere Besiedelung und Befestigung der wichtigsten Städte
durch zweckmäßige Maßregeln gesichert hatte.

Heinrichs noch größerem Sohne, Otto I., dem Großen, aber war
es vorbehalten, in noch höherem Streben die Wiederherstellung des
Reiches Karls des Großen ins Auge zu fassen.

Auch Otto mußte wider die rebellischen slavischen Wenden käm=
pfen und war außerdem genötigt, gegen streitsüchtige fränkische und
bayerische Herzöge, ja sogar gegen seinen eigenen aufrührerischen Bru=
der mit aller Macht vorzugehen. Die nochmals eingefallenenUngarn be=
siegte er auf dem Lechfelde bei Augsburg so gründlich, daß sie sich nie
wieder ins deutsche Land wagten.

Nun war die Zeit für die größte Unternehmung dieses großen
Mannes da. In Italien waren bedeutende Unordnungen vorgekom=

men. Wie zu Karls des Großen Zeit fand der Papst es für nötig, das
Einschreiten der deutschen Macht anzurufen, und Otto unternahm die
Wiederherstellung der Ruhe und des päpstlichen Ansehens. Dafür
wurde er im Jahre 962 vom Papste mit der Krone der altrömischen
Kaiser, die seit Julius Nepos Zeit (Kap. 9) kein kaiserliches Haupt
mehr geschmückt hatte, gekrönt und zum weltlichen Herrn der Christenheit in den deutschen Ländern ausgerufen. Deutschland erhielt jetzt
den Namen „Heiliges römisches Reich deutscher Nation", und die deutschen Könige wurden „Römische Kaiser". Seitdem galt es für Recht,
daß jeder Deutsche nach Rom ziehe und sich vom Papste krönen lasse.
Es blieb über dreihundert Jahre so, nicht zum Heile Deutschlands,
denn die Romfahrten und die mit denselben immer verbundenen
Kämpfe mit den italienischen Städten, den Normannen und den
Griechen und Arabern haben viel edeles deutsches Blut gekostet und
nur zu oft die Vernachläſſigung näher liegender heimiſcher Angelegenheiten verursacht.

Das zeigte sich schon unter den Nachfolgern des großen Otto,
seinem Sohne Otto II. und seinem Enkel Otto III. Beide mußten
auf Römerzügen ihr Leben lassen, ohne den vollständigen Ausbau
der „ottonischen Idee" verwirklicht zu haben. Nichtsbestoweniger
gebührt den sächsischen Kaisern der Ruhm, das deutsche National-
und Einheitsgefühl bei allen Stämmen wieder in voller Stärke
wachgerufen zu haben, und nicht ihre Schuld war es, daß es nicht zu
ganzer Blüte sich entfaltete. Der auf dem Lechfelde im Ungarnstreite
tausendstimmig angestimmte Ruf „Hie All-Deutschland! Hie all-
deutsches Reich für immer!" ist dort mehr als leerer Schall geworden.

23.

Nach Canossa.

Der letzte der sächsischen Kaiser, Otto III., war unvermählt in Jta= lien gestorben. Seine Leiche wurde nach Deutschland gebracht und der Zug ging durch das Gebiet des Herzogs Heinrich von Bayern, der Anspruch auf die Nachfolge erhob und sich gewaltsamer Weise in Besitz der im Zuge mitgeführten Reichsinsignien setzte. Bald erfolgte auch seine nachträgliche Wahl. Der kühne Streich war gelungen, nicht zum Nachteile des Reiches, denn Heinrich II. war ein kluger Regent, der den Frieden wahrte, mit dem Papste und der Geistlichkeit fortwäh= rend im besten Einvernehmen stand und sich durch viele bedeutende Schenkungen an Kirchen und Klöster den Beinamen „der Heilige" er= warb.

Mit Heinrichs II. Nachfolger, Konrad II., kam der fränkische Stamm wieder an die Regierung, und unter ihm und seinem Sohne, Heinrich III., wurde das Reich im Westen durch die Angliederung von Burgund und im Osten durch die Hinzufügung von Böhmen und Po= len erweitert und an seinen Grenzen gestärkt. Heinrich III., ein höchst energischer und weit blickender Mann, hatte sogar eine vollständige Reform der Kirche und eine Aenderung der Papstwahl in deutschem Sinne geplant, als ihn der Tod abrief.

Nun kam mit Kaiser Heinrich IV. eine schlimme Zeit über Deutschland. Wie kurz vorher ein Kaiser das Papsttum vom Deut= schen Reiche, so wollte jetzt ein Papst, Gregor VII., der Große, das Reich vom Papsttum abhängig machen und verkündete: „Die römische Kirche ist von Gott allein gegründet. Nur der römische Bischof ist der allgemeine Bischof und Papst. Er allein kann Bischöfe einsetzen, sich kaiserlicher Würdezeichen bedienen, jeden in Bann thun und daraus erlösen. Alle Fürsten haben seine Füße zu küssen und er selbst kann

ben Kaiser absetzen. Er selbst kann von keinem gerichtet werden, auch
nicht wenn er für gut findet, die Unterthanen von ihrer Pflicht gegen
ihre Fürsten zu entbinden. Die römische Kirche hat nie geirrt und
wird auch nie irren."

Die Antwort des jungen Kaisers ließ nicht lange auf sich warten.
„Ich, Heinrich, von Gottes Gnaden König", so schrieb er dem Papste,
„rufe mit allen meinen Bischöfen Dir zu: Verlasse den angemaßten
apostolischen Stuhl, steige herab!"

Damit war der Bruch vollzogen. Gregor sprach den Bann über
Heinrich aus, und die Fürsten Deutschlands und Italiens, meist dem
Kaiser feind, muteten diesem zu, er solle sich binnen Jahresfrist von
dem päpstlichen Banne lösen, wenn er nicht gewärtigen wolle, daß sie
ihn absetzten. Ohne Not, freiwillig machten die deutschen Fürsten den
Papst zum Schiedsrichter im deutschen Reiche und zu ihrem Herrn und
Gebieter. Dieser schrieb denn auch sogleich eine große Versammlung
von Fürsten und Bischöfen nach Augsburg aus, vor welcher der deutsche
Kaiser bußfertig in seinem eigenen Lande vor einem römischen Papste
sich rechtfertigen und beugen sollte.

Heinrich war aber nicht weniger hellsehend als Gregor. Während
dieser langsam durch Italien gen Deutschland reiste und auf dem
Schlosse Canossa in Norbitalien Rast hielt, eilte Heinrich mit nur ge-
ringem Gefolge über die Alpen. Er hatte wohl überlegt, daß er allein
gegen den von den Fürsten unterstützten Papst nichts ausrichten könne,
und sich entschlossen, die Aufhebung des Bannes zu erzwingen, nicht
mit den Waffen, sondern durch moralischen Zwang. Im Winter 1076
langte der Kaiser vor Canossa an, bereit die von ihm verlangte Buße
zu thun. Der Papst mußte nun einsehen, daß er die Buße nicht ab-
weisen könne, ohne allgemeine Sympathie mit Heinrich und höchst
wahrscheinlich bei den Fürsten eine Sinnesänderung zu Gunsten des
Kaisers hervorzurufen. Er war überlistet und mußte die Buße auf der
Stelle annehmen.

Drei Tage und drei Nächte stand den Bußevorschriften der Kirche gemäß, der Beherrscher des deutschen Reiches, baarfuß und in härenem Gewande, im Schloßhofe. Am vierten Tage ließ der Papst ihn vor und löste vorläufig den Bann, jedoch mit der Bedingung, daß Hein= rich die kaiserliche Gewalt erst nach endgültiger öffentlicher Entschei= dung des Papstes ausüben solle.

Voll Entrüstung eilte der immerhin vom Bann befreite Kaiser nach Deutschland, wo er einen, inzwischen durch Zuthun des Papstes gewählten Gegenkaiser, Rudolf von Schwaben, vorfand, den er nach langem Kampfe besiegte.

Ungleich den deutschen Fürsten hielten die Bischöfe standhaft zu dem rechtmäßigen Herrscher und entsetzten den Papst Gregor VII. sei= ner Würde in Deutschland. Dieser, jedenfalls sehr bedeutende Mann, starb bald darauf mit den Worten: „Ich habe die Gerechtigkeit geliebt, deshalb sterbe ich in der Verbannung."

Kaiser Heinrich aber fand die Ruhe trotz alledem nicht. Sogar seine Söhne empörten sich gegen den Vater und hielten ihn bis zu seinem Tode gefangen.

Mit Heinrich dem IV., dem Sohne des unglücklichen Heinrich IV., endete die Herrschaft des fränkischen Kaiserhauses, welches, außer der Schmach des Ganges nach Canossa, der trotzdem auch Gutes wirkte, wenn auch erst in späteren Zeiten, und einer unter dem Namen „das salische Recht" bekannten Gesetzessammlung, nichts besonders Be= deutendes im Reiche gewirkt hat.

Nun brach ein Bürgerkrieg aus, in Folge der Wahl von zwei Ge= genkaisern, Lothar von Sachsen, genannt der Pfaffenkönig, und Kon= rad von Hohenstaufen, welcher seinen Gegner besiegte und als Konrad III. den deutschen Thron bestieg, als der erste der großen Hohenstau= fen, mit denen eine bewegte, aber glorreiche Zeit für Deutschland an= broch.

24.
Die Weiber von Weinsberg.

Conrad III. hatte schwere Kämpfe mit dem sächsischen Hause der Welfen zu bestehen. Damals kam der berühmte Schlachtruf auf: „Hie Welf, hie Waibling!" — letzteres von dem in Schwaben im Gebiete der Hohenstaufen gelegenen Orte Waiblingen. Da dieser und die in seinem Gefolge entbrennenden Kämpfe theilweise auch in Italien ausgefochten wurden, pflanzte sich der Schlachtruf auch dort fort als „Guelf" und „Ghibelin".

Im Kampf gegen den sächsischen Bayernherzog Welf zog Kaiser Konrad einst gegen das schwäbische Städtchen Weinsberg im Neckarthale. Ergrimmt über den hartnäckigen Widerstand der Bürger drohte der Kaiser mit schweren Strafen, wenn der Ort sich ihm nicht ergebe. Bald wurde weiterer Widerstand nutzlos. Da kam eine Gesandtschaft weinsberger Frauen ins kaiserliche Lager und bat um Gnade für die Belagerten. „Mit Frauen führe ich keinen Krieg", sprach der Kaiser; „ihr könnt abziehen und euer Kostbarstes, so viel ihr auf Rücken und Schultern tragen könnt, mitnehmen. Sonst aber bleibt es bei meinem Beschlusse; die Verteidiger müssen sich ergeben." Als nun am nächsten Morgen das Thor sich öffnete und alle Frauen herauszogen, da trug eine jede von ihnen ihren Mann auf dem Rücken, ihr Kostbarstes. Der Kaiser lachte über diese Schlauheit; und als sein Kanzler meinte, auf solchen Betrug dürfe man sich nicht einlassen, da war der Kaiser anderer Meinung und schenkte auch den Männern das Leben, nach dem Dichter Adalbert von Chamisso mit den Worten:

> „Und war es nicht die Meinung,
> Das Kaiserwort besteht,
> Und zwar von keinem Kanzler
> Zerdeutelt und zerdreht!"

Bis auf den heutigen Tag heißt die alte Burg von Weinsberg „Die Weibertreu".

25.

Die Kreuzzüge.

Sehr bald nach der allgemeinen Einführung des Christentumes in den Ländern Europas ward es unter den Gläubigen Sitte, Wallfahrten nach Jerusalem zu machen und das Grab des Erlösers zu besuchen. Als das heilige Land den türkischen Sarazenen zufiel, fingen diese an, entgegen der Gewohnheit der früher dort herrschenden Araber, welche den Pilgern immer Vorschub geleistet hatten, diese auf jede Weise zu placken und zu verfolgen. Der Gedanke wurde allmählich wach, sich dieser Behandlung zu widersetzen; und als dann ein französischer Mönch, Peter von Amiens, aus Jerusalem zurückkehrend, Frankreich und Deutschland durchzog und eine haarsträubende Schilderung von den Leiden der Christen in Palästina entwarf, da regte sich allgemeiner Unwille. Der Pabst Urban II. berief eine allgemeine Kirchenversammlung nach Clermont in Frankreich und forderte die dort Versammelten auf, das heilige Grab aus den Händen der Ungläubigen zu befreien. Die Anwesenden, aufgeregt durch diese Vorstellungen des geistlichen Hauptes der Christenheit, riefen begeistert aus: „Gott will es! Ja, Gott will es!" Wer sich an dem gottgefälligen Werke beteiligen wollte, heftete sich ein rotes Kreuz auf die Schulter — er „nahm das Kreuz". Davon erhielten die darauffolgenden Heerfahrten nach Palästina den Namen „Kreuzzüge". Es wurden im Laufe der folgenden zwei Jahrhunderte sieben solche Züge unternommen, deren Teilnehmer man „Kreuzfahrer" nannte. Im Jahre 1096 zogen Peter von Amiens und der arme deutsche Ritter Walter von Habenichts mit vielen Tausenden von Leuten jeden Alters und Stammes aus. Diese Schar kam jedoch nicht ins heilige Land, sondern wurde unterwegs durch Krankheiten und Entbehrungen aller Art aufgerieben.

Der zweite Zug aber, Herren und Ritter aus Deutschland und Frankreich unter der Anführung des lotharingischen Herzogs Gottfried von Bouillon, erreichte seine Bestimmung und seinen Zweck. Jerusalem wurde erobert und Gottfried zum König erwählt. Doch ging es mit der Behauptung des Besitzes und der Einnahme weiterer wichtiger Plätze nicht schnell. Die Kreuzfahrer fielen Krankheiten und sonstigen Unfällen zum Opfer, neuer Nachschub von Streitern gegen die tapferen Sarazenen war fortwährend nötig; und obgleich es nachgerade als Ehre und Fürstenpflicht galt, einen Kreuzzug zu unternehmen, wie es denn auch die Hohenstaufenkaiser thaten, so führten diese langen Kriege dennoch nicht zu der dauernden Besitznahme des heiligen Grabes. Es blieb zuletzt doch in den Händen der Sarazenen, die aber fernerhin die christlichen Pilger nicht belästigten.

Während der Kreuzzüge glich Palästina einer europäischen Niederlassung. Wer sein Glück mit Handelsunternehmungen zu machen hoffte, siedelte dorthin über oder errichtete dort ein Zweiggeschäft. Fürsten und Ritter blieben im Lande mit der Absicht, von dort aus in anderen Teilen Asiens Kampf, Abenteuer, vielleicht eine Herrschaft zu finden, was auch nicht selten gelang. So entstand ein lebhafter Verkehr zwischen dem reichen, kunstfertigen Morgenlande und dem ihm in gar manchen Hinsichten nachstehenden Abendlande. In erster Linie kam dies Italien zugute, dessen Handelsstädte denn auch durch den Transithandel mit asiatischen Waaren bedeutend gewannen. Auch in Deutschland wurden vor allem südlich gelegene Städte, wo die über die Alpen angeführten Waaren in Empfang oder Stapel genommen und weiter nördlich verhandelt wurden, sehr gehoben.

Künste und Wissenschaften, vor allem auch die Dichtung, wurden in neue Bahnen gelenkt; neue Gewerbe sprangen auf und eine freiere Lebensanschauung, wie der Mensch auf weiten Reisen sie immer erwirbt, machte sich bald geltend, trotzdem die Macht der Kirche und Päpste bedeutend gewann.

Dabei fand in Deutschland eine durchgreifende Veränderung und

Verschiebung des Besitzes statt. Gar mancher Ritter wurde jetzt erst Lehensmann, gar mancher veräußerte oder verpfändete seinen Grund und Boden, um sich die Ausrüstung für die Teilnahme an einem Kreuzzuge zu verschaffen. Landesherren, Bischöfe, Handelsherren und Geldverleiher waren immer bereit, gegen hohe Zinsen oder Abtretung von Besitzrechten zu helfen und wurden dabei reich, während viele Edelinge und Freie des Ruhmes wegen verarmten. Ueber sechs Mil= lionen Menschen hat Europa während der im Ganzen ihren Zweck nicht erfüllenden Kreuzzüge verloren.

26.

Friedrich Barbarossa.

Nach dem Tode Konrads III. erwählten die Deutschen einstimmig seinen Neffen, den Herzog Friedrich von Schwaben aus dem Ge= schlechte der Hohenstaufen zum Kaiser, 1152—1190. Er war ein statt= licher Held, ein kräftiger und zielbewußter Herrscher. Wegen seines großen rötlichen Bartes wurde er Rotbart, von den Italienern Barba= rossa, genannt. Er meinte, ein Herrscher habe sein Amt hauptsächlich dem Willen des Volkes zu verdanken und müsse deshalb es als erste Pflicht betrachten, dasselbe gut zu regieren. Vor ihm galt kein An= sehen der Person; Recht und Gerechtigkeit gingen ihm über alles; was er aber dafür erkannte, das setzte er, wenn es sein mußte, mit Strenge durch. Er liebte, trotz seiner häufigen Romfahrten, deutsche Sitte und Sprache vorzugsweise. Hatte er Waffen und Rüstung abgelegt, so griff er oft zur Harfe und sang Lieder in schwäbischer Mundart. Dann sammelte sich das Volk um das kaiserliche Zelt, um zu lauschen.

Hader und Zwiespalt gab es in Deutschland zur Zeit genug unter den deutschen Fürsten; jeder verlangte seine Ansicht vom Kaiser geltend gemacht zu sehen. Diesem aber ging das Ansehen und die Gesamt=

macht Deutschlands über jegliches andere Interesse, sein eigenes nicht
ausgenommen. Das mußte der gewaltige Herzog von Sachsen und
Bayern, Heinrich der Löwe, zu seinem Schaden erfahren. Auch die
lombardischen Städte trotzten dem Kaiser und versuchten, sich der
deutschen Oberherrschaft zu entlebigen. Sie meinten, sie hätten dem
Kaiser wohl Treue gelobt, nicht aber geschworen sie zu halten. Schwere
Strafen verhängte Friedrich auf sechs Romfahrten über diese Städte,
und doch waren die Widerspänstigen zur Zeit seines Todes nicht voll=
ständig zur Ruhe gebracht.

In hohem Alter unternahm Friedrich einen Kreuzzug, fand jedoch
beim Durchschwimmen des Flusses Seleph in Kleinasien den Tod in
den Wellen desselben.

Die Bestürzung im Heere war groß, noch größer die allgemeine
Trauer im Reiche, wo man der Kunde anfänglich gar keinen Glauben
schenken wollte. Es entstand die schöne Sage vom Kyffhäuser=
Schlosse, wohin der große Herrscher sich nur zur Ruhe begeben habe,
um später mit des deutschen Reiches Herrlichkeit wieder hervorzukom=
men. Der Dichter Friedrich Rückert hat diese Sage wie folgt besun=
gen:

Der alte Barbarossa,
Der Kaiser Friederich,
Im unterird'schen Schlosse
Hält er verzaubert sich.

Er ist niemals gestorben,
Er lebt darin noch jetzt;
Er hat, im Schloß verborgen,
Zum Schlaf sich hingesetzt.

Er hat hinabgenommen
Des Reiches Herrlichkeit
Und wird einst wiederkommen
Mit ihr zu seiner Zeit.

Der Thron ist elfenbeinern,
Darauf der Kaiser sitzt;
Der Tisch ist marmelsteinern,
Worauf sein Haupt er stützt.

Sein Bart ist nicht von Flachse,
Er ist von Feuersglut,
Ist durch den Tisch gewachsen,
Worauf sein Kinn ausruht.

Er nickt, als wie im Traume,
Sein Aug', halb offen, zwinkt,
Und je nach langem Raume
Er einem Knaben winkt.

Er spricht im Schlaf zum Knaben: Und wenn die alten Raben
„Geh' vor das Schloß, o Zwerg, Noch fliegen immerdar,
Und sieh, ob noch die Raben So muß auch ich noch schlafen
Herfliegen um den Berg; Verzaubert hundert Jahr."

Dort beim Kyffhäuser in Thüringen haben jetzt die Deutschen ihrem Kaiser Wilhelm I., der beinahe 800 Jahre nach Barbarossas Tod die Raben, die Erbfeinde Deutschlands, vernichtet hat, als dem Wiederaufrichter des deutschen Reiches ein großartiges Denkmal errichtet.

Auch unter Barbarossas Nachfolgern, den Hohenstaufen Heinrich VI., Philipp von Schwaben und Friedrich II. erfreute sich das deutsche Reich großen Ansehens, besonders unter dem letztgenannten, der nichts unterließ, das deutsche Nationalgefühl zu heben. Er verbot sogar den Gebrauch der lateinischen Sprache bei Hofe, in den Gerichten und Reichskanzleien und führte dafür die deutsche in schwäbischer Mundart, in der er selbst als Schriftsteller und Dichter auftrat, ein. Friedrich II. führte den fünften Kreuzzug, den erfolgreichsten von allen, an und wurde zum König von Jerusalem gekrönt, obgleich er zur Zeit sich im Banne des immer mit ihm habernden Papstes befand, und fortwährend päpstliche Uebergriffe und Gegenkaiser bekämpfen mußte. In Italien breitete er die hohenstaufische Herrschaft noch über Sizilien aus, sodaß nunmehr, mit Ausnahme des päpstlichen Gebietes, ganz Italien zum deutschen Reich gehörte.

Seine Söhne Manfred, Enzio und Kaiser Konrad IV., der letzte hohenstaufische Regent, ließen ihr Leben in Italien.

27.

Der letzte Hohenstaufe.

„Der Hohenstaufen Tagwerk ist nicht klein,
Ich muß es früh beginnen, wie die Vordern
Es früh begannen. Nicht das einzelne Land
Ist unser Ziel. Von jedem Fleck der Erde
Kann unser Streben ausgehn. Hat zuerst
Apulien mich gerufen, in Apulien
Beginn' ich meine Bahn; doch wo sie ende,
Das liegt verhüllet in der Zukunft Schoß.
Uns hat es einst das Lied gesungen. „„König
Und Adler, niedrig schwebend, taugen schlecht.""
Drum laßt die Banner vorwärts fliegen!"

Diese hochherzigen Worte läßt der Dichter Uhland den jungen
Konradin sprechen, den einzigen Sohn Kaiser Konrads IV., zu jung
zur Zeit, als sein Vater starb, den deutschen Thron zu besteigen.

In Deutschland herrschte eine traurige Zeit, das sogenannte In=
terregnum. Anstatt Konradin zu wählen und während seiner Min=
derjährigkeit eine Regentschaft einzusetzen, um die große Herrschaft
der Hohenstaufen nicht untergehen zu lassen, ließen die eifersüchtigen
Fürsten, durch Selbstsucht und Bestechung dazu vermocht, sich herbei,
fremden Fürsten die Wohlfahrt und die Ehre des deutschen Reiches
anzuvertrauen. Aber auch darin waren sie uneins. Die eine Hälfte
der Stimmen fiel auf den englischen Prinzen Richard von Cornwallis,
die andere auf den König Alfons von Spanien. Beide hatten sich ihre
Erwählung ein schönes Stück Geld kosten lassen; keiner von ihnen
aber hielt sich länger als nur vorübergehend im Reiche auf oder nahm
an dessen Wohlfahrt irgend welchen Anteil.

Inzwischen erfüllte sich das traurige Geschick des rechtmäßigen
Thronerben, Konradin. Der Papst glaubte Anspruch auf das Besitz=
recht der hohenstaufischen Länder Neapel und Sizilien erheben zu
müssen, sprach über Konradin, der seinem Erbe nicht entsagen wollte,

ben Bann aus und verkaufte das sich gewaltsam angeeignete Lehens=
recht auf die beiden Länder an den französischen Prinzen Karl von
Anjou. Da nun dieser sich in der erschlichenen Besitzung bald sehr un=
beliebt machte, rief die dort immer noch bedeutende hohenstaufische Par=
tei Konradin ins Land, um den Usurpator zu vertreiben. Das mußte
aber mit Waffengewalt geschehen, und Konradin veräußerte seine Be=
sitzungen in Deutschland ungeachtet aller Warnungen, warb ein Heer
von zehntausend Mann an und zog nach Italien, wo er mit Jubel em=
pfangen wurde und Verstärkungen erhielt. Er ward jedoch von Karl
besiegt, gefangen und mit seinen treuesten Freunden, Friedrich von
Baden und Heinrich von Castilien, in Neapel auf öffentlichem Markte
enthauptet.

Dieses Ereignis hatte das Ende der Verbindung des deutschen
Reiches mit Südital̈ien und die Lockerung der Besitze in Oberitalien
zur Folge, nicht zum Schaden Deutschlands. Es bewirkte außerdem
das Gute, daß fernerhin kein deutscher Kaiser mehr nach Italien zog,
um sich dort vom Papste krönen zu lassen. Der römische Kaiser wurde
fortan in Deutschland nicht allein gewählt, sondern auch gekrönt, mit
oder ohne Willen oder Bestätigung des Papstes. Die sieben sogenann=
ten Kurfürsten oder Wahlfürsten — die Erzbischöfe von Mainz, Köln
und Trier und die Landesfürsten von Böhmen, Sachsen, Brandenburg
und Franken — nahmen das auf sich.

<hr>

28.

Der Sängerkrieg.

Eine der günstigen Wirkungen des durch die Kreuzzüge erhöhten
geistigen Strebens und des durch die Handlungen und Verord=
nungen der Hohenstaufenkaiser erreichten höheren Ansehens der deut=
schen Sprache gegenüber der lateinischen war der Aufschwung der deut=

ſchen Dichtung. In dieſer Beziehung trat der bislang an der Spitze
ſtehende geiſtliche Stand jetzt gegenüber den Rittern zurück, und dieſe
pflegten nun die Dichtkunſt beinahe ausſchließlich. So entſtand das,
anfänglich an die franzöſiſchen und ſpaniſchen Troubadours ſich anleh=
nende deutſche Minneſängertum. Nicht allein von Minne, d. i. Liebe,
aber ſangen dieſe Dichter, ſie ſangen, nach Uhland, auch von:

> „Freiheit, Männerwürde, von Treu' und Heiligkeit,
> Von allem Süßen, was Menſchenbruſt durchbebt,
> Von allem Hohen, was Menſchenherz erhebt.“

Auch entgingen weder Papſt noch Kaiſer ihrem Urteile, kein
Mißſtand ihrem Spotte und ihren Mahnungen. Dichter wie Walther
von der Vogelweide, um nur einen einzigen zu nennen, übten einen ge=
waltigen Einfluß auf ihre Zeit aus, nach damaliger Sitte meiſt an
Fürſtenhöfen lebend oder von Burg zu Burg, von Stadt zu Stadt zie=
hend, um ihre Lieder nach ſelbſterfundener Weiſe und unter Lauten=
oder Harfenbegleitung vorzutragen. Dieſe Geſänge erhielten ſich im
Volksmunde, wurden oft niedergeſchrieben, ſpäter gedruckt, und wir
beſitzen eine große Anzahl derſelben heute noch. Aber auch was das
Volk ſich erzählte von den alten Zeiten, von Attila, Theodorich, Alboin,
Karl dem Großen und anderen Helden, brachten Dichter jetzt in Verſe.
Sie ſchufen herrliche erzählende Dichtungen, Epen, wie „Parſival“ von
Wolfram von Eſchenbach, „Triſtan und Iſolde“ von Gottfried von
Straßburg. Das Höchſte, was die deutſche Dichtkunſt in dieſer Art
je geſchaffen hat, ein Epos, welches nur denen Homers nachſteht, iſt
das ebenfalls in jener Zeit entſtandene „Nibelungenlied“, das hohe
Lied der deutſchen Treue, vielleicht die Schöpfung eines einzigen, viel=
leicht auch die Zuſammenſtellung von Dichtungen mehrerer Sänger.

Fürſten und Biſchöfe, Herzöge und Kaiſer dichteten, wie Heinrich
VI. und Friedrich II., entweder ſelbſt, oder waren feſte Stützen der
deutſchen Sänger. Einer der eifrigſten Förderer der Dichtkunſt war

Hermann, Landgraf von Thüringen, auf deſſen Reſidenzſchloß, Wart=
burg, der ſogenannte Sängerkrieg, ein Wettſingen zwiſchen berühmten
Dichtern des ausgehenden zwölften und des beginnenden dreizehnten
Jahrhunderts — das erſte deutſche Sängerfeſt ſtattfand.

Von da an nahmen allmählich auch die Bürger der großen Städte
an den dichteriſchen Beſtrebungen der Zeit teil, wenn auch in etwas an=
derer Weiſe, als die Ritter. Das deutſche „Singen und Sagen“ ge=
langte zu hohen Ehren. Was ſich auch ereignete, was das deutſche
Menſchenherz ſann und litt, was es erfreute und tröſtete — „es ward
zum Lied“.

29.

Die Hanſa.

Die Römerſtädte am Rhein und an der Donau (Kap. 6) — Köln,
Bonn, Trier, Straßburg, Baſel, Augsburg, Regensburg, Wien
und viele andere — waren während der Völkerwanderung über den
Haufen geworfen worden, und, da den alten Deutſchen das Wohnen
hinter feſten Mauern zuwider war, lange Zeit wenig mehr als Ruinen
geblieben. Allmählich aber ſöhnten, beſonders ſeit in oder bei dieſen
Orten Biſchoffſitze erſtanden, die ſonſt ſo unbändigen Krieger und
Wanderer ſich mit dem Zuſtande der Seßhaftigkeit und des Zuſammen=
lebens in geſchloſſenen Gemeinden mehr und mehr aus. Die Städte
erſtanden aus ihren Trümmern als Kaiſerpfalzen und Reſidenzen;
neue kamen hinzu, und Handelsleute, Handwerker und Bauern ſiedelten
ſich um dieſelben hin an, ſo daß es bald in Deutſchland eine große An=
zahl von Städten gab. Bald erhielten die Bewohner derſelben gewiſſe
Vorrechte, wodurch immer mehr Unfreie als Dienſtleute in dieſelben
gelockt wurden, um nach Jahr und Tag frei gemacht zu werden.

In Zeiten der Gefahr zogen auch freie Grundbeſitzer aus der be=
drohten Umgegend in die Städte, um hinter ihren Mauern Schutz zu

finden, wogegen fie aber auch an der Verteidigung derfelben teilneh=
men mußten. Bald entwickelten fich dafelbft Handwerkervereine, Gil=
ben und Zünfte, aber auch Vereinigungen der Adeligen und Freien,
die fich als „Geſchlechter" oder „Patrizier" bezeichneten und die Ver=
waltung der Stadt an fich brachten, nicht immer ohne Kampf mit den
bürgerlichen Handwerkern. Je mehr der Wohlftand der Städte wuchs,
defto größer ward ihr Streben nach Unabhängigkeit von den Fürften
und Biſchöfen, auf deren Gebiet fie fich befanden. Auch dies verur=
ſachte häufige, oft blutige Fehden und Kämpfe. Deshalb mußten die
Städte eine ſtets kampfbereite Bürgerwehr haben, oft auch beſoldete
Kriegsknechte, ſowie ſtarke Mauern, Thürme und Gräben, wie die Rit=
terburgen.

Doch auch den Künften und Wiſſenſchaften ließ man dort große,
faſt nur noch die einzige Pflege angedeihen, wie denn auch die deutſche
Sprache in den Städten beffer aufgehoben war, als an vielen Fürften=
höfen.

Infolge der immer wiederkehrenden Kaiferfehden verbanden fich
die Städte in beftimmten Landftrichen zu Schutz und Trutz und gaben
nicht ſelten in dieſen Kämpfen den Ausſchlag — ſo die rheiniſchen, die
heſſiſchen, die ſchwäbiſchen Städtebünde.

Das Haupthindernis des Handesverkehrs der Städte unter ein=
ander war die Unſicherheit der Landftraßen und ſchiffbaren Flüffe, wo
beuteluftige Ritter, die ſogenannten Raubritter, ihr Wegelagerunweſen
trieben trotz Gefetz, Verordnungen und Reichsacht. Dieſe adeligen
Räuber zwangen die an ihren Burgen vorüberziehenden Frachtwägen
und Schiffe zur Entrichtung hoher Zölle oder führten gar die Eigen=
tümer und Geleiter der Frachten gefangen fort, um ſie nur gegen ho=
hes Löfegeld wieder freizugeben. Nur ſelten konnten Kaiſer und Reich
Hülfe ſchaffen. Da ſchloſſen endlich die großen Handelsftädte, mit den
Seeplätzen Hamburg, Lübeck und Bremen an der Spitze, einen mäch=

tigen Bund, zogen nach und nach mehr als sechzig weitere Städte hin=
zu, stellten ein großes Söldnerheer auf, rüsteten viele Kriegsschiffe aus
und beschützten auf eigene Faust ihren Handel und Verkehr.

Dieser, „Hansa" genannte, Bund wurde bald so mächtig, daß
Fürsten und Könige um seine Gunst warben. Er bestand siegreiche
Kriege mit Dänemark und Schweden, vernichtete die Seeräuber auf
der Nord= und Ostsee und jagte den Strauchrittern einen heilsamen
Schrecken ein. In England, Frankreich, Italien und Rußland hatte
die Hansa große Stapelplätze, und es ist schwer zu sagen, zu welcher
Macht sich dieselbe entwickelt und wie sie noch in die Geschichte
Deutschlands eingegriffen haben würde, wenn nicht infolge der nun
bald erfolgten Entdeckung von Amerika der Handel andere Wege
eingeschlagen hätte.

So löste sich denn die Hansa nach langem Bestehen, hauptsächlich
auch wegen der eintretenden Aenderungen im Inneren Deutschlands
nach vierhundertjährigem Bestehen in der zweiten Hälfte des siebzehn=
ten Jahrhunderts auf, und nur die Städte Hamburg, Bremen und
Lübeck fuhren fort, ihren Bund als „freie Hansestädte", unter dem
Schutze des Reiches zu erneuern, und waren bis auf die neueste Zeit
unabhängige Glieder des Deutschen Reiches mit selbständiger Ver=
waltung und Regierung.

30.

Rudolf von Habsburg.

Der Zustand der Ordnungslosigkeit und Unsicherheit, welchen das
Interregnum (Kap. 27) mit sich brachte, wurde nachgerade
allen Klassen der Bevölkerung so unerträglich, daß alle, Volk und
Fürsten, sich im September 1273 zu Frankfurt am Main versam=
melten, um, mit gänzlicher Beiseitesetzung der allerdings noch ein

Scheindasein fristenden, beiden fremden Kaiser Alfons und Richard, zur Kaiserwahl zu schreiten. Vom Erzbischof von Mainz in Vorschlag gebracht, wurde ein als tapferer und gerechter Ritter bekannter oberschwäbischer Graf, Rudolf von Habsburg, einstimmig erwählt, als ein Mann, der wohl imstande zu sein schien dem Reiche die so nötige Ordnung und Ruhe im Inneren zu schaffen und das Ansehen desselben nach außen wiederherzustellen.

Unter großem Gepränge fand darauf die Krönung zu Aachen statt. Als man beim Krönungsmahle saß, verlangte der Kaiser, daß ein Sänger hereingerufen werde, er sei das so gewöhnt. Solcher waren natürlich viele unter dem zugeströmten Volke. Bald erschien ein ehrwürdiger Greis, der sang:

„Aufs Waidwerk hinaus ritt ein edler Held,
Den flüchtigen Gemsbock zu jagen;
Ihm folgte der Knapp mit dem Jägergeschoß,
Und als er auf stattlichem Roß
In eine Au kommt geritten,
Ein Glöcklein hört er erklingen von fern:
Ein Priester war's mit dem Leib des Herrn,
Voran kam der Meßner geschritten.

Ein Bächlein aber rauschte durch das Feld,
Von des Gießbachs reißenden Fluten geschwellt,
Das hemmte des Wanderers Tritte;
Und beiseite legt jener das Sakrament,
Von den Füßen zieht er die Schuhe behend,
Damit er das Bächlein durchschritte.

Da setzt ihn der Graf auf sein ritterlich Pferd
Und reicht ihm die prächtigen Zäume,
Daß er labe den Kranken, der sein begehrt,
Und die heilige Pflicht nicht versäume. —
Und am nächsten Morgen mit dankendem Blick,
Da bringt er dem Grafen sein Roß zurück,
Bescheiden am Zügel geführet.

„Nicht wolle das Gott," rief mit Demutsinne
Der Graf, „Daß zum Streiten und Jagen
Das Roß ich beschritte fürderhin,
Das meinen Schöpfer getragen!

Und magst Du's nicht haben zu eignem Gewinnst,
So bleib' es gewidmet dem göttlichen Dienst,
Denn ich hab' es Dem ja gegeben,
Von Dem ich Ehre und irdisches Gut
Zu Lehen trage und Leib und Blut
Und Seele und Atem und Leben."

(Aus Schiller's „Graf von Habsburg".)

Betroffen hörte der Kaiser den Gesang des greisen Sän=
gers. Sinnend sitzt er da, als gedächte er vergangener Zeit; und wie
er den alten Mann genau anschaut, erkennt er in ihm einen Priester,
dem er wirklich einst einen solchen Dienst geleistet. Thränen der
Rührung flossen ihm aus den Augen, und die Gäste blickten ihn an
und wußten, wer der besungene fromme Ritter und Jäger gewesen.
„Und sie erkannten das göttliche Walten."

Als, nachdem die Festlichkeiten vorüber waren, sich die Reichs=
fürsten dem Kaiser näherten, um sich nach dem Gebrauche mit ihren
Fürstentümern aufs neue belehnen zu lassen, da war das kaiserliche
Scepter nicht zur Hand, mit dem die Belehnung eigentlich geschehen
mußte. Der Kaiser ergriff aber ein bastehendes Krucifix mit den
Worten: „Dieses Kreuz, das die Welt erlöst hat, wird ja wohl die
Stelle eines Scepters vertreten können."

Der neue Kaiser rechtfertigte die in ihn gesetzten Erwartungen
ganz und voll. Er empfing die Huldigung aller Großen mit Aus=
nahme des mächtigen Königs Ottokar von Böhmen, der zugleich auch
die Herzogtümer Mähren und Oesterreich inne hatte. Rudolf zog
gegen ihn, besiegte ihn, zwang ihn, dem Herzogtume Oesterreich zu
entsagen und verlieh dieses seinem eigenen Sohne Albrecht. Mit

ben Raubrittern verfuhr er sehr strenge. Einst vernichtete er in einem Monate über sechzig derselben und ließ sie wie andere Räuber hinrichten mit den Worten: „Keinen halte ich für adelig, der von Raub und unehrlicher Hantierung lebt."

Rudolf blieb auf dem Throne einfach und leutselig. Der Vor= wurf, der ihm vielleicht mit Recht gemacht worden, ist der, daß er wohl etwas zu sehr auf die Vergrößerung seiner Hausmacht, Oester= bedacht war. Andererseits ist aber nicht zu vergessen, daß er, nach so vielen Jahren der Unordnung, nicht recht wissen konnte, auf welche Fürsten er fest als reichstreu bauen konnte, solches aber von den Söhnen, die er selbst erzogen, wohl voraussetzen durfte. Ein tref= fendes Beispiel der Unzuverlässigkeit hatte er an dem böhmischen König. Dieser hielt die gelobte Treue nicht, sondern mußte noch= mals bekriegt werden, um ihn dazu zu zwingen. In diesem Kampfe fand der treulose Ottokar den Tod. Dennoch beließ der Kaiser das böhmische Königreich in Ottokars Familie.

Eines Mannes wie Rudolf hatte Deutschland beburft; und als er starb, sah man, was man an ihm verloren. Dem sehnlichen Wunsche des Kaisers, seinen Sohn Albrecht auf den Thron zu bringen, entsprachen jedoch die Fürsten nicht, sondern wählten den Grafen Adolf von Nassau, einen sehr gebildeten und beliebten Ritter. Diese Eigenschaften besaß Albrecht nicht; er war finster und hochfahrend. Nichtsbestoweniger warf er sich zum Gegenkaiser auf, verschaffte sich Anhang und besiegte und tötete Adolf. Dann wurde er erwählt.

Gleich seinem Vater strebte Albrecht I. nach Vergrößerung seiner Hausmacht, besonders in der Schweiz. Auch seinem Neffen, Johann von Schwaben, genannt Parricida, verweigerte er die Herausgabe des väterlichen Erbes, das er als Herzogtum für ihn verwaltete und seinem eigenen Sohne verleihen wollte. Ergrimmt ermordete Johann seinen kaiserlichen Oheim auf einem Zuge nach Alemannien.

31.

Wilhelm Tell.

In ben Gebirgen Hochalemanniens, bas zur heutigen Schweiz ge=
hört, erfreuten sich noch zu Kaiser Rubolfs Zeiten die Lanbstriche
um ben Vierwalbstäbter ober Luzerner See — bie Lanbe Schwyz,
Uri unb Unterwalben — bemofratischer Zustänbe unb gewisser Vor=
rechte, wie andere Orte im Deutschen Reiche sie bamals nicht ge=
nossen. Das Haus Habsburg war in jener Gegenb begütert unb
besaß dort bas erbliche Lehens= unb Schutzrecht. Nichts lag baher
näher, als baß ber habgierige Albrecht I. auch bieses von freien
Jägern unb Bauern bewohnte Land seinem österreichischen Herzog=
tum einzuverleiben trachtete. Die reichstreuen Lanbleute hegten aber
kein Verlangen barnach, österreichische Hörige zu werben. Da sanbte
Albrecht strenge Lanbvögte in die Walbstätte, um sie, ba Ueber=
rebung unb Milbe sie nicht bewegen könne, burch Gewalt unter seine
Herrschaft zu bringen. Damit richtete er aber noch weniger aus.
Die brei Lanbe schlossen auf ber Rütli=Au einen ewigen Bunb zur
Aufrechterhaltung ihrer verbrieften Rechte.

Zu Bürgelen im Lanbe Uri lebte zur Zeit Wilhelm Tell, ein
stiller, aber hilfreicher starker Mann, ein ausgezeichneter Schütze unb
Schiffer, ber aber lieber hanbelte als beratschlagte, ba er kein Freunb
vieler Worte war. Er hatte im Rütli nicht mitgeschworen. Als
man ihn beshalb zur Rebe stellte, antwortete er:

"Der Tell holt ein verlorenes Lamm bom Abgrund,
Und sollte seinen Freunden sich entziehen?
Doch, was ihr thut, laßt mich aus euerm Rat!
Ich kann nicht lange prüfen ober wählen;
Bebürft ihr meiner zu bestimmter That,
Dann ruft den Tell, es soll an mir nicht fehlen."

Schiller.

Vor allen anderen österreichischen Lanbvögten verhaßt machte
sich ber von Uri, Geßler, ber nie bagewesene Plackereien ersann unb

mit großer Härte durchzuführen trachtete. So kam er auf den Ein=
fall, nahe dem Dorfe Altorf in Uri einen Hut auf einer hohen
Stange aufzupflanzen, als Wahrzeichen des österreichischen Fürsten=
hutes, und von jedem Vorübergehenden zu verlangen, daß er durch
Kniebeugung dem Hute, an des Herzogs Statt, Reverenz beweise
— bei Todesstrafe. Tell ging, von der Sache gar nichts wissend,
mit seinem Knaben an der Stange vorüber, ohne dem Hute die ge=
ringste Aufmerksamkeit zu schenken. Er wurde gefangen genommen
und sollte sein Leben verlieren. Da nun alle, selbst Geßlers Folg=
linge, sich für ihn verwendeten, so versprach dieser dem Tell das
Leben zu schenken, wenn er, der gute Schütze, öffentlich, wie auf dem
Scheibenstande, seine Kunst bethätige, indem er einen Apfel von dem
Haupte seines Sohnes schieße. Verfehle er das ihm gesteckte Ziel, so
müßten beide, Vater und Sohn, sterben. Mit blutendem Herzen,
nur um des Knaben willen, wagte Tell den Schuß und traf den
Apfel. Nun hatte er aber, unbemerkt wie er glaubte, den einzigen
Pfeil, der ihm noch übrig blieb, in sein Koller gesteckt, ehe er den
Schuß that. Geßler aber hatte das wohl gesehen und fragte an=
scheinend ganz gutmütig Tell, was er mit dem zweiten Pfeil thun
wolle; er solle es nur ruhig sagen, sein Leben sei ihm ja zugesichert.
Die ihm gestellte Falle nicht ahnend, bekannte Tell, daß er, hätte er
statt des Apfels den Knaben getroffen, mit dem zweiten Pfeile den
Vogt getötet haben würde; ihn würde er sicher nicht gefehlt haben.
Nun sprach der rachsüchtige Geßler:

"Wohl, Tell! Des Lebens hab' ich Dich gesichert,
Ich gab mein Ritterwort, das will ich halten —
Doch, weil ich deinen bösen Sinn erkannt,
Will ich dich führen lassen und verwahren,
Wo weder Mond noch Sonne dich bescheint,
Damit ich sicher sei vor deinen Pfeilen."

Und Tell ward gefesselt zu Schiff nach Küßnacht, Geßlers
Burg, abgeführt, wo er, der Lebensfrische, sein Dasein in der Ge=

fangenschaft beschließen sollte. Auf dem See brach aber ein furcht=
barer Föhn, ein Bergsturm, los. Die Schiffer wußten keinen Rat
mehr und flehten den Vogt, der sich selbst auf dem Schiffe befand,
an, dem Tell die Fesseln abzunehmen, damit er das Fahrzeug lenke.
Wenn es einer könne, dann sei es der Tell. Geßler gab seine Zu=
stimmung, und Tell lenkte mit sicherer Hand das Schiff durch die
empörten Wogen. Eine vom Ufer weit in den See hervorspringende
Felsplatte erspähend, drückte er das Hinterteil des Schiffes so nahe
wie möglich an die Platte heran, ergriff seine daliegende Armbrust,
schwang sich auf die Brüstung des Fahrzeugs und mit einem ge=
waltigen Sprunge auf den Felsen, mit starkem Stoße das Schiff=
lein in die Wellen zurückschleudernd. Auf verborgenen Waldpfaden
eilte er nun gen Küßnacht und lauerte auf den Vogt in einem Hohl=
wege, den er passieren mußte, wenn er dem Sturme entkam. Das
traf ein; und Tell tötete in dieser hohlen Gasse mit sicherem Pfeil=
schusse seinen Todfeind.

Nun hielten die verschworenen Landleute sich nicht länger zurück.
Alle Vögte wurden verjagt, und der ersten größten Not war gesteuert.
Es dauerte aber noch viele Jahre und manchen schweren Kampf
mußten die Waldstätte noch bestehen, ehe ihre Unabhängigkeit ganz
gesichert war. Tell, „der Held und Erretter" verlor sein Leben bei der
Rettung eines Kindes, das in einen reißenden Waldbach gefallen war.
In zahllosen Liedern und Sagen, sowie in einem der schönsten Dra=
men Schillers wird der Befreier seines Vaterlandes gefeiert.

32.

Das Schießpulver.

Wer hat das Pulver erfunden?" Diese Frage ist wohl so häufig
wie die Anwendung des Sprüchwortes: „Der Mann hat das
Pulver nicht erfunden!" Chinesen, Griechen, Franzosen, Engländer

und Deutsche haben Jahrhunderte lang die Erfindung des Schieß=
pulvers als ihr Verdienst in Anspruch genommen, ohne damit dem
wirklichen Erfinder näher zu rücken. Heutzutage weiß man, oder
nimmt für ausgemacht an, daß die Chinesen schon vor der christlichen
Zeitrechnung Explosivstoffe gekannt und angewandt haben; daß die
Griechen gleichfalls zerstörende chemische Zusammensetzungen be=
saßen, und daß endlich das eigentliche Schießpulver in Deutschland
erfunden wurde.

Berthold Schwarz, ein zu Freiburg im Breisgau geborener
Mönch, beschäftigte sich, nach der Art seiner Zeit, viel mit chemischen
Arbeiten und Versuchen. Er wollte Gold machen, den Stein der
Weisen finden u. s. w. Einmal hatte er Schwefel, Salpeter und
Holzkohle gemischt, in einem Mörser zerstoßen und diesen mit einem
Steine zugedeckt. Achtlos fiel ihm ein Funke vom nahen Feuerheerde
in die Mischung, und mit Blitzen und Krachen wurden Stein und
Mörserkeule gegen die Zimmerdecke geschleudert. So oft der er=
staunte Schwarz den Versuch wiederholte, erzielte er dabei dieselbe
Wirkung. Er konnte daher annehmen, daß er einen explosiven Stoff
von außerordentlicher Kraft gefunden habe und hielt mit seiner Ent=
deckung nicht lange hinter dem Berge. Bewährte sich die Sache fer=
nerhin, so konnte man mit durch den neuen Stoff getriebenen Ge=
schossen leicht den Panzer eines Ritters durchschlagen, Mauern,
Brücken, Türme zerstören, Felsen sprengen und dergleichen mehr ver=
nichtende Wirkungen erzielen.

Man goß bald schwere eiserne Mörser, lange Rohre von den
verschiedenartigsten Durchmessern und schleuderte mittels des Pul=
vers steinerne, eiserne, bleierne Geschosse aus denselben. Eine voll=
ständige Umwandlung der Kriegsführung und mancher industrieller
Zweige war mit dem Pulver zuwege gebracht. Eine neue Waffe, die
Artillerie, wurde der Infanterie und Kavallerie in den Heeren hin=

zugefügt, ein neues Hilfsmittel dem Bergmanne in die Hand ge=
geben.

Die Kriege verloren durch die Verwendung von Feuerwaffen
den früheren grausamen Charakter und konnten jetzt schneller ent=
schieden werden. Der geharnischte Ritter und seine Burg verloren
ihre Furchtbarkeit und gehörten bald der Vergangenheit an. Buch=
stäblich konnte Schillers Wort genommen werden:

„Das Alte stürzt und neues Leben blüht aus den Ruinen."

Daß der rechte Name des deutschen Mönchs und Erfinders vor
seinem Eintritte in das Kloster Constantin Anglitzer gewesen sein
soll, hat die Stadt Freiburg nicht verhindert, ihrem Bertholb
Schwarz ein Denkmal zu setzen.

33.

„Jedem ein Ei, dem frommen Schwepper-mann zwei!"

Mit dem Plane Rudolfs I., das deutsche Kaisertum in der Habs=
burg=österreichischen Familie erblich zu machen, war es nichts.
Der Nachfolger des ermordeten Albrecht I. war Heinrich VII. aus
dem Hause Luxemburg, mit dem ein neues mächtiges Herrscher=
geschlecht auf den Plan trat. Dadurch war die Erbmonarchie, die in
Frankreich und England bereits befestigt war, in Deutschland noch=
mals in weite Ferne gerückt. Dessen ungeachtet standen die Habs=
burger mit ihren vermeintlichen Ansprüchen bei jeder Kaiserwahl als
Kandidaten und nach derselben als Gegner des Erwählten kampf=
bereit im Felde. Auch bei der Wahl eines Nachfolgers für Heinrich
VII., der unkluger Weise die italienischen Händel wieder aufgenom=
men und dabei sein junges Leben nach nur fünfjähriger Regierung
verloren hatte, stellten die Habsburger in dem Erzherzog Friedrich

dem Schönen einen Thronkandidaten auf, der auch drei Stimmen erhielt. Der Gegenkandidat, Herzog Ludwig von Oberbayern, aus dem luxemburgischen Hause, erhielt, da er vier Stimmen hatte, die Kaiserwürde als Ludwig IV. und mußte mit Friedrich einen langen Krieg führen, bis er denselben bei Mühldorf in Bayern besiegte und gefangen nahm.

Die Schlacht war eine sehr heiße und wurde nur durch die umsichtige Tapferkeit des nürnberger Obersten, Ritter Seyfried Schweppermann, zu Ludwigs Gunsten entschieden. Als nun am Abend nach dem Siege für die kaiserliche Tafel nichts als ein Korb Eier aufgefunden wurde, verteilte Ludwig diese mit den Worten: „Jedem ein Ei, dem frommen Schweppermann zwei!"

Ludwig war ein kräftiger Regent, geriet aber alsbald mit dem Papste in Streit, in Folge dessen auch er in Italien zu thun bekam. Mit seinem Nebenbuhler und alten Freunde Friedrich verständigte er sich dahin, daß derselbe aus der Gefangenschaft entlassen werde, aber keine weiteren Ansprüche auf die Krone erheben solle.

Dieses freundschaftliche Abkommen fand jedoch nicht die Billigung des habsburgischen Familienrates und auch der Papst erklärte, daß Friedrich durch sein in der Gefangenschaft gegebenes Ritterwort nicht gebunden sei. Da gab dieser ein glänzendes Beispiel deutscher Treue, indem er aus Wien entwich und freiwillig in die Gefangenschaft zurückkehrte. Nun führten bis zu Friedrichs Tod die beiden Freunde im größten Einverständnisse die Regierung gemeinschaftlich.

Ludwigs Nachfolger war der Luxemburger Karl IV., ein höchst gebildeter, kluger und friedlich gesinnter Kaiser, unter dessen weiser Regierung staatliche Ordnung und gesellschaftliche Verbindung der Stände thatsächlich als leitende Mächte im Reiche zur Geltung kamen. Ein Wahl- und Staatsrecht, das den Namen „Goldene Bulle" führte, wurde erlassen und bildete von nun an das Grund-

recht des alten deutschen Reiches. Mit der Eröffnung der Univer=
sität Prag, 1348, machte Karl den Anfang der schnell aufeinander
folgenden Gründungen deutscher Universitäten, welche bald, den
italienischen und französischen überlegen, die weltberühmten Sitze der
Wissenschaft und Gelehrsamkeit wurden und zumeist jetzt noch be=
stehen. Die erste im eigentlichen deutschen Lande gegründete Univer=
sität war die Heidelberger, 1386; die größte wurde aber damals bald
die Leipziger, indem gleich nach ihrer Errichtung sämmtliche deutsche
Studenten von Prag, mehrere Tausende an Zahl, dorthin auszogen.

34.

Eberhard, der Rauschebart.

> „In Fahrten und in Nöten
> Zeigt sich das Volk erst recht,
> Drum soll man nie zertreten
> Sein altes gutes Recht."

Diese Worte legt Ludwig Uhland einem echten deutschen Manne
und Fürsten aus Kaiser Karls IV. Zeit in den Mund, dem
Grafen Eberhard II. von Würtemberg, genannt „der Rauschebart"
wegen seines langen wallenden Bartes, und „der Greiner" wegen
seiner etwas rechthaberischen Gesinnung und steter Kampfbereit=
schaft. Der kluge Mann hatte es längst vorausgesehen, daß zwischen
Städtern, Rittern und Bauern Kämpfe ausbrechen würden, bei dem
die Fürsten und Landesherren, wenn sie im rechten Augenblicke ihre
Macht in die Wagschale warfen, nur gewinnen konnten. Das niedere
Volk emporzuheben und ihm zu seinem verkümmerten Rechte zu ver=
helfen, das erschien ihm als das einzig Richtige, als die Pflicht, aber
auch als der Vorteil, welchen die Fürsten von dem Kampfe ziehen
konnten; Beides im Auge zu behalten war seine Absicht. Die Städte
brachte er bald zum Nachgeben; und wenn er mit den Rittern so

leichten Kaufes nicht davon kam, so erntete er dafür desto größeren Lohn in der Liebe seines Volkes.

Einst befand sich der Rauschebart in der heißen Quelle Wild= bad zur Ruhe und Stärkung. Da kamen, wie er sich's recht wohl sein ließ im warmen Bade, sein Edelknabe und ein armer Hirte herzugelaufen mit der Nachricht, daß gewaffnete Haufen von allen Seiten heranzogen mit der augenscheinlichen Absicht, ihn zu über= raschen und gefangen zu nehmen. Jetzt galt es schnelle Flucht, denn Widerstand gegen so viele war nutzlos. Der brave Hirt erbot sich, den Grafen auf nur ihm bekannten Waldwegen ohne Gefahr nach seiner Residenz Tübingen zu führen. Es war ein schwerer Gang für den alten Recken, der endlich keuchend auf die Fortsetzung des Mar= sches verzichten mußte. Der Hirt aber nahm ihn auf den Rücken mit den Worten: „Ich thu's von Herzen gerne!" und brachte ihn in Sicherheit. Uhland drückt die Gefühle des Grafen während dieses Rittes so aus:

> „Es thut doch wahrlich gut,
> So sänftlich sein getragen
> Von einem treuen Blut!"

Die Belohnung mit der Herzogskrone erreichte der Rauschebart selbst nicht, wohl aber sein Urenkel, Graf Eberhard V., genannt „Im Bart", der Würtemberg zu einem der wohlgeordnetsten Länder Deutschlands machte, ihm eine ständische Verfassung gab, Künste und Wissenschaften beförderte, gegen Kaiser und Reich immer treu seine Pflichten erfüllte und überhaupt einer der ausgezeichnetsten deutschen Regenten jener Zeit war.

Der schwäbische Dichter Justinus Kerner drückt dieses in seinem Liede „Der reichste Fürst" folgendermaßen aus:

Preisend mit viel schönen Reden ihrer Länder Wert und Zahl
Saßen viele deutsche Fürsten einst zu Worms im Kaisersaal.

„Herrlich," sprach der Fürst von Sachsen, „ist mein Land und seine Macht,
Silber hegen seine Berge wohl in manchem tiefen Schacht."

„Seht mein Land in üpp'ger Fülle," sprach der Churfürst von dem Rhein,
„Goldne Saaten in den Thälern, auf den Bergen edlen Wein!"

„Große Städte, reiche Klöster," Ludwig, Herr zu Bayern sprach,
„Schaffen, daß mein Land den euern wohl nicht steht an Schätzen nach."

Eberhard, der mit dem Barte, Würtembergs geliebter Herr,
Sprach: „Mein Land hat kleine Städte, trägt nicht Berge silberschwer;

Doch ein Kleinod hält's verborgen, daß in Wäldern, noch so groß,
Ich mein Haupt kann kühnlich legen jedem Unterthan in Schoß."

Und es rief der Herr von Sachsen, der von Bayern, der vom Rhein:
„Graf im Bart, ihr seid der reichste, euer Land trägt Edelstein!"

35.
Der erste Hohenzoller in Brandenburg.

Zu Konstanz auf dem Markte
Saß Kaiser Sigismund,
Ihm war von Gram und Sorge
Die Seele krank und wund.

„Wohin ich blick' im Reiche
Nur Streit und Zwistigkeit,
Es wankt der alte Glaube,
Es seufzt die Christenheit;

Und wo, ihr Herren, find ich
Den Mann von Herz und Hand,
Der vom Verderben rette
Mein Brandenburger Land?"

Da tritt aus allen Reihen
Hervor ein einz'ger Mann,
Und aller Augen blicken
Den einen staunend an.

Das war von Hohenzollern
Herr Burggraf Friederich:
„Wenn Gott mir Gnade schenket,
Der, den Ihr sucht, bin ich!"

Und in des Kaisers Rechten
Die Hand des Zollern lag,
Und Wort und Handschlag waren
Wie Blitz und Donnerschlag.

Doch fern im märk'schen Dorfe
Ins Knie der Bauer sank:
„Dir sei, Herr Gott im Himmel,
Nun Lob und Preis und Dank!

Mein Feld hat wieder Ernte,
Die Kinder haben Brot;
Es kommt der Hohenzoller,
Ein Ende hat die Not!"

E. von Wildenbruch.

Zur Zeit des Faustrechts, da die Unordnung im Reiche so weit ge=
biehen war, daß sich ein jeder selber mit eigener Faust Recht
schaffen mußte, befand sich die Mark Brandenburg von der Elbe bis
zur Ober in einem höchst traurigen Zustande, wie kein anderer Ort im
Reiche. Da rückte, vom Kaiser Sigismund, dem Luxemburger, ent=
sendet, der Burggraf Friedrich von Nürnberg aus dem schwäbischen
Geschlechte Hohenzollern in die Mark. Er berannte die Burgen der
Raubritter, die übermütig gesagt hatten: „Und wenn es die ganze
Nacht Burggrafen regnet, sollen sie doch in der Mark nicht aufkom=
men!" Schon damals leistete eine der neuen Schußwaffen, eine
gewaltige Feldschlange, die man wegen ihrer Schwere „die faule
Grethe" nannte, dem Burggrafen gute Dienste wider die Mauern der
Ritterburgen. Die übermütigen Herren mußten sich bald ergeben
und wurden ihrer Lehen verlustig erklärt. Ein Landfriedengesetz
wurde erlassen; die Bürger konnten die Waffen niederlegen, die
Bauern ihre Aecker wieder bestellen: das Land blühte auf. Nun
ward Friedrich von Hohenzollern Markgraf von Brandenburg und
Kurfürst.

Das war der Anfang des Wirkens der Hohenzollern, der nach=
maligen Könige von Preußen und deutschen Kaiser.

36.
Die Buchdruckerkunst.

Es gab noch vor vierhundertfünfzig Jahren in Europa nur geschrie=
bene Bücher. Diese waren natürlich teuer. Einen geringen Fort=
schritt hatte allerdings die Formschneidekunst gebracht. In hölzerne
Täfelchen wurden die Wörter und Bilder eingeschnitten, mit Farbe
bestrichen und auf Pergament oder Papier abgedruckt. Bald stachen
die Formenschneider größere Tafeln, deren so viel sein mußten, als
ein Buch Seiten hatte.

Da kam ein deutscher Edelmann aus Mainz, Johann Gensefleisch
von Gutenberg, zur Zeit in Straßburg wohnhaft, auf den glücklichen
Gedanken, die einzelnen Schriftzeichen in hölzerne Stäbchen auszu=
schreiben, diese zu Zeilen nach Bedarf zusammenzureihen, zu schwärzen
und abzudrucken. Später nahm er bleierne und zinnerne Buchstaben.
Sodann trat Gutenberg in Mainz mit Johannes Faust und Peter
Schöffer in Verbindung. Nun wurden die Buchstaben in Formen ge=
gossen, so daß ganze Bücher gedruckt werden konnten; das erste war
eine lateinische Bibel.

Die Buchdruckerkunst blieb fürs erste ein Geheimnis, und die,
durch dieselbe eines Verdienstes beraubten Mönche, welche früher größ=
tenteils das Abschreiben der Bücher besorgt hatten, eiferten gegen die
neue Kunst und verschrieen die Buchdrucker als Schwarzkünstler, ihre
Arbeit als Teufelswerk und Zauberei. In einer Fehde wurde Mainz
erobert und teilweise zerstört, auch die Druckerei. Die Druckergesellen
zogen nun, da keine Geräte mehr vorhanden waren, in die Lande hin=
aus, zerstreuten sich und errichteten in anderen Städten Druckereien.
Das Gewerbe war jetzt kein Geheimnis mehr und wurde durch
die Erfindung des Leinwand= und Baumwollenpapiers sehr ge=
fördert.

Er aber, dem die Welt die Erfindung verdankt, Gutenberg, wurde
nicht nur durch den treulosen Faust um den Gewinn gebracht, sondern
jeder Ausländer, der irgend eine Verbesserung in dem Verfahren er=
dacht hatte, beanspruchte das Verdienst der ganzen Erfindung für sich
allein. So in Holland Lorenz Koster, in England Roger Bacon.

Die Bücher aber, die früher oft in den Klöstern an Ketten gelegen
hatten, um nur ja nicht weiter verbreitet zu werden, wurden nun bil=
liger; eine Bibel kostete nur wenige Gulden. Schulbücher wurden ge=
druckt und Zeitungen kamen auf. Zuerst waren diese unregelmäßig
erscheinende Flugblätter: bald wurden daraus regelmäßige Tageblät=

ter. Die nachweisbar älteste Zeitung in Deutschland war die Straß-
burger seit dem Jahre 1609.

So wurde durch Gutenbergs Erfindung die Unwissenheit aus
weiteren und immer weiteren Kreisen verdrängt, und ein vorher kaum
denkbarer Verkehr der Geister wurde durch dieselbe ermöglicht.

37.

Die Neue Welt.

Mit Kaiser Sigismund Nachfolgern Albrecht II. und Friedrich
III. war das Haus Habsburg wieder auf den deutschen Thron
gelangt, und es behielt denselben mit nur zwei Unterbrechungen dreihundert fünfzig Jahre. Sehr bedeutende Männer konnte dasselbe
nicht aufweisen, wie denn auch Friedrich III. nur durch die ungewöhn-
lich lange Dauer seiner Regierung und die bedeutende Vergrößerung
der habsburgisch-österreichischen Hausmacht nennenswert geworden ist.

Damals begann ein neuer folgenschwerer Ansturm asiatischer Völ-
terschwärme auf Europa, die bald, als Türken oder Osmanen ver-
einigt und dem Mohamedanismus bereits gewonnen, das oströmische
Reich stürzten, Konstantinopel eroberten, 1453, und sich sodann an-
schickten gegen den christlichen Westen vorzudringen, wobei sie natürlich
mit dem deutschen Reiche zuerst in Konflikt kommen mußten. Zuvor
trat aber ein anderes Ereignis ein, welches alle Völker und Mächte auf
viele Jahre hinaus in andere Bahnen lenkte. Portugal war zu jener
Zeit eine unternehmende Seemacht nach damaligen Begriffen. Seine
Schiffe durchfuhren den Ozean in süd-östlicher Richtung in der Hoffnung, nach dem reichen Indien zu gelangen, auf welches seit den
Kreuzzügen die Augen der Europäer vor allem gerichtet waren. Por-
tugiesische Seefahrer hatten nun bereits die Südspitze von Afrika
umschifft und befanden sich bald in dem Lande der Sehnsucht,

Zu jener Zeit kam ein Nürnberger Kaufmann, Martin Behaim, der sich viel mit Länder- und Völkerkunde beschäftigte, nach Liffabon, der Hauptstadt von Portugal. König Johann II. gab dem geschickten Mann den Auftrag, mehrere in das seemännische Fach einschlagende Arbeiten auszuführen, Meßinstrumente und Karten anzufertigen und dergleichen mehr. Behaim entledigte sich der Aufgabe und nahm dann an mehreren Entdeckungsreisen teil. Zuletzt verfertigte er einen großen Globus, der noch existirt, wurde Lehrer und Berater der portugiesischen Seeleute und starb anfangs des sechzehnten Jahrhunderts. Ein italie- nischer Seemann, namens Christoph Columbus, war kurz vorher in Liffabon mit dem Plane aufgetaucht, den atlantischen Ozean in west- licher Richtung durchfahrend Indien zu erreichen, und zwar schneller und gefahrloser als auf dem östlichen Wege. Behaim billigte die An- sichten des Mannes, konnte aber den König nicht bewegen, demselben Schiffe anzuvertrauen.

In Spanien aber gelang es Columbus, drei Schiffe zu bekommen, mit denen er in bekannter Weise im Jahre 1492 zwar nicht Indien, aber Amerika entdeckte, oder vielmehr wieder auffand, denn wir wissen ja, daß germanische Nordmänner bereits 500 Jahre früher diesen Welt- teil besucht, aber wieder verlassen hatten.

Wenn nun auch Deutschland, das zu jener Zeit eine Seemacht weder war noch sein konnte, sich an der Inbesitznahme dieser Neuen Welt nicht beteiligte und die Verteilung derselben anderen Nationen überlassen mußte, so ist diese Entdeckung doch auch für es alsbald von grœßer Wichtigkeit geworden. Denn auch seine Kaufleute versorgten bald das Land von englischen und holländischen Häfen aus mit aus- ländischen Waaren, die nun nicht mehr den Weg über die Alpen nah- men. Bald verließen auch viele Deutsche die Heimat, um in Amerika ihr Glück zu suchen, und die Nordseestadt Hamburg wurde und ist die zweitgrößte Handelsstadt Europas.

38.

Der letzte Ritter.

Der Nachfolger Friedrichs III. war Kaiser Maximilian I., ein aus=
gezeichneter Regent. Durch seine Heirat mit Maria, der Tochter
des mächtigen Herzogs von Burgund, Karls des Kühnen, fielen, da er
keinen Sohn hatte, Burgund, Luxemburg, Belgien und Holland an
das Haus Habsburg und wurden somit Teile des deutschen Reiches.
Der neue Kaiser nahm die von Kaiser Karl IV. begonnene staatliche
Reorganisation des Reiches wieder auf, teilte dieses in zehn große
Kreise, setzte ein Reichskammergericht als obersten Gerichtshof ein, er=
richtete einen regelmäßigen Postdienst, erhob die erste regelmäßige
Steuer, stiftete Reichs=, Kreis= und Landtage. Dann wollte er seine
Hauptthätigkeit in Italien und gegen die Türken entfalten, denn war
er schon ein echter Sohn der neuen Zeit, so war er doch auch ein echter
mittelalterlicher Herrscher, der „letzte Ritter", wie er oft genannt wird.

Es entstanden aber im Reiche selbst, wenn auch nicht unerwartete,
so doch früher nicht ernst genug genommene Hindernisse, die den Kaiser
von Unternehmungen nach außen hin abhielten, da in Deutschland
seine ganze Machtentfaltung nötig war und nur zu oft nicht ausreichte.
Er, der die Kronen von fünfzehn Ländern durch Heirat und Erbschaft
in seiner Hand vereinigte, hatte Mühe in Deutschland mit wider=
strebenden Fürsten, Raubrittern, emporstrebenden Städten, aufrühre=
rischen Bauern, vor allem aber mit den reformatorischen Ideen auf
kirchlichem Gebiete fertig zu werden. Er mußte die meisten dieser Auf=
gaben ungelöst seinem Enkel und Nachfolger, dem Erzherzog Karl, zur
Zeit König von Spanien und Herr der neuen Welt und als deutscher
Kaiser Karl V., hinterlassen, „in dessen Reich die Sonne nicht
unterging."

Ungerne sahen alle Stände den ritterlichen gütigen Maximilian
scheiden — er starb im Jahre 1519 — dessen persönliche Tugenden ihm
so viele Freunde erworben hatten.

39.

„Hüt' Dich, Ritter, der Bauer kommt!"

Kaiser Maximilians „ewiger Landfriede" enthielt genaue und strenge
Verordnungen gegen die fehdelustigen Ritter und anderen Stö=
renfriede. Zu früh aber jubelte ein gleichzeitiger Dichter, der da sang:

„Nun ist groß' Fried' ohn' Unterlaß,
All' Fehd' hat nun ein Ende!"

Daß es damit noch gute Weile hatte, dafür sorgten eben die Ritter.
Sie wollten wohl dem Kaiser unterthan, sonst aber in allen Stücken
frei, d. i. gesetzlos leben und hausen. Manche dieser Männer waren
sonst Muster der Biederkeit, Ehrlichkeit, Tapferkeit und ritterlicher Ge=
sinnung, welche nur anderweitiger passender Verwendung bedurften,
um aus höheren Wegelagerern brave kaiserlich=deutsche Kriegsleute zu
werben. Vieler derselben — Götz von Berlichingen, Florian Geyer,
Max Stumpf, Hans von Selbitz u. a. — haben Dichtung und Ro=
manlitteratur sich bemächtigt, um ihr Thun in einem kaum immer
verdienten Glorienlicht erscheinen zu lassen. Gerne würde Maximi=
lian ihrer geschont haben, wenn sie es nicht nachgerade zu arg getrie=
ben hätten. Als einst Götz von Berlichingen und Hans von Selbitz
dreißig Nürnberger Kaufleute auf der Landstraße ihrer Waaren
entledigten, da mußte der Kaiser auf die ihm persönlich vorgetragenen
Klagen nichts zu erwidern, als: „Heiliger Gott! Was ist das? Der
eine hat nur eine Hand, der andere nur ein Bein; wenn sie dann erst
jeder zwei Hände hätten und zwei Beine, was wolltet ihr dann thun?"
Berlichingen bediente sich statt einer im Kampfe verlorenen rechten
Hand, einer künstlichen eisernen, und Selbitz hatte ein rechtes
Stelzbein.

Ein anderes Unheil brach nun herein, die sogenannten Bauern=
triege. Besonders in Süddeutschland, in Schwaben, Franken und

Hessen erhoben sich die von den Edelleuten oft unmenschlich gedrück=
ten unfreien Bauern gegen ihre Herren, um sich selbst Hülfe zu
schaffen, da das Reich ihnen nicht helfen konnte. Sie bildeten
Bünde, stellten in den sogenannten „Zwölf Artikeln" nicht eben
unerfüllbare Forderungen auf und würden auch mit weniger zufrie=
den gewesen sein, wenn man sich nur einigermaßen entgegenkommend
gezeigt hätte. Das geschah nicht. Da zogen sie mordend und
sengend durchs Land und nahmen furchtbare Rache für erlittenes
sowohl wie für eingebildetes Unrecht. „Hüt' Dich Ritter, der Bauer
kommt!" war ihr weithin gefürchteter Ruf. Noch immer hätte viel
Blutvergießen vermieden werden können, wäre der Kaiser besser
beraten, der Adel einigermaßen nachgiebig gewesen.

Bald mischten sich unklare politische und religiöse Vorstellungen
mit den Forderungen der Bauern. Kommunisten, oft Narren, aus
den Reihen der liederlichsten Studenten, entlaufene Mönche, weg=
gejagte Beamte mußten sich bis zu einem gewissen Grade der Bewe=
gung zu bemächtigen, und das Programm der Aufrührer lautete
bald auf: Gründliche Umgestaltung der Reichsverfassung, Ein=
ziehung der geistlichen Güter, Umgestaltung des Rechtswesens, Ab=
schaffung der Zölle, direkte Steuern nur an den Kaiser entrichtbar
u. s. w. — eine politische Umgestaltung, die, selbst wenn sie wünsch=
lich war, nur auf friedlichem Wege hätte verwirklicht werden können.
Noch viel weiter ging aber, zum Verderben der ganzen Sache, in
Mitteldeutschland Thomas Münzer, ein politisch=religiöser Schwär=
mer voll der unklarsten Begriffe. Der forderte: Freiheit und
Gleichheit für alle, Abschaffung der christlichen Religion und des
Fürsten= und Herrenstandes, nur noch Bauern solle es im Lande
geben. Nun wurde die Bewegung in Blut erstickt. „Hüt' Dich
Bauer, ich komm!" war jetzt die Losung der fürstlichen und kaiser=
lichen Söldner und Landsknechte.

Wenn nun auch hier und da ein Edler, aus freiem Antriebe oder durch Schaden klug geworden, seinen Bauern kleine Zugeständnisse machte, so läßt sich doch im Ganzen kein einziger Vorteil nachweisen, der Deutschland aus der Bauernbewegung erwachsen wäre.

Sehr treffend beschreibt der Dichter Scheffel das Resultat eines, allerdings etwa hundert Jahre späteren und weniger blutigen Bauernaufstandes im österreichischen Bodenseelande:

„Bauer kommt mit Spieß und Flinten,
Bauer will die Waldstadt stürmen,
Bauer will mit Oestreich kriegen:
Bauer, das giebt insgemein
Teure Rechnung hinterdrein,
Greif in Sack und zahl den Spaß!
Sieben Gulden war zu viel Dir,
Sind jetzt einundzwanzig worden;
Einquartierung, teure Gäste,
Und das Pflaster beim Chirurgus:
Bauer, das giebt insgemein
Teure Rechnung hinterdrein,
Greif in Sack und zahl den Spaß!"

40.

„Es ist eine Freude, zu leben!"

Trotz Türkengefahr und Bauernkriegs, trotz Fürstenübermutes und kaiserlicher Schwäche, war der Uebergang vom Mittelalter in die neue Zeit erhebend und hoffnungsreich.

Die Buchdruckerkunst schuf Bücher für alle; die Universitäten vermittelten allen, die sie suchten, Bildung; die neue Wissenschaft, der Humanismus, d. i. Wiederbelebung klassischer Studien, veredelte die Geister; die Entdeckung der neuen Welt eröffnete neue Bahnen für Handel und Wandel; der Trieb nach freier Forschung in weltlichen und geistlichen Dingen regte sich mächtig unter dem Vortritte des Gelehrtenstandes. Allen voran ging da ein Mönch, zugleich Lehrer an der Universität Wittenberg, Martin Luther. Angeregt durch gewisse in der katholischen Kirche eingerissenen Mißbräuche, schickte dieser junge Geistliche sich mutig an, dieselben zu bekämpfen. Einmal in diesem Werke begriffen, begnügte er sich nicht mit der Forderung, daß dieselben abgeschafft werden sollten, sondern er stellte bald auch Behauptungen und Lehren auf, die den hergebrach= ten, für unfehlbar und heilig erklärten Satzungen der Kirche zu= widerliefen. Im Jahre 1517 schlug Luther zu Wittenberg öffentlich 95 Thesen oder Lehrsätze an, die, obgleich sie fürs erste nur gegen den Ablaßhandel — d. i. die käuflich erwerbliche Vorausvergebung der Sünden — gerichtet waren, doch von der kirchlichen Oberheit nicht geduldet werden konnten. Luther erbot sich, seine Behauptungen aus der Bibel zu beweisen; der Papst aber sprach den Bann über ihn aus. Luther verbrannte die päpstliche Bannbulle vor dem Thore von Wittenberg und schürte die Flammen mit katholischen Lehrbüchern.

Nun sollte der kühne Eiferer sich vor dem Reichstage zu Worms in Gegenwart des Kaisers und der Fürsten des Reiches verantworten und seine Lehren widerrufen. Luther berief sich wieder auf die Bibel; aus der solle man ihn des Irrtums überführen, dann wolle er gerne widerrufen. „Hier stehe ich", rief Luther aus, „Gott helfe mir, ich kann nicht anders!" Die Folge dieser Weigerung war die kaiserliche Achterklärung.

Gute Freunde brachten ihn nun zu seiner persönlichen Sicher= heit auf die dem Kurfürsten von Sachsen gehörende Wartburg (Kap. 28), wo er sich mit einer deutschen Uebersetzung der Bibel beschäftigte. Hätte Luther sonst kein Verdienst sich erworben, dieses große Werk allein sicherte ihm die Unsterblichkeit, weil er damit auch in gewissem Sinne der eigentliche Schöpfer der neuhochdeutschen Sprache gewor= ben ist, die erst dadurch die allgemeine Schriftsprache der Deutschen wurde.

Auch die schönen Künste nahmen zu jener Zeit in Deutschland einen gewaltigen Aufschwung. Die Maler Albrecht Dürer, Lukas Kranach und Hans Holbein wurden überall hoch geehrt. Von Holbein, der besonders in England sehr ausgezeichnet wurde, sagte König Heinrich VIII., als einmal ein Edelmann sich über den „Farbenkletser" geringschätzend aussprach: „Ich kann, wenn ich es will, in einer Minute ein Dutzend Edelleute machen, aber keinen Holbein". Die Dichtkunst war von den Ritterburgen und Edelhöfen in die Städte verpflanzt worden; aus den Minnesängern waren Meistersinger geworden, Dichter aus dem Handwerkerstande, die in ihren sogenannten Singschulen „die holdselige Kunst des Sanges" in mehr oder weniger meisterhafter Weise pflegten. Unter ihnen zeichneten sich Heinrich Mügelin aus Meißen, genannt Frauenlob, und der Schuhmacher Hans Sachs aus Nürnberg vor allen aus.

Der deutsche Astronom Nikolaus Kopernikus aus Thorn brachte Ordnung in die verwirrten Vorstellungen von der Bewegung und dem gegenseitigen Verhältnisse der Himmelskörper, indem er, statt der Erde, die Sonne in den Mittelpunkt des Planetensystems setzte und damit die Erklärung der Bewegungen dieser Sterne möglich und allgemein verständlich machte.

Das war das Zeitalter, welches Ulrich von Hutten, ein freier Edelmann und Schriftsteller, mit den Worten pries: „O Jahrhundert! o Wissenschaften! Es ist eine Freude, zu leben; es blühen die Studien, die Geister erwachen!" Ihm schlossen sich in gleichem Streben und Eifer Gelehrte, Fürsten, Ritter und Bürger, Männer wie Johann Geiler von Kaisersberg, Philipp Melanchthon, Johannes Reuchlin, Desiderius Erasmus, Ritter Franz von Sickingen und viele andere an. Nicht nur mit dem Schwerte wurde damals dreingeschlagen, auch die Macht der Rede und der Schrift kämpfte für Menschenrechte und Fortschritt; und gar mancher vorher Zaghafte

sprach jetzt mit Hutten: „Der Würfel ist gefallen! Ich hab's ge=
wagt!"

> Durch Wittenbergs Gassen hell Glockenton schallt,
> Aller Heiligen Festtag ist morgen;
> Da schreitet einher eine ernste Gestalt,
> Von Fasten bleich, mager von Sorgen.

> Ein Mönch ist's in düsterem Klostergewand
> Mit mutig leuchtenden Mienen;
> Es strahlet sein Auge, nach oben gewandt,
> Wie von himmlischem Glanze beschienen.

> Am Thore der Schloßkirche hält er nun an,
> Den Hammer schwingt er mit Schalle,
> Ein Blatt Pergament dann heftet er dran —
> Verwundert betrachten es alle.

> Sie lesen, was kündet der Welt die Schrift
> Und was enthalten die Thesen;
> Freud'ges Erschrecken die Menge trifft,
> Die so lange im Banne gewesen.

> Wer ist denn der Held, der solches geschafft,
> So Großes allein will beginnen?
> Es ist Martin Luther, aus eigener Kraft
> Konnt' er so Gewaltiges sinnen.

> Nicht baut er auf menschliche, wankende Macht;
> Nur Gott ist sein Hort, seine Stärke,
> Sein feste Burg und sein Schild in der Schlacht —
> Mit ihm geht getrost er zu Werke.
>
> Nach Bürkner.

41.

Karl der Fünfte.

„Kaiser Karol nannte bewundernd einst die Welt!" Wir werden
dem so Gepriesenen dieses Lob nicht absprechen, wenn wir
sehen, was er während seiner 37jährigen Regierung unter unsäg=
lichen Schwierigkeiten teils vollendete und teils anbahnte, um sich,

dieselbe freiwillig beschließend, bemutsvoll in die Klosterruhe zurück=
zuziehen. Die erste Sorge mußte für den jungen Kaiser die Ord=
nung der Reichsangelegenheiten und die Schlichtung der durch das
Vorgehen Martin Luthers angeregten religiösen Wirren sein. Luther
blieb fest; neue Anhänger und Freunde strömten ihm von allen
Seiten zu; seine Schriften und Lieder, seine Mahnungen an Fürsten
und Volk, seine Bemühungen für den Schulunterricht ließen vieles
Tadelnswerte an dem begeisterten Manne vergessen, der mitten in
der Drangsal den Deutschen zurief:

> „Ein feste Burg ist unser Gott,
> Ein gute Wehr und Waffen."

Der Kaiser täuschte sich sehr, als er, durch Wiederholung
des Reichsachtspruches und durch Androhung strengeren Vor=
gehens die Sache als ein für allemal abgethan betrachtete. Glückliche
Kriege gegen die Franzosen und die Türken, die Sicherheit des un=
gestörten Besitzes von Italien, die Besiegung der in Waffen aufge=
standenen Luther anhängenden Fürsten — das Schmalkalder Bünd=
nis — das war alles recht erfreulich für ihn, dämpfte aber den im
Volke erwachten Eifer für die neue, protestantische Lehre keineswegs.
Der Kaiser sah sich schließlich genötigt, in dem sogenannten Augs=
burger Religionsfrieden von 1555 den Anhängern der neuen Lehre,
den Protestanten, im ganzen Reiche unter gewissen Vorbehalten die
Ausübung ihrer Religion zu gestatten.

Krank an Leib und Seele und am Glücke verzweifelnd, übergab
Karl endlich seinem Sohne Philipp die Herrschaft über Spanien,
Italien und die Niederlande, während sein Bruder als Ferdinand I.
Oesterreich und die Kaiserwürde erhielt, letztere mit nachträglicher
Zustimmung der Kurfürsten. Karl V. begab sich in das spanische
Kloster San Just, wo er im Jahre 1558 starb.

42.

Der Kaiser im Kloster.

Müd' von Schlachten und von Siegen,
Tief verstimmt in kranker Brust,
Wandelt, der vom Meer zum Meere
An der Spitze stolzer Heere
Einst sein Machtwort ließ erschallen,
Durch die stillen Klosterhallen
    Von San Just.

Stille sitzt er in der Zelle,
Eignen Seins Ruine nur,
Fern von Indiens goldnen Schachten,
Fern von Ruhm und Heldenschlachten —
Schwingt den Hammer, schärft die Feilen,
Dreht und fertigt sonder Weilen
    Uhr um Uhr.

Eins, als letztes, will er zwingen,
Daß der Gang ein gleicher sei.
Doch wie heiß auch vom Bemühen
Aug' und Stirn und Wange glühen,
Wie sich schmuck die Räder drehen —
Gleich von hundert Werken gehen
    Nicht zwei.

Schon will alter Zorn sich regen,
Doch die Thräne schmilzt den Sturm:
„Nicht die toten Pendelschwingen
Kann ich hier ins Gleichmaß bringen,
Aber im Gebiet der Geister
Wollt' ich Zwingherr sein und Meister —
    O ich Wurm!

L. Bowitsch).

43.

Das Interim.

Die deutsche Nation, unser geliebtes Vaterland, vor endlicher Zer=
trennung und Untergang zu behüten, haben wir uns mit den
Kurfürsten, den Fürsten und Ständen verglichen" — so lautet der
Anfang der Urkunde, in welcher Kaiser Karl V. den Augsburger

Religionsfrieden verkündete. In Folge dieser Uebereinkunft blieb in allen Reichsländern diejenige Form des Glaubens, die katholische oder die protestantische, in dieser Form bestehen und durften alle, die damit nicht einverstanden waren, in ein anderes Reichsland ziehen. Eine allgemeine Toleranz war das freilich nicht; es war ein Friede der Notwendigkeit, der kaum von Dauer sein konnte und deshalb „das Interim" genannt wurde, ein Zwischenzustand. Doch gab derselbe dem Volke einstweilen Ruhe.

Um so betrübender war es, daß in den Habsburger Erblanden der kaum erreichte Friede bald durch eigenmächtige Uebergriffe seitens der Fürsten und der katholischen Geistlichkeit gestört wurde. In Böhmen ließ der Erzbischof von Prag einige protestantische Kirchen schließen und sogar eine zerstören. Die Landstände protestierten beim Kaiser gegen diese Gewaltthat. Bald verlautete aber, daß die Entscheidung desselben abweisend ausfallen werde. Da versammelten sich die Stände, ohne vom Könige, Kaiser Ferdinand I., einbrufen worden zu sein, zu Prag, zogen auf das Schloß und verlangten von den dort sitzenden kaiserlichen Räten Rechenschaft; ein Wortwechsel entstand, der damit endete, daß einige der Räte zum Fenster hinaus auf den Schloßhof geworfen wurden. Damit war die Empörung vollzogen. Man erkennt daher herkömmlicher Weise in dieser wilden, jedenfalls ungesetzlichen Scene auf dem Prager Schloß den Anfang des furchtbaren Religionskrieges, der nunmehr ausbrach und leider im deutschen Reiche ausgefochten wurde, 1618—1648.

Im Jahre 1619 wurde der entschiedenste Feind jeglicher kirchlichen Reform, Ferdinand II. aus dem Hause Habsburg, zum Kaiser gewählt, allerdings nur auf das Versprechen hin, daß er sich betreffs des böhmischen Streites die Vermittelung der Kurfürsten werde gefallen lassen. Die Sache war indes schon zu weit gediehen; in Böhmen wurde, wie in allen anderen habsburgischen Erbländern, unter Ausweisungen, Gütereinziehungen und Todesstrafen, das katholische Bekenntnis wieder eingeführt, die Ausübung des protestantischen unterdrückt und verboten. Spanische Truppen rückten im deutschen Reiche ein, die Fürsten spalteten sich in zwei Parteien — der Religionskrieg war eine Thatsache.

44.
Der dreißigjährige Krieg.

Die Böhmen erklärten sogleich nach gefallener Entscheidung Ferdinand II. der böhmischen Königskrone verlustig und erwählten an seiner Statt Friedrich, den Kurfürsten von der Pfalz. Dieser wurde aber schon nach einem Jahre von den kaiserlichen Truppen aus dem Lande vertrieben. Es bildete sich nun unter der Führung des Herzogs Maximilian von Bayern eine katholische Fürstenliga, die aber nicht imstande war, ein genügend starkes Heer zusammenzubringen, womit der ligistische Feldherr, Graf Tscherklos von Tilly, den Protestanten auf die Dauer die Spitze hätte bieten können. In dieser Not erbot sich der zum Katholizismus übergetretene böhmische Graf Albrecht von Wallenstein, auf eigene Rechnung dem Kaiser ein Heer von zwanzigtausend Mann zu schaffen, das sich auf Kosten der zu erobernden protestantischen Länder selbst erhalten sollte. Das Anerbieten wurde angenommen und der zum Fürsten von Friedland erhobene Wallenstein wurde an die Spitze dieses Heeres gestellt. Bald stand diese, aus Abenteuerern ohne Unterschied der Konfession und Herkunft bestehende Kriegsmacht, die ihrem Generalissimus vollständig ergeben war, im Felde. Die protestantischen Heere unter Graf Ernst von Mansfeld, Herzog Christian von Braunschweig und König Christian von Dänemark waren den Streitkräften Tillys und Wallensteins nicht gewachsen. Der letztere drang siegreich bis an die Ostsee vor, wo er die stark befestigte Stadt Stralsund belagerte,

Obgleich er sich aber drohend geäußert hatte „Stralsund muß herun=
ter, und wenn es mit Ketten am Himmel hinge", mußte er unver=
richteter Dinge abziehen. Nun wurde König Christian von Däne=
mark gezwungen sich zurückzuziehen mit dem Versprechen, sich ferner=
hin der Einmischung in die Angelegenheiten Deutschlands zu ent=
halten.

Jetzt konnte der Kaiser ein Restitutionsedikt erlassen, wodurch
im ganzen deutschen Reiche so ziemlich alles aufgehoben wurde, was
den Protestanten im Augsburger Religionsfrieden gewährt worden
war. Wallenstein, der allein mit seiner Streitmacht die Durchfüh=
rung des Edikts hätte erzwingen können, hielt dasselbe für zu streng
und nicht an der Zeit, indem er mit rohem Ausdrucke den Beratern
des Kaisers „das „höllische Feuer ins Gebärm" wünschte. Er sah
weiter als sie alle, und gebärdete sich überhaupt so eigenmächtig und
bezeugte den katholischen Fürsten so wenig Ehrfurcht, daß diese auf
dem Fürstentage zu Regensburg beim Kaiser seine Enthebung vom
Oberbefehl des Heeres durchsetzten. Grollend zog Wallenstein sich auf
seine ausgedehnten Besitzungen in Böhmen zurück, wohl wissend,
daß die Zeit kommen werde, wo man seiner wieder bedurfte.

Graf Tilly übernahm den Oberbefehl über alle kaiserliche Ar=
meen in Deutschland, und der Kaiser befand sich in keiner besseren
Lage als seine Gegner. Zum Ueberflusse erstand ihm jetzt ein neuer
Widersacher in Gustav Adolf, dem Könige von Schweden, einem
einsichtigen und ehrgeizigen Fürsten, der, neben dem Wohle des
protestantischen Glaubens, seine eigenen wohldurchdachten Pläne im
Auge hatte, als er im Jahre 1630 mit nur 13,000 gutgeschulten
Streitern in Pommern landete und sich durch einige Siege sogleich
eine feste Stellung in Norddeutschland sicherte. Dann schloß er
einen Vertrag mit Frankreich ab, dessen Ziel angeblich „die Resti=
tution der Unterdrückten" war, thatsächlich aber die Erniedrigung

des Hauses Habsburg, das den französischen Königen längst ein
Dorn im Auge war, bedeutete. Frankreich zahlte jährlich eine Million Livres, 200,000 Dollars, an Schweden. Das waren also zwei
fremde Mächte, die sich, vorgeblich der Religionsfreiheit wegen, in
Wirklichkeit aber um ihres eigenen Vorteils willen in Deutschlands
innere Angelegenheiten mischten. Dies machte selbst die, anfänglich
über Gustav Adolfs Dazwischentreten erfreuten, protestantischen
Fürsten und Stände stutzig. Sie mochten wohl einsehen, daß schließlich Deutschland das Nachsehen haben werde, und waren nicht sogleich bereit, sich dem Schweden anzuschließen. Der aber wollte von
Neutralität nichts hören und rückte bald mit der Sprache heraus:
„Was ist das für ein Ding, Neutralität? Ich verstehe es nicht; das
sage ich euch klar heraus, ich will davon nichts wissen und hören!"

Während diese, am Ende doch fruchtlosen Unterhandlungen
zwischen den Protestanten im Gange waren, erstürmten die Kaiserlichen die von ihnen monatelang belagerte Stadt Magdeburg und
verübten dabei himmelschreiende Greuel. In weniger als zwölf
Stunden lag die Stadt, eine der schönsten in Deutschland, bis auf
zwei Kirchen und einige Hütten in Asche. Das angerichtete Blutbad
war so fürchterlich, daß selbst ligistische Officiere den Oberbefehls-
haber Tilly baten, er möge der Wut der Soldaten Einhalt gebieten.
„Kommt in einer Stunde wieder", war die Antwort, „der Soldat
muß für seine Gefahr und Arbeit etwas haben". Mit vollem Rechte
konnte der harte Mann seinem Kaiser berichten, seit Trojas und
Jerusalems Zerstörung sei kein solcher Sieg gesehen worden. Die
Schuld an diesem Unglücke schrieben die Protestanten dem Könige
von Schweden zu, der nach ihrer Meinung die Stadt noch rechtzeitig
hätte entsetzen können. Dieser aber klagte die Fürsten an, die immer
noch zögerten sich ihm anzuschließen. Dies geschah nun endlich, und
die Kaiserlichen erlitten mehrere empfindliche Niederlagen. Die

7

Sache der Protestanten stand glänzend; der Kaiser hatte kein Heer mehr im Felde, das seinen Gegnern gewachsen war.

In dieser Not wandte sich Kaiser Ferdinand wieder an Wallenstein. Lange ließ der hochfahrende Mann sich bitten und willigte zuletzt nur unter der Bedingung ein, daß in dem Heere, welches er innerhalb einiger Monate zusammenzubringen sich anheischig machte, er und nur er allein befehlen dürfe. Selbst der Kaiser solle im Felde nichts zu sagen haben, „denn“, so drückte er sich aus, „selbst neben Gott würde ich ein Kommando nicht wieder übernehmen“. Er ward zum Herzog von Mecklenburg erhoben und ein Kurfürstentum wurde ihm versprochen.

Es war die höchste Zeit, denn die Kaiserlichen waren aufs neue geschlagen worden und Tilly war den in der Schlacht am Lech empfangenen Wunden erlegen.

Wallenstein rückte ins Feld. Bei Lützen in Sachsen trafen die zwei berühmtesten Feldherrn der Zeit zusammen; Gustav Adolf wurde in der Schlacht getötet, aber die Schweden trugen den Sieg davon.

Der Kaiser war nun bereit, Frieden zu schließen, aber die Protestanten wollten nicht. Sie hatten in dem Herzog Bernhard von Weimar einen talentvollen Führer, die Schweden in dem Kanzler Oxenstierna einen höchst fähigen Reichsverweser gefunden.

Inzwischen verweilte Wallenstein unthätig in Böhmen, und man wußte zu Wien, daß er auf eigene Faust mit Sachsen und Schweden verhandele. Offenen Verrat oder thatsächlichen Abfall vom Kaiser konnte man argwohnen, nicht aber beweisen. Doch entschloß man sich in Wien, ihm zuvorzukommen, und es fanden sich die Leute, irische Officiere in Wallensteins Armee, die den kaiserlichen Befehl, oder vielleicht auch nur den Wunsch Ferdinands, der General solle lebendig oder tot gegriffen werden, wörtlich nahmen und den großen Heerführer in oder vor dem Akte der Uebergabe der böhmischen Grenzstadt Eger an die Schweden ermordeten.

Mit wechselndem Glücke wurde nun der Krieg fortgesetzt; die Franzosen traten mit 12,000 Mann ein, und zwar unter der schmählicher Weise von den protestantischen Fürsten zugestandenen Bedingung, daß beim Friedensschlusse das deutsche Land Elsaß den Franzosen zugesprochen werden solle.

Die Zerrüttung und das Elend im Reiche wuchsen in furcht= barer Weise. Es war während der letzten Jahre des Krieges schwer zu entscheiden, ob die Schweden oder die Kaiserlichen es schlimmer trieben. Endlich trugen im November 1648 Eilboten die so sehnlich erwünschte Kunde durchs Land, daß zu Münster der Friede unter= zeichnet worden sei:

"Gottlob, nun ist erschollen
Das edle Fried= und Freudenwort,
Daß nunmehr ruhen sollen
Die Spieß und Schwerter und ihr Mord."

Paul Gerhard.

Wie Deutschland die Kriegslasten breißig Jahre getragen, so trug es nun auch die Friedenskosten. Es verlor Land an Frankreich: Das Elsaß und den Sundgau, sowie Metz, Toul und Verdun; Land an Schweden: Vorpommern, Wißmar, Bremen, Verden und die Insel Rügen; Land in den Niederlanden, deren holländischer Teil frei und vom Reiche unabhängig wurde; Land in der Schweiz, die ebenfalls von Deutschland losgetrennt wurde. Es mußte außerdem 5 Millionen Thaler Kriegsentschädigung an Schweden bezahlen.

In religiöser Hinsicht wurde der Zustand der Interimszeit wieder hergestellt, mit dem Unterschiede zum Besseren aber, daß die häusliche Andacht, in welcher Form immer, jedem belassen und un= gestört sein solle.

L. of C.

Was aber der Deutsche im Einzelnen und im Ganzen leisten kann, das trat beinahe unmittelbar nach diesem Friedenswerke und trotz der zeitweiligen Entkräftung aller Volksschichten recht deutlich zu tage.

<hr>

45.
Die Türken vor Wien.

Schon im fünfzehnten Jahre nach dem Ende des dreißigjährigen Krieges drangen die Türken wieder im deutschen Reiche ein. Ein Reichsheer von 56,000 Mann, 6,000 Franzosen und Freiwillige aus anderen Ländern stellten sich ihnen entgegen.

Bei Gotthard in Mähren siegte die abendländische Tapferkeit und Kriegskunst nochmals über die wild herstürmenden Massen von halbwilden Barbaren. Damals wurde von einem Heerführer, dem österreichischen General Graf Sporf, ein Gebet gesprochen, das sehr an den verzweifelten Hilferuf des Frankenkönigs bei Zülpich erin=nerte (Kap. 11): „Allmächtiger Gott", so flehte Sporf, „Du Ge=neralissimus da droben, willst Du uns, Deinen christgläubigen Kindern, nicht helfen, so hilf doch wenigstens diesen Türkenhunden nicht, und Du sollst Deine Lust sehen!" Das Gebet ward erhört; die Türken wurden geschlagen und zu einem zwanzigjährigen Waf=fenstillstande gezwungen.

Kaum war aber der Stillstand abgelaufen, da waren auch die Türken wieder im Felde. Sie rückten bis nach Wien vor; doch auch dieses Mal erfaßte der Westen die Wichtigkeit des Augenblicks. Alles rüstete. Die Stadt Wien hielt unter Graf Rüdiger von Star=hemberg die Belagerung tapfer aus, bis die Reichstruppen und zu=letzt zur guten Stunde die Polen unter ihrem Könige Johann Sobiesfi zum Entsatze heranzogen und den Feind unter den Mauern der Stadt besiegten. Nun folgte sieben Jahre lang ein glücklicher

Türkenfeldzug auf den andern, zuletzt unter dem großen Feldherrn
Prinz Eugen von Savoyen und dem Markgrafen Ludwig von Ba=
den, bis zuletzt der große, eine Weltepoche bildende Sieg bei Zenta
den Einfällen der Türken in Deutschland ein Ende machte.

Trotz alledem gewann Oesterreich und das Haus Habsburg die
frühere Führerstellung in Deutschland auf die Dauer nie wieder
zurück. Dieselbe ging vielmehr allmählich in andere Hände über, wo
man es besser verstand dem neuen Geiste sowohl zu dienen, wie sich
denselben dienstbar zu machen.

46.

Der große Kurfürst.

„Vetter, Ihr habt einen großen Sieg errungen! Ihr habt das
gethan; Ihr werdet mehr thun". Der, dem diese Worte galten,
war der junge Kurprinz Friedrich Wilhelm von Brandenburg, Sohn
des Kurfürsten Georg Wilhelm, welcher den Jüngling während der
Unruhen der letzten Jahre des dreißigjährigen Krieges nach Holland
an den Hof des berühmten, mit den Hohenzollern verwandten Statt=
halters und Feldherrn Heinrich von Oranien geschickt hatte. Frie=
drich Wilhelm besuchte die Universität Leyden und begab sich dann
an den oranischen Hof im Haag. Dort wollten lockere Genossen ihn
zu einem unordentlichen Lebenswandel verleiten. Der Prinz wich
aber aus mit den Worten: „Nein! Ich bin's meinen Eltern und
meinem Lande schuldig." Sofort verließ er den Hof und begab sich
ins Feldlager zu Prinz Heinrich, der ihn warm empfing und in der
Kriegskunst unterrichtete.

Im Jahre 1640 übernahm Friedrich Wilhelm die Regierung
des Kurfürstentums Brandenburg und begann sogleich, das ver=

armte, verwüstete Land wieder emporzuheben. Zunächst schloß er mit den Schweden einen Separatfrieden ab, vorläufig nur um Ord= nung und Ruhe schaffen zu können. Er zog fleißige, der Landwirth= schaft kundige Leute aus Holland und aus der Schweiz heran und nahm bereitwillig aus Frankreich vertriebene Hugenotten, Prote= stanten, auf, die auf dem Gebiete der Industrie große Dienste leisten konnten. Um den Handel zu heben, verbesserte er die Landstraßen, baute Kanäle und schuf sogar eine kleine Flotte, um damit Besitzun= gen im fernen Afrika zu erwerben — die ersten deutschen Handels= und Kriegsschiffe, die ferne Meere besuchten. Im Heerwesen führte er viele Verbesserungen ein: Die gleichmäßige Bewaffnung und Be= kleidung der einzelnen Truppenteile und die regelmäßigen Beförde= rungen, die vorzugsweise Rekrutierung im Lande selbst, die Abschaffung ungebührlicher Bevorzugung des Adels, u. s. w.

Behufs Beschaffung des nötigen Geldes legte er Abgaben auf Luxusartikel, welche der Käufer beim Empfange der Waaren im Großen erlegen mußte, wofür er sich beim Verkaufe im Kleinen schadlos halten durfte — der Anfang der indirekten Steuern.

Die Schmach, welche der Franzosenkönig Ludwig XIV. über Deutschland im westfälischen Frieden gebracht hatte, fühlte der Kur= fürst tief. Als daher Holland und England mit Frankreich Krieg führten, zog er an den Rhein, um gegen die Franzosen zu kämpfen. Diese hetzten aber die Schweden gegen ihn schlauer Weise auf, so daß er genötigt war, sein eigenes Land gegen den von Pommern her anziehenden Feind zu verteidigen. Mit 15,000 Reitern stieß er bei Fehrbellin in der Mittelmark auf die weit zahlreicheren Schweden. Sein berühmter Feldmarschall Derflinger riet ihm, die Ankunft des Fußvolkes abzuwarten. Friedrich Wilhelm aber sagte: „Weil wir dem Feinde so nahe sind, so muß er Haare lassen. Getrost Sol= daten! Ich, euer Fürst und Hauptmann, will siegen oder mit euch

ritterlich sterben. Mit Gott!" Nach heißem Kampfe flohen die
Schweden und bald war die Mark grünblich von ihnen gesäubert.
Weitere Siege erfocht der Kurfürst über sie in Pommern und im
Preußenlande, bis sie endlich das Festland verließen. Der Ehrgeiz
des Großen Kurfürsten, wie Friedrich Wilhelm schon bei Lebzeiten
genannt wurde, war von der rechten Art: „Festhalten, was einem
zukommt", sagte er, „aber sich nicht zu aussichtslosen Unternehmun=
gen hinreißen lassen"; und „Bündnisse sind gut, aber eigene Kräfte
sind besser."

Die erste Gemahlin des Kurfürsten, Luise Henriette, war die
Tochter Heinrichs von Oranien, der die zukünftige Größe seines
jungen Vetters zuerst erkannt hatte. Sie hat ihren Gemahl bei allen
seinen Bemühungen, die nicht immer ohne viele Sorgen und Wider=
wärtigkeiten durchgeführt werden konnten, redlich unterstützt. An
ihrem eigenen, auf holländische Weise eingerichteten Gute Bötzow,
jetzt Oranienburg, bei Berlin, sollten die durch den Krieg verarmten
Märker die Erfolge einer wohlgeordneten Landwirtschaft kennen
lernen. Die ersten Kartoffeln wurden auf ihre Veranlassung in
der Mark gepflanzt. Luise Henrietta war in allen Stücken eine echte
treue Landesmutter.

Man braucht die Verdienste späterer Hohenzollern nicht zu
schmälern, um zu behaupten, daß der Große Kurfürst den festen
Grund zu allem Dem gelegt hat, was sie in späteren Zeiten voll=
bracht haben. An Liebe zum Vaterlande kam ihm kein deutscher
Fürst seiner Zeit gleich.

Großstaaten. Die Macht und das Ansehen hat sein Nachfolger hin=
zugefügt: Friedrich Wilhelm I.

Sein Hauptstreben war auf einen wohlgefüllten Staatsschatz
und auf ein starkes schlagfertiges Heer gerichtet, womit, wie er zu
recht glaubte, sich gar manches durchsetzen läßt. Er löste dieses oft
sehr schwierig befundene Rätsel in eigentümlicher, aber wirksamer
Weise, indem er an allem knauserte, was ihn selbst und seine nächste
Umgebung anging, um sich schöne, große und wohlgeschulte Sol=
daten zu verschaffen, zu welchem Zwecke er nicht immer zartfühlend
vorging. Er verdoppelte seine Armee, von der er bald sagen konnte,
daß „sich damit und etwas Geld nebenher gar manches werde durch=
führen lassen." Die Kräfte des Landes zu steigern, gute Beamte für
alle Stellen zu haben, Schulen und Kirchen zu erbauen, das Rechts=
wesen zu ordnen, für das niedere Volk zu sorgen wie für seine
eigenen Kinder und nicht selten einen Uebelthäter auf der Straße
eigenhändig durchzuprügeln — das waren Verdienste, die man die=
sem absolut regierenden Manne nicht absprechen kann.

48.

Friedrich der Große.

„Es ist mir wohlbekannt, daß derjenige, von dessen Regierung das
Wohl und Wehe so vieler Leute abhängt, von Kindheit an zu
allen Tugenden angeleitet werden müsse. Hierzu kann nichts mehr
helfen als Gottesfurcht. Nächst dieser ist nichts, das ein fürstliches
Gemüte mehr zum Guten antreiben könnte, als die wahre Begierde
nach Ruhm und Ehre. Absonderlich ist meinem Sohne Liebe zum
Soldatenstande einzuprägen und ihm einzuschärfen, daß nichts in
der Welt einem Prinzen mehr Nutzen und Ehre zu geben vermag als
der Degen." Diese Instruktionen gab König Friedrich Wilhelm I.

von Preußen dem Lehrer seines Sohnes Friedrich. Dieser ward
nun nach diesen Grundsätzen aufs strengste erzogen, obgleich er zum
Soldatenstande sehr wenig Luft hatte, sondern sich mehr zu der
Wissenschaft, zu der Dichtkunst und zu der Musik hingezogen fühlte.
Der darüber erboste Vater nannte ihn deshalb einen „Querpfeifer
und Poet, der sich nichts aus den Soldaten macht und alles wieder
verderben wird." Zuletzt wurde der junge Kronprinz sehr streng
überwacht und sogar vom Vater mit dem Stocke gezüchtigt. Er faßte
deshalb den verzweifelten Entschluß, nach England zu entfliehen.
Verraten und abgefangen, wurde „Der entlaufene Fritz", wie ihn der
König voll Grimm nannte, eingesperrt, und ein Kriegsgericht sollte
ihn als Deserteur zum Tode verurteilen. Als er aber ein reu=
mütiges Geständnis ablegte und den Vater um Verzeihung bat,
wurde seine Festungshaft gemildert und er mußte auf den Regie=
rungskanzleien arbeiten, um die Verwaltung und die Bedürfnisse
des Volkes kennen zu lernen. Er erwarb sich in der Folge die Liebe
seines Vaters in so hohem Maße wieder, daß dieser auf dem Toten=
bette sagte: „Ich sterbe zufrieden, da ich einen solchen würdigen
Sohn und Nachfolger habe".

Friedrich war 28 Jahre alt, als er im Jahre 1740 den preußi=
schen Thron bestieg. Das Volk jubelte ihm freudig entgegen; es
hatte Zutrauen zu dem jungen Herrscher, der sich desselben auch so=
gleich würdig erwies. Keinem versagte er Gehör, denn er meinte:
„Die Leute wissen, daß ich ihr Landesvater bin; ich muß sie hören,
dazu bin ich da". Den Regierungsgeschäften widmete er sich mit
großem Eifer und unablässiger Sorge, da nach seiner Ansicht „der
Fürst nur der Diener seines Volkes sein soll". Alles, was sein
Vater und vor diesem sein Urgroßvater eingeführt und im Auge
gehabt hatten, war auch für ihn, wo möglich in noch höherem Maße
der Gegenstand steter Aufmerksamkeit. In einer seiner Verordnun=

gen heißt es: „Zwar fangen die Preußen an, erwerbsfleißiger und aufgeklärter zu werden; noch muß man aber dahin besorgt sein, daß mehr Fabriken in Aufnahme kommen." Freiheit der Presse und in Glaubenssachen waren ihm selbstverständliche Dinge, über die er sich äußerte: „Die Gazetten müssen nicht molestiert werden"; und: „In meinem Lande mag jeder nach seiner Façon selig werden." Wenn Friedrich II. auch persönlich der französischen Sprache und Litteratur den Vorzug über die deutsche gab, so war er nichtsdestoweniger doch ein echter deutscher Mann, der seinem Deutschtume und dem guten Rechte des deutschen Reiches kein Titelchen abwendig machen ließ. Während z. B. in späteren Jahren sein jüngerer Zeitgenosse, der österreichisch-deutsche Kaiser Joseph II. sich nicht scheute, seltsamer Weise mit Hülfe Frankreichs und Rußlands das Uebergewicht der deutschen Nationalität in Europa sichern zu wollen, was natürlich ein ganz aussichtsloses Beginnen war, vollzog Friedrich die letzte große That seines an solchen ohnedies so reichen Lebens, indem er einen deutschen Fürstenbund gründete, der die Reichsverfassung zu schützen und Deutschland nach außen zu schirmen bestimmt und gerade vor allem ja gegen Frankreich und Rußland gerichtet war und nahezu alle deutschen Staaten umschloß. An der Spitze stand Preußen, das neue Deutschland.

Immer und wo er sich ein Ziel steckte, hatte er zur Zeit nur dieses Ziel im Auge, ohne Nebengedanken, aber auch ohne Bedenken und deshalb war er erfolgreich. Gegen alles Erwarten und da er in seiner Jugend ganz und gar nicht soldatisch angelegt war, ist es seine Kriegstüchtigkeit gewesen, durch die er so große und glänzende Erfolge erringen konnte. Und doch starb der große Friedrich, wie er schon zu seinen Lebzeiten genannt wurde, einsam und beinahe verlassen, mit den Worten: „Ich bin es müde über Sklaven zu herrschen!"

49.

Der siebenjährige Krieg.

Der Choral von Leuthen.

15. Dezember 1757.

Gesiegt hat Friedrichs kleine Schar.
Rasch über Berg und Thal
Von dannen ziehet Oesterreichs Heer
Im Abendsonnenstrahl.

Die Preußen stehn auf Leuthens Feld,
Am Himmel Licht an Licht;
Die goldnen Sterne ziehn herauf,
Wie Sand am Meer so dicht.

Sie strahlten so besonders heut,
So festlich hehr ihr Lauf;
Es ist, als wollten sagen sie:
„Ihr Sieger, blicket auf!"

Und nicht umsonst. Der Preuße fühlt's:
Es war ein großer Tag.
Drum still im ganzen Lager ist's,
Nicht Jubel, noch Gelag.

So still, so ernst die Krieger all,
Kein Lachen und kein Spott.
Auf einmal tönt es durch die Nacht:
„Nun danket alle Gott!"

Und der, dem es mit Macht entquoll,
Singt's fort, doch nicht allein;
Kam'raden um ihn her im Kreis,
Gleich stimmen sie mit ein.

Und voller wird der Lobgesang,
Es schwillt der Strom zum Meer;
Am Ende, wie aus einem Mund,
Singt rings das ganze Heer.

Im Echo donnernd wiederhallt's
Das aufgeweckte Thal;
Wie hundert Orgeln braust hinan
Zum Himmel der Choral.

Nach Besser.

Der brandenburgische Kurfürst Joachim II. hatte zweihundert Jahre vor der Zeit Friedrichs des Großen mit dem schlesischen Herzog von Liegnitz einen Vertrag abgeschlossen, wonach dieser Landstrich an Brandenburg fallen sollte, im Falle einmal der Liegnitzer Mannesstamm aussterben würde. Dieser Fall war eingetreten, aber Oesterreich, thatsächlich im Besitze von Schlesien, hatte längst schon, ohne auf Brandenburg Rücksicht zu nehmen, die Bestimmungen des gar nicht mit seinem Staate geschlossenen Vertrags einfach auf sich selbst angewandt. Die Kurfürsten hatten sich das in den leidigen Kriegszeiten gefallen lassen. Jetzt aber war die Frage wieder offen, weil auch in Oesterreich kein männlicher Thronerbe vorhanden war und eine Frau, Maria Theresia, den Thron bestiegen hatte. Friedrich, der wie viele andere Leute der Meinung war, daß die Hausmacht Oesterreichs schon lange groß genug sei, hielt jetzt die Zeit für gekommen, Brandenburgs verbrieftes Recht auf Schlesien geltend zu machen. In Oesterreich dachte man, den unkriegerischen jungen König mit Redensarten hinzuhalten. Ohne Verhandlungen abzuwarten, erklärte Friedrich den Krieg und rückte unmittelbar darauf mit einem schlagfertigen Heere in Schlesien ein. Zum ersten Male standen sich bei Mollwitz die Preußen und Oesterreicher zum Kampfe gegenüber. Friedrich siegte, jagte die Oesterreicher aus Schlesien und behielt das Land. Nach zwei Jahren mußte er nochmals, und elf Jahre später zum dritten Male um Schlesien kämpfen.

Der letzte Kampf hat von 1756—1763 gedauert und wird deshalb der siebenjährige Krieg genannt. Friedrich stand allein, nur durch englisches Geld einigermaßen unterstützt. Maria Theresia dagegen, die jetzt mit dem deutschen Kaiser vermählt war, hatte dadurch

auch noch Reichstruppen zur Verfügung und stand außerdem im
Bunde mit Frankreich und Rußland, denen das neue, rasch empor=
strebende preußische Königreich gleichfalls ein Dorn im Auge war.
Wie ein Heldengedicht liest sich die Geschichte dieses für ganz Deutsch=
land so folgenschweren Krieges. Von zwanzig Schlachten und grö=
ßeren Gefechten gewannen die Preußen breizehn, und geradezu groß=
artig war es, wie sich Friedrich nach manchmal bedeutenden Nieder=
lagen so schnell wieder erholte, trotzdem, der Einwohnerzahl der
streitenden Nationen nach gerechnet, er es mit einer zwölffachen
Uebermacht zu thun hatte. Schlesien blieb preußisch. Welcher
Heldengeist den großen Friedrich in diesem Kriege beseelte, beweist
seine Anweisung an seine Minister:

„Im Falle, daß ich getötet werde, sollen die öffentlichen Ange=
legenheiten ganz ohne Aenderung ihren Lauf behalten und ohne daß
man bemerken kann, daß sie sich in anderen Händen befinden. Wenn
ich das Unglück habe, gefangen genommen zu werden, so soll man
meinem Bruder Gehorsam leisten. Diesen, sowie die Minister und
Generäle, mache ich mit ihren Köpfen dafür verantwortlich, daß
man für meine Befreiung nichts anbiete, vielmehr den Krieg fort=
setze und alle Vorteile benutze, ganz so, als hätte ich niemals gelebt.
Dies ist mein fester und ernster Wille.“

Gar nicht zu bemessen ist der Einfluß, welchen die Siege Frie=
drichs auf das deutsche Volk ausübten. Dort in der Mark, in dem
unscheinbaren Manne, sahen die Deutschen, insoweit sie ihr gemein=
sames Vaterland liebten, den starken Arm, den klugen Kopf, daß
nach der großen Schmach des westfälischen Friedens der Stern des
alten Reiches nicht unterging, nein neuen hellen Glanzes fähig war.
Dorthin. das wußten alle, mußte man blicken, wenn gemeinsame
Gefahr allen drohte.

In Wort und Schrift, in Dichtungen aller Arten wurde denn auch Friedrich und seine tapfere Armee gefeiert. Hören wir nur Ewald Christian von Kleist:

„Unüberwundenes Heer, mit dem Tod und Verderben
In Legionen Feinde dringt,
Um das der frohe Sieg die goldnen Flügel schwingt,
O Heer, bereit zum Siegen oder Sterben!

Die Nachwelt, König, wird auf Dich als Muster sehen;
Die künft'gen Helden ehren Dich,
Ziehn Dich den Römern vor, dem Cäsar, Friedrich,
Und Böhmens Felsen sind Dir ewige Trophäen."

50.

Der alte Fritz und sein Volk.

Schon früher der Liebling seines Volkes, ward König Friedrich II. nach dem 7jährigen Kriege so recht sein Abgott, „der Einzige", „der Vater Fritz", „der alte Fritz". Er hatte denn auch, trotz manchen Fehlers, eine Art und Weise, mit Hoch und Niedrig um= zugehen, die packen und begeistern, trösten und ermutigen mußte.

Selbstverständlich wurde er von den Soldaten geradezu auf den Händen getragen, denen ja ein einziges, wenn das rechte, Wort ge= nügt im rechten Augenblicke. Das verstand Friedrich wie kein an= derer vor oder nach ihm.

Nach der verlorenen Schlacht bei Kollin spricht er einfach zu den Soldaten: „Kinder, ihr habt einen schlimmen Tag gehabt, aber nur Geduld! Ich werde alles wieder gut machen." Dabei liefen ihm die hellen Thränen über die Wangen. Das war sein Armeebefehl.

Bald hieß es denn auch nach der glorreichen Schlacht von Roß= bach:

„Und wenn der große Friedrich kommt
Und klopft nur auf die Hosen,
So läuft die ganze Reichsarmee,
Panduren und Franzosen."

Am Vorabende der Schlacht bei Leuthen, wo er eine, der seinen um das Dreifache überlegene Armee angriff und schlug, sagte er zu seinen höheren Officieren: „Ist einer unter Ihnen, der sich fürchtet, solche Gefahren mit mir zu teilen, der kann noch heute seinen Abschied ohne den geringsten Vorwurf bekommen. Ich denke morgen den Oesterreichern ein Loch in den Sack zu machen, in dem sie uns fangen wollen, das sie nicht so bald werden ausbessern können." Was Wunder, daß ihm alle bis in den Tod treu blieben!

Unzählbar beinahe sind die Anekdoten über des alten Fritz' Verkehr mit seinen Berlinern. Als er bei Potsdam das Luftschloß Sans Souci bauen ließ, da fehlte ein Stück Land zur Vergrößerung des Parks. Ein dort wohnender Müller besaß ein sehr geeignetes Feld, das er aber durchaus nicht verkaufen wollte. Als man den Mann bedeutete, daß der König ihn zum Nachgeben zwingen könnte, sagte der Müller: „Majestät scheint zu vergessen, daß es noch Richter in Preußen giebt". Und er durfte seinen Grund und Boden behalten; der König begnügte sich mit dem kleineren Parke.

Besonders beliebt war der Alte bei der Berliner Schuljugend nach der folgenden von A. Fröhlich dichterisch bearbeiteten Anekdote:

König Friedrich, der große Held,
Kam siegreich aus dem Kriegesfeld,
Und wenn er durch die Straßen ritt,
So liefen alle Kinder mit.

Sie stellten sich wohl auf die Zeh'n,
Den lieben Vater Fritz zu seh'n,
Sie faßten ihm am Pferd und Rock,
Doch König Fritz erhob den Stock

Und sagte lächelnd: „Habet acht,
Daß ihr mein Pferd nicht böse macht!"
Doch einst wilder Knabenschwarm
Den Kopf ihm machte allzuwarm;

Da hat er böse dreingesehn:
„Wollt ihr wohl gleich zur Schule gehn!"
Da sprach ein dicker Bube: „Ach,
Es ist ja Samstag Nachmittag!"

Der ganze Chor fiel jubelnd ein:
„Der alte Fritz will König sein
Und weiß nicht 'mal, daß dieser Frist
Des Samstags keine Schule ist!"

<hr>

51.

Deutschland und der amerikanische Freiheitskrieg.

An den kleinen Fürstenhöfen herrschten im achtzehnten Jahrhundert in manchen Hinsichten oft sehr traurige Zustände. Ver-
schwendung und bodenloser Leichtsinn brachten diese Fürsten endlich
so weit, daß sie selbst im förmlichen Schacher mit dem Leben ihrer
Unterthanen nichts Unrechtes sahen.

England brauchte damals viele Soldaten, denn es lag beständig
im Kriege, und sah sich genötigt, überall Söldner anzuwerben. So
auch in dem Kriege gegen seine aufständischen nordamerikanischen
Kolonien. Als nun die Werbetrommel nicht mehr Leute genug an-
locken konnte, da verfielen die Engländer auf den Menschenschacher
mit solchen deutschen Kleinstaatfürsten: Diese lieferten dem reichen
Kunden die menschliche Waare für die menschliche Schlachtbank.
Gegen 30,000 deutsche Männer und Jünglinge wurden auf diese
Weise, unter dem Namen von Freiwilligen an England geliefert;
und da ein großer Teil derselben, unter anderen auch der oft ge-

8

nannte Oberst Rahl, aus diesem oder jenem der verschiedenen Hessenländchen kam, so wurden in Amerika sämtliche deutsche Soldaten, die England dorthin bringen ließ, kurzweg „Hessen" genannt, was natürlich bald kein Ehrenname mehr war. Es gab aber einen deutschen Fürsten, der anders dachte; das war Friedrich der Große. Nach seinem Tode wurde in dem preußischen Regierungsarchive der Entwurf eines Vertrages aufgefunden, nach welchem Preußen damals auf dem Punkte stand, nach dem Vorbilde Frankreichs die von England abgefallenen, aber noch kämpfenden nordamerikanischen Kolonien als unabhängigen Staat anzuerkennen.

Jedenfalls legte Friedrich preußischen, zur Disposition stehenden Offizieren nichts in den Weg, wenn sie sich auf eigene Faust den Amerikanern anschließen wollten, wie z. B. der berühmte General Friedrich Wilhelm von Steuben, der kurz vorher eine Generalsstelle bei den englischen Truppen in Amerika auf seines Königs Rat, wenn nicht Befehl, ausgeschlagen hatte.

Es entzieht sich der Berechnung, wie viele deutsche Subalternoffiziere und Soldaten in den Reihen der Amerikaner gedient haben, und es ist nicht allgemein bekannt, nichts bestoweniger aber über allen Zweifel gestellt, daß General Washingtons Leibwache ganz und gar aus Deutschen bestand. Die nicht selten aufgestellte Behauptung, die Deutschen hätten sich der amerikanischen Sache gegenüber teilnahmslos oder gar feindselig verhalten, ist unbegründet.

52.

Das goldene Zeitalter.

Martin Luther hatte in seinen Schriften den Deutschen den Beweis geliefert, welchen großen Schatz sie in ihrer kräftigen, biegsamen und wortreichen Sprache besitzen. Leider wurde in den höheren und gelehrten Kreisen darauf nicht geachtet. Die Gelehrten fuhren fort sich der lateinischen Sprache zu bedienen, und in der höheren Gesellschaft trieb man eine grenzenlose verächtliche Franzosen= äfferei. Es war von einem den Namen wirklich verdienenden deut= schen Schrifttume kaum noch die Rede, und die wenigen Schriftsteller, die sich der deutschen Sprache bedienten, spickten ihre Schriften bis zur Unkenntlichkeit mit lateinischen und französischen Brocken. Auch die Dichtungsformen der Franzosen wurden sklavisch nachgeahmt. In dieser Hinsicht brachten Friedrich des Großen Erfolge eine große Wandelung hervor. Der erwachte deutsche Volksgeist und National= stolz drängte selbst Widerstrebende auf die Bahn eines deutschen Schrifttumes. Eine glänzende Reihe von Gelehrten, Forschern, Philosophen und Dichtern erstand, die sich, als ob sie sich das Wort gegeben hätten, nunmehr ausschließlich der deutschen Sprache mit herrlichem Erfolge bedienten. Es waren derselben zu viele, als daß auch nur die bedeutendsten unter ihnen hier mit Namen aufgeführt werden könnten. Das gehört in die deutsche Litteraturgeschichte.

Vor allen aber trat ein Dreigestirn am Horizonte des deutschen Schrifttumes auf, das, wie die Sonne die übrigen Himmelskörper, bald alle übrigen Schriftsteller in seinen Machtkreis zog und auf seiner Bahn mitführte: Lessing, Göthe, Schiller. Sie zeigten, welches hohen Fluges der deutsche Geist und die deutsche Sprache fähig sind. Lessing schuf das deutsche Drama und war zugleich der größte deutsche Kritiker aller Zeiten. Göthe und Schiller bauten das Drama zu einer nach ihnen nicht wieder erreichten und vor ihnen nur von Shakespeare innegehabten Höhe aus, während sie in ihren Balla= den und Romanzen, Liedern und Idyllen heute auch noch unüber= troffen bastehen.

Lessings ätzende Kritik, Göthes Tiefe und Naturtreue, Schillers hoher Schwung und Idealismus, die wundervolle Beherrschung der

deutſchen Sprache bei den Dreien mußten unter ihren Jüngern und
ſelbſt bei ihren Gegnern einen nicht zu zügelnden Nacheifer erweden,
der mit einem Schlage die Deutſchen an die Spitze aller Völker der
Erde in litterariſcher Beziehung erhob, ſo daß in manchen, jedoch noch
nicht in allen, Hinſichten nur die engliſche Litteratur der Deutſchen
gleichgeſtellt werden kann.   Mit vollem Rechte dürfen wir daher jene
Zeit „Das goldene Zeitalter“ Deutſchlands nennen.

53.

Deutſchland und die franzöſiſche Revolution.

Ein Ereignis von ungeheuerer Tragweite trat am Schluſſe des
achtzehnten Jahrhunderts in Frankreich, dem wichtigſten der
Nachbarländer Deutſchlands, ein, die ſogenannte große Revolution.
Bei dem leicht erregbaren franzöſiſchen Nationalcharakter mußten
die neuen Ideen, welche ſich in Folge der großen Fortſchritte des
Zeitalters der Reformation auf allen Gebieten geiſtigen Schaffens
geltend machten, gerade bei jenem Volke am erſten gewaltſam Bahn
brechen.   Eine ſtarke abſolute Erbmonarchie, unterſtützt von einem,
wenn auch zuweilen unruhigen, ihr ganz ergebenen Lehensadel, war
dort mehr auf ſtete Vergrößerung ihrer eigenen Macht und auf Er=
oberungen bedacht, als auf das Wohl des in Armut und Unwiſſenheit
verſunkenen gemeinen Volkes, das ſich demzufolge in einem bejam=
mernswerten, an vollſtändige Sklaverei grenzenden Zuſtande befand.
Jetzt erhob es ſich gegen ſeine Unterbrüder.   Die monarchiſche Re=
gierung wurde geſtürzt; der König Ludwig XVI., im ganzen ein
milder und wohlmeinender Regent, mußte für die Fehltritte und
Vergehen ſeiner Vorgänger büßen und warb enthauptet; ſeine deutſche
Gemahlin, eine Tochter der öſterreichiſchen Kaiſerin Maria Thereſia,
folgte ihm auf das Schaffot.   Adelige, Grundbeſitzer und Geiſtliche

mußten, insoweit sie sich nicht der bald ungeheuere Proportionen annehmenden Bewegung anschlossen, das Land mit Verlust ihres Besitzes verlassen; das Königtum wurde abgeschafft und eine viel= köpfige sogenannte Volksregierung trat, unter der blutigen Leitung einiger teils wohlmeinender, aber irregeleiteter und teils geradezu verbrecherischer Führer, an ihre Stelle. Dieselben erklärten sich bald bereit, nein gedrungen, die Nachbarländer gleichfalls mit den Seg= nungen zu beglücken, unter denen das von Bürgerblut überflutete Frankreich bereits seufzte. Die herrlichen Grundsätze der Menschen= rechte und der Freiheit, von so vielem französischem Blute schon besudelt, sollten nun auch anderen Völkern, die sie gerne allmählich und frieblich zur Geltung bringen wollten, gewaltsam aufgedrungen werden.

Oesterreich konnte die Hinrichtung seiner Prinzessin nicht ruhig hinnehmen und die übrigen deutschen Fürsten mußten sich dem drohenden Ansturme einer, durch auf die Spitze getriebenen Enthu= siasmus einerseits und durch neue Not des Lebens andererseits, bis zum Wahnsinn erregten Masse widersetzen, oder, noch besser, dem= selben zuvorkommen. So wenig aber, wie vor einem halben Jahr= tausende dem asiatischen Völkersturme, konnte Europa dieser in blutigen Wogen sich einherwälzenden Flut aus dem Westen wider= stehen. Frankreich erklärte den Krieg und seine Heere errangen, von ausgezeichneten Generälen geleitet, in den österreichischen Nieder= landen Sieg auf Sieg. Die inmittels in Frankreich mit Erfolg eingedrungenen Preußen und Reichstruppen, denen nur ein großer Friedrich fehlte, sahen sich genötigt umzukehren als jetzt die Franzosen auch am Rhein und am Main und in Oberitalien den Kampf be= gannen. Preußen, Oesterreich, Holland, Sardinien und England verbündeten sich gegen Frankreich. Mit wechselndem Glücke wurde gekämpft, und die Möglichkeit, Frankreich in seinen Grenzen die Um=

wälzung nach Belieben vollenden zu lassen, andere Länder aber vor
einem ähnlichen Schicksale noch zu bewahren, war nicht ausge=
schlossen, hätte nicht Oesterreich durch seine sprüchwörtlich gewordene
Langsamkeit, die sich natürlich auch den unter dem Habsburger
Kaiser stehenden Reichstruppen mitteilte, England und Preußen ver=
anlaßt, sich aus dem Bündnisse zurückzuziehen. Das Reichsheer und
die Oesterreicher setzten unter der Führung des sehr fähigen, aber oft
durch die Unentschlossenheit seines Bruder, Kaiser Franz II., und
die leidigen Befehle der Wiener Kriegskanzlei in seinen Plänen
gehinderten Erzherzog Karl, den Krieg noch einige Jahre fort,
schlossen jedoch dann auch Frieden und verloren dabei die Nieder=
lande und Oberitalien an Frankreich, welches dort Republiken unter
seinem Protektorate errichtete. Das deutsche Reich büßte bei dieser
Gelegenheit das linke Rheinufer vollständig ein.

Ein neuer Krieg brach bald aus, an dem sich nun auch Rußland
gegen Frankreich beteiligte. Das Resultat war wieder ein für alle
Widersacher des letzteren nachteiliger Friede, der 1801 zu Lüneville
abgeschlossen wurde. Wohl nie hat sich im Staatsleben eine solche
Zerfahrenheit gezeigt, wie die zu jener Zeit in dem, unter einem sonst
wohlmeinenden Habsburger buchstäblich sein Dasein dahinschleppen=
den, deutschen Reiche. Freilich hätte auf eine gewisse Anzahl von
Jahren hinaus keine Macht der Welt dem Einherstürmen der in den
Franzosen verkörperten neuen Jdeen mit Erfolg Widerstand bieten
können. Jhre Durchführung stand ebenso klar und bestimmt in den
Sternen geschrieben, wie die Ergebnisse der Reformation und des
siebenjährigen Krieges. Auch mit dem zur Zeit abseits stehenden
Preußen im Bunde würde das Ergebnis kein anderes gewesen sein.
denn auf eine Zeit lang schien der Geist des großen Kurfürsten und
des einzigen Friedrichs II. aus dem Geschlechte der Hohenzollern
gewichen zu sein. Ueberdies hat sich damals, wie von jeher in der

Weltgeschichte, der Satz eines der größten französischen Philosophen und Schriftsteller aus dem achtzehnten Jahrhundert, Voltaire, bewahrheitet: „Wenn ein großer Geist auftritt, so überschattet er alles was ihn umgiebt." Diesen großen Geist besaß zu jener Zeit Frankreich; er war bereits aufgetreten.

54.
Das Ende des alten deutschen Reiches.

Bereits im Jahre 1796, als die Franzosen in Oberitalien ihre folgenreiche Siege über die Oesterreicher und Sarbinier er= fochten, traf dort ein soeben von dem Direktorium, welches zu jener Zeit die Geschicke Frankreichs leitete, zum Obergeneral ernannter junger Officier ein, Napoleon Bonaparte. Derselbe war ein Korse, hatte in der Militärschule zu Brienne seine Fachbildung erhalten und sich als Artilleriehauptmann bei der Belagerung der durch die Eng= länder besetzten Seestadt Toulon in Südfrankreich ausgezeichnet. Sobann leistete er dem Direktorium bei der Bekämpfung eines in Paris ausgebrochenen Aufstandes gute Dienste, heiratete die Freundin eines der Direktoren, die Wittwe Josephine Beauharnais, und erhielt so den Oberbefehl über die französische Armee in Italien. Nur ungerne fügten sich die älteren französischen Generäle dem neuen Vorgesetzten. Sie verstummten aber alsbald vor seinem sicheren Auftreten, seinen eigenartigen Armeebefehlen und dem Zauber seiner Persönlichkeit. In weniger als Jahresfrist besiegte Napoleon Bona= parte die Oesterreicher in vier großen Schlachten, zwang sie zum Frieden und errichtete in Italien die cisalpinische, die ligurische und die römische Republik an der Stelle der österreichischen, freistädtischen und päpstlichen Herrschaft. Diese neuen Republiken standen selbst= verständlich unter französischem Protektorate. Sobann unternahm

er einen, gegen England gerichteten Zug nach Egypten, sah sich aber
durch die Vorgänge in Paris und zu seinem persönlichen Interesse
veranlaßt, dieses Unternehmen aufzugeben und nach Frankreich
zurückzukehren. Er schloß sich in Paris den Gegnern des Direk=
toriums an und stürzte dieses. Zum Lohne für diese That wurde er
als einer der drei Konsuln, welche jetzt die Regierung übernahmen,
gewählt. Er nahm bald die Führerstelle unter seinen Kollegen ein,
als Erster Konsul, und erwies sich auch als ein Verwaltungsbeamter
ersten Ranges. Nochmals zog er dann gegen die Oesterreicher,
besiegte sie wieder und zeigte sich bereit, mit ganz Europa Frieden
zu schließen, denn er hatte jetzt ganz andere Pläne im Sinne. Ein
allgemeiner Friede wurde 1802 zu Amiens geschlossen; die Franzosen
aber waren von ihrem genialen Ersten Konsul so sehr entzückt und
fügten sich so leicht und willig unter seine despotischen Maßregeln,
daß Bonaparte es nunmehr wagen konnte, offen mit seinem Plane
hervorzutreten, d. i. sich zum Kaiser der Franzosen wählen zu lassen.
Auch das geschah; im Mai 1804 wurde der kühne Mann von den
Bürgern der großen Republik, die kaum länger als ein Dutzend
Jahre bestanden hatte, zum Kaiser ausgerufen als Napoleon I., und
von dem durch Drohungen nach Paris gebrachten Papste in Paris
gekrönt. Die Anerkennung des neuen Kaiserreichs durch alle
Staaten Europas erfolgte ohne Schwierigkeiten, und alsbald wurden
die unter französischer Schirmvogtei stehenden Republiken Holland,
Ligurien, Italien in Königreiche verwandelt, in denen Bonapartes
Brüder als Könige figurirten. Im Jahre 1805 brach aber schon
wieder der Krieg aus: England, Rußland, Schweden, Oesterreich
einerseits; Frankreich und seine Afterkönigreiche andererseits. Es
gelang Napoleon außerdem noch, sich die traurige Eifersüchtelei
zwischen den deutschen Fürsten zu nutze zu machen und verschiedene
derselben zu bewegen — Baden, Bayern und Würtemberg — sich

auf seine Seite zu stellen. Wieder blieb er Sieger, und zwar in der großen Dreikaiserschlacht bei Austerlitz, deren Folge der Friede von Preßburg war. Oesterreich verlor dabei gegen 1200 Quadratmeilen Land, womit die für ihre Dienste doch auch etwas beanspruchenden Fürsten von Bayern und Würtemberg bedacht und außerdem noch zu Königen erhoben wurden. So weit war es im deutschen Reiche gekommen!

Wenn Preußen auch den Lockrufen Napoleons widerstanden hatte — er hatte dem Könige Friedrich Wilhelm III. das Land Hannover für die verlangte Heeresfolge angeboten —, und wenn auch der wackere König sagte: „Ich will mit dem Menschen nichts zu thun haben," so berührt es dennoch unangenehm, daß der König so lange zauderte, ehe er sich entschloß, das Schwert zu ziehen. Auch jetzt bedurfte es des ganzen Einflusses seiner hochherzigen Gemahlin, Luise von Mecklenburg, ihn zu bewegen, daß er zuerst vermittelnd und dann im Bunde mit Rußland auftrete, um den Zustand Europas wieder auf die frühere Basis zu stellen.

Das Allerschlimmste stand noch zu erwarten, der Sturz der deutschen Reichsverfassung. Auch das trat ein. Bayern, Würtemberg, Baden, Hessen-Darmstadt und einige andere kleinere Staaten schlossen den sogenannten „Rheinbund" und verbündeten sich „auf ewig" mit Frankreich. Der faktische Oberherr, genannt Protektor, war der Kaiser Napoleon. Mit dem Bunde und seinen Armeen schaltete der Kaiser natürlich ebenso nach Belieben, wie mit den Königreichen seiner Brüder.

Endlich kam der unausbleibliche Krieg mit Preußen. Die berühmte Taktik Friedrichs des Großen hielt ohne ihren Begründer nicht lange vor. Preußen wurde bei Jena und Auerstädt besiegt und in dem Frieden von Tilsit tief gedemütigt. Napoleon nahm das ganze Land zwischen Elbe und Rhein in Besitz und schnitt daraus

für seinen Bruder Hieronimus das Königreich Westfalen zu, während
er die östlichsten Teile des so zerrissenen Landes dem Kurfürsten von
Sachsen als Herzogtum Warschau verlieh zum Lohne für seine
Gefügigkeit. Preußen behielt nur Brandenburg und seine Haupt=
stadt nebst Schlesien, keine Festung mehr. und es sollte 140 Millionen
Thaler Kriegskosten bezahlen. Kurz zuvor hatte Kaiser Franz II.,
wie er sagte und vielleicht auch glaubte, in der besten Absicht die, für
den Augenblick allerdings bedeutungslose, Würde eines römischen
Kaisers deutscher Nation niedergelegt, im Jahre 1806, und in einem
besonderen Schreiben „das Band, welches ihn und seine öster=
reichischen Länder mit dem deutschen Staatskörper vereinigte, auf=
gelöst."

So ging nach tausendjährigem Bestehen das alte deutsche Reich
zu Grunde.

55.

Der Deutschen Edelstein und der Waffen-
schmied der deutschen Freiheit.

„Nichtswürdig ist die Nation, die nicht ihr Alles setzt an ihre
Ehre". Diese Worte ihres Lieblingsdichters, Schiller,
haben die Deutschen in der tiefsten Schmach, die, der „Gang nach
Canossa" (Kap. 23) nicht ausgeschlossen, ihnen je angethan worden,
an sich zur Wahrheit gemacht. Sie erinnerten sich eines weiteren
Schiller'schen Wortes:

„Unser ist durch tausendjährigen Besitz
Der Boden, und der fremde Herrenknecht
Soll kommen dürfen und uns Ketten schmieden
Und Schmach anthun auf unserer eigenen Erde?"

Wenn auch aus vielen Wunden blutend, blieb dennoch Preußen
als sozusagen letzter deutscher Staat übrig, und die da in stiller

heißer Hoffnung auf das gedemütigte Land und seine keineswegs
verzweifelnden Männer hinblickten und vertrauten, sollten sich nicht
täuschen.

Mit England und Rußland hatte Napoleon noch nicht abge=
rechnet. Mit dem ersteren fing er an; und da er zu klug war in
dem Augenblicke an eine Landung dort zu denken, zur See aber von
vorneherein nichts wagen konnte, so traf er Großbritannien in recht
empfindlicher Weise an seiner Lebensader, an seinem Handel mit
dem Festlande von Europa. Er ordnete die sogenannte „Kontinen=
talsperre" an, wonach kein zur französischen Machtsphäre gehörendes
Land einem englischen Schiffe die Landung in einem seiner Häfen
gestatten, noch auch auf irgend eine andere Weise sich britische Waaren
verschaffen durfte. Diese streng durchgeführte Maßregel hemmte
jeglichen Verkehr mit England; weder Waaren, noch Reisende oder
Briefe konnten dorthin oder von dorther befördert werden: Die
britischen Inseln befanden sich in Blokadezustand, ebenso die über=
seeischen Besitzungen Englands, so daß auch auf dem Transit= oder
Zwischenwege über Rußland oder die Türkei nichts mehr zu er=
reichen war.

Es war diese bittere Noth, welche nun Preußen anspornte, seinen
inneren Wiederaufbau energisch in die Hand zu nehmen. Der König
hatte das Glück einen, wenn auch vor Napoleons Haß nach Rußland
entwichenen, ausgezeichneten Berater zu besitzen in dem früheren
preußischen Minister Heinrich Friedrich Freiherrn vom Stein, einem
geborenen Nassauer, der sein ganzes Sein dem Dienste Deutschlands,
fürs erste noch Preußens, weihte.

Zuerst wurde in den Städten die vollständige Selbstverwaltung
eingeführt, denn bei größerer Freiheit konnten sich die Bewohner der=
selben auch mit größerem Eifer dem Vaterlandswohl widmen.

Dann wurde die Befreiung des Bauernstandes durchgeführt; seit 1810 ist in Preußen der letzte Rest der Lehensherrschaft (Kap. 20) beseitigt. Der den Anstoß zu diesen Entschlüssen des Königs gegeben, Stein, stand noch lange nach der Wiederbefreiung Deutschlands auf seinem Posten, ein rechter Mittler zwischen Fürst und Volk. Auf seinem Denkmale beim Burgberge in Nassau aber stehen die Worte: „Des Guten Grundstein, des Bösen Eckstein, der Deutschen Edelstein."

Ebenso wichtig und zur Zeit noch bringender waren die preußischen Heeresreformen. Auch da fand der König seinen Mann in dem Obersten Gerhard David Scharnhorst, einem geborenen Hannoveraner. Er unternahm das große Werk der Herausbildung der allgemeinen Wehrpflicht in Preußen. Vom November 1808 an mußte jeder Preuße ohne Unterschied der Geburt sich als zum Kriegsdienste verpflichtet betrachten. Eine stille Wirksamkeit war es freilich, die sich nunmehr entfaltete, da das Land, den Friedensbedingungen gemäß, nur eine gewisse geringe Anzahl von Soldaten im Dienste haben durfte. Da wurden denn immer die unter Scharnhorsts Leitung einererzierten Mannschaften entlassen und an ihrer Stelle rückten alsbald andere ein, bis zuletzt alle waffenfähig gemacht und auf die Art der Kriegsführung eingeübt waren und von sich selbst sagen konnten: „Der Geist lebt in uns allen!" Bei dieser, in weiterer Ausdehnung heute noch in Deutschland bestehenden, Einrichtung kam zuerst das stehende Heer mit seiner Reserve in Betracht, dann folgte die Landwehr mit ihrer Reserve, dem Landsturm. Vom zwanzigsten bis zum fünfundvierzigsten Lebensjahre dauert die vom Höchsten bis zum Niedrigsten im Lande geheischte Wehrpflicht, der sich niemand entziehen kann.

Die Franzosen hielten es nicht der Mühe wert, diese „preußische Soldatenspielerei" ihrer Aufmerksamkeit zu würdigen. Die Enttäuschung blieb nicht aus.

Scharnhorst, der geniale Schöpfer dieses Wehrsystems, konnte
sich einen kurzen Augenblick der Bewährung seines großen Werkes,
des Volks in Waffen, erfreuen, fiel aber sechs Jahre später auf dem
Feld der Ehre. Das deutsche Volk verehrt ihn unter dem schönen
Namen „Der deutschen Freiheit Waffenschmied". Wenn E. M. Arndt
singen konnte:

> „Heil, fester Stein vom festen Steine!
> Heil stolzer freier Mann,
> Der in des Ruhmes Sonnenscheine
> Vor aller Welt nun leuchten kann!"

so sang mit nicht minder Wahrheit M. von Schenkendorf dem
Scharnhorst:

> „Keiner war je treuer, reiner;
> Näher stand dem König keiner,
> Doch dem Volke schlug sein Herz."

56.

Der Sandwirth von Passeyer.

Ein glänzendes Beispiel deutscher Tapferkeit und Treue für alle
Welt und eine Warnung dessen, was ihm zu warten stand, für
Napoleon gaben die Tiroler. Im Frieden von Preßburg hatte
Oesterreich sein Erbland Tirol an Bayern abgetreten. Als aber im
Jahre 1809 Kaiser Franz beschloß, gegen Frankreich einen National=
krieg zu führen, wie ihn Spanien eben durchgefochten hatte, da war
am Tage der Kriegserklärung die Grafschaft Tirol schon im vollen
Gange in monatelang vorbereitetem Aufstande, die französisch=
bayerischen Fesseln zu zerbrechen.

Innsbruck, die Landeshauptstadt, befand sich nach kurzer Zeit
in den Händen der Patrioten und 4000 Mann, Bayern und Fran=
zosen, waren gefangen. Wie gewöhnlich mit viel Bedacht, kamen

dann die Oesterreicher heran und nahmen von dem Lande wieder
Besitz. Es bedurfte aber nur der unentschiedenen Schlacht bei
Aspern, deren Ausgang Napoleon besser auszunützen verstand als
seine Gegner, da verließen die Oesterreicher ohne Not Tirol schon
wieder, und unter scheußlichen Mordbrennereien fielen sogleich die
Bayern wieder ein. Die Franzosen hielten nun die Sache dort für
abgethan und beendet, hatten aber buchstäblich dieses Mal die Rechnung ohne den Wirt gemacht. Die Tiroler setzten sich den Sandwirt
von Passeyer, Andreas Hofer, zum Führer und dieser erkämpfte,
1809, in der „Bauernschlacht" am Berge Isel einen vollständigen
Sieg über die Bayern. Wieder war Tirol von Feinden gesäubert.
Nun versprach der österreichische Kaiser in bestimmten Worten, daß
er keinen Frieden unterzeichnen werde, der nicht Tirol bei Oesterreich
belasse. Mehr verlangte das brave Volk nicht, und sorglos lebten
die Tiroler dahin bis nach der unglücklichen Schlacht bei Wagram,
der ein Waffenstillstand folgte, infolgedessen das unglückliche Land
wieder vorläufig unter bayerische Botmäßigkeit sich stellen mußte
bis zum definitiven Friedensschlusse. Ein Befehl vom österreichischen
Kaiser, sich diesem Abkommen zu unterwerfen, kam nicht, wohl aber
kamen 50,000 Franzosen, um das Land einzunehmen. Aber auch
diese mußten den Rückzug antreten vor den mutigen Bauern, über
die Hofer, als Oberkommandant, bei weitem besser regierte als die
französischen und bayerischen Herrn. Inzwischen machte Franz II.
wieder einmal Frieden, und der 10te Artikel des Vertrages sagte den
aufständischen Tirolern die Amnestie zu.

Eine radikale Partei aber in Tirol drängte auf nochmalige Er-
neuerung des Aufruhrs. Hofer war schwankend, ließ sich aber zuletzt
doch bereden, einen Aufruf zu allgemeinem Kampfe zu erlassen.
Dies war verkehrt und ohne Wirkung. Der Widerstand war und
blieb erloschen, Hofer aber dem Kriegsgesetze verfallen.

Ein Preis ward auf seinen Kopf gesetzt, und ein Verräter lieferte den tapferen Mann den Franzosen aus. Er wurde nach der Festung Mantua in Oberitalien gebracht, von einem Kriegsgerichte zum Tode verurteilt und am 10. Februar 1810 auf speziellen Befehl Napoleons erschossen. Sein frommes Gemüt und seine schlichte gesunde Religiosität verliehen ihm bis zum letzten Augenblicke den Mut, den sein geliebter Kaiser hätte haben sollen, um darauf zu bestehen, daß das Leben des Tapferen erhalten werde. Und doch schloß der Bauer den Fürsten in sein letztes Gebet ein. Die dreizehnte Kugel erst machte diesem Heldenleben ein Ende, und — Europa gehorchte dem Tyrannen. Den Tod Hofers beschreibt eine schöne Ballade von Julius Mosen, wie folgt:

> Zu Mantua in Banden
> Der treue Hofer war,
> In Mantua zum Tode
> Führt ihn der Feinde Schar.
> Es blutete der Brüder Herz,
> Ganz Deutschland, ach, in Schmach und Schmerz,
> Mit ihm sein Land Tirol.
>
> Die Hände auf dem Rücken
> Der Sandwirt Hofer ging
> Mit ruhig festen Schritten;
> Ihm schien der Tod gering,
> Der Tod, den er so manchesmal
> Vom Iselberg geschickt ins Thal
> Im heil'gen Land Tirol.
>
> Doch als aus Kerkergittern
> Im festen Mantua
> Die treuen Waffenbrüder
> Die Händ' er strecken sah,
> Da rief er laut: „Gott sei mit euch,
> Mit dem verrat'nen deutschen Reich
> Und mit dem Land Tirol!"

Dann soll er niederknieen;
Er sprach: „Das thu' ich nit!
Will sterben, wie ich stehe,
Will sterben, wie ich stritt,
So wie ich steh' auf dieser Schanz.
Es leb' mein guter Kaiser Franz,
Mit ihm das Land Tirol!"

Und von der Hand die Binde
Nimmt ihm der Korporal,
Und Sandwirt Hofer betet
Allhier zum letzten Mal;
Dann ruft er: „Nun, so trefft mich recht!
Gebt Feuer! — Ach, wie schießt ihr schlecht!
Ade, mein Land Tirol!"

57.

Auf dem Gipfel.

Nach dem letzten, dem Wiener, Frieden mit Oesterreich stand Napo=
leon auf der Höhe seiner Macht. Außer Rußland, England,
Oesterreich, Dänemark und dem Reste von Preußen gab es in Europa
kein Land mehr, das nicht entweder von einem Mitgliede der napo=
leonischen Familie regiert wurde, oder, was noch schlimmer war,
unter französischem Protektorate stand. Im Jahre 1809 hatte der
Kaiser auch noch den Papst Pius VII. verhaften und gewaltsam
aus Rom entfernen lassen, worauf er auch den Kirchenstaat mit seiner
Herrschaft vereinigte. Er stand jetzt schon nicht mehr auf dem
Punkte, wo man ihn seiner Feldherrngröße wegen mit Alexander
oder Cäsar hätte vergleichen können, er fing an sich den Attila und
Dschingischan, den großen Räubern und Verheerern, zu nähern.
Nichtsdestoweniger hatte der Kaiser von Oesterreich dem verwitweten
Korsen, der seine erste Frau verstieß, weil sie ihm keine Erben brachte,
seine Tochter Marie Luise, eine stolze Habsburgerin, zur Gemahlin

gegeben. Bald wurde er Vater, und dem Fortbestehen seines Hauses
auf dem Throne Frankreichs, den er noch zum Throne Europas zu
erhöhen hoffte, schien nichts mehr im Wege zu stehen. Wiederum
wandte er sich nun gegen Preußen, indem er dem Könige Friedrich
Wilhelm III. die Wahl gab, sich für den Kriegsfall an Frankreich
anzuschließen oder anderenfalls das Schicksal Italiens zu teilen.
Es blieb dem Preußenkönige für den Augenblick keine Wahl als Nach=
geben, wenn der Name Preußen nicht aus der Staatenreihe ver=
schwinden sollte. Dabei regierte der Tyrann in und außerhalb
Frankreich mit großer Grausamkeit, führte eine wahrhafte
Schreckensherrschaft. „Man muß die Kanaille mit Schrecken bän=
digen," schrieb er an seinen Schwager Murat, den König von
Neapel, der ihm zu mild regierte.

Sodann stellte er an den Kaiser von Rußland das Ansinnen,
in seinem Reiche die Kontinentalsperre gegen England einzuführen;
und als eine Weigerung erfolgte, erklärte er ihm den Krieg. „Der
Kaiser ist verrückt, vollkommen verrückt, er wird uns alle zu Grunde
richten," äußerte sich damals der französische Minister Decrès. Der
Freiherr vom Stein schrieb: „Das bonapartistische System beruht
auf zu faulen Grundlagen, auf Gewalt und den gemeinsten Re=
gierungskünsten; alle die unglücklichen Ereignisse, die uns zermalmen
sollen, werden das gerade Gegenteil von dem bewirken, was er
erwartet." Der preußische General Blücher, der in seinen Urteilen
nie weit vom Ziele schoß, sagte bei der Nachricht von dem bevor=
stehenden Kriege mit Rußland in seiner drastischen Weise: „Der Kerl
ist dumm, zu dumm!"

Wie dem auch sei, Napoleon bereitete sich jetzt selbst sein furcht=
bares Schicksal. Seit Xerxes' Tagen war eine Rüstung nicht• dage=
wesen, wie die, welche jetzt gegen Rußland aufbrach. Man berechnet
610,000 Menschen mit 182,000 Pferden — Franzosen, Deutsche und

9

Oesterreicher, Italiener, Holländer u. f. w. — von benen 475,000 im Juni 1812 ben Niemen überschritten, während bie übrigen — Preußen unb Oesterreicher — in Polen als Reserve stehen blieben. Den bombastischen Aufruf an seine Armee schloß ber in unbegreif= licher Selbsttäuschung schwebenbe Frevler an ber Vorsehung mit ben Worten: „Rußland wird fortgerissen burch sein Verhängnis; seine Geschicke müssen sich erfüllen."

Alsbald aber begann biese Prophezeiung sich an ihm selbst zu erfüllen, unb auf ihn konnte man Schillers Worte anwenden:

> „Mach' Deine Rechnung mit bem Himmel;
> Deine Uhr ist abgelaufen!"

58.
Die Befreiungskriege.

An ber Grenze bes Moskowiterreiches erwarteten bie Russen bas Heer, welches auch biesem Lanbe ben Untergang bereiten sollte. Sie wichen aber vor ber Uebermacht zurück, verheerten alles in weitem Umkreise unb umschwärmten beständig bie burch biese Wüste sich vorwärts bewegenbe französische Armee. Nach einem unter großen Verlusten teuer erkauften Siege erreichte Napoleon bie Hauptstabt Moskau unter ungeheurem Jubel seiner Armee. Der Traum vom Weltreiche fing an Wirklichkeit zu werben — wenigstens erzählte Napoleon bas ben kaum 200,000 Solbaten, bie von ben 4½ Hunbert= tausenb noch übrig waren, in einem Armeebefehle, ber nahezu an Wahnsinn grenzte.

Schon am nächsten Tage aber brach an verschiedenen Stellen in ber Stabt zu berselben Zeit Feuer aus. Der Branb wuchs schnell, von wechselnben Winben getrieben, unb balb war bie Stabt bis auf ein Zehntel eingeäschert. Es war klar, baß bas Feuer von ben Russen selbst angelegt unb geschürt wurbe.

„Die Barbaren!" rief Napoleon aus, mußte sich aber ent=
schließen, Frieden zu machen, oder den Rückzug antreten, denn auch
Krankheiten, Epidemien, waren unter seinen Truppen in erschrecken=
dem Umfange ausgebrochen. Nur etwa 100,000 kampffähige Mann=
schaften waren übrig. Napoleon ließ dem russischen Kaiser einen
Vergleich anbieten. „Jetzt erst beginnt der Krieg", war die Antwort.
Nach 34tägigem Aufenthalte in der verwüsteten Hauptstadt begann
beim Einbruche des russischen Winters der so oft beschriebene furcht=
bare Rückzug. Die Kälte, der Hunger, die Ermattung, fortwährende
feindliche Ueberfälle brachten, mit Einschluß der von den Russen selbst
nach Frankreich beförderten Gefangenen, die Armee auf ein Zwan=
zigstel herunter, das nimmt selbst die napoleonische Geschichts=
schreibung an.

Napoleon verließ im Dezember das Heer, um sich nach Paris
zu begeben, denn auch dort ballte sich das Gewölk über seinem Geschicke
zusammen, nachdem das Unglück in seinem ganzen Umfange bekannt
geworden. Dem Kaiser und den Seinen wäre besser gewesen, wenn
die Nachricht von seinem Tode, die in seiner Hauptstadt verbreitet
worden war, auf Wahrheit beruht hätte.

Von den armseligen Ueberresten der „großen Armee", wie Napo=
leon sein Heer genannt hatte, weiß ein gleichzeitiger Soldatendichter
zu erzählen:

„Es irrt durch Schnee und Wald umher
Das große mächtige Franzosenheer;
Der Kaiser auf der Flucht,
Soldaten ohne Zucht:
Mit Mann und Roß und Wagen
So hat sie Gott geschlagen."

Die Kunde von dem Schicksale Napoleons in Rußland bewegte
ganz Europa; ihre Wirkung kann am besten mit derjenigen verglichen
werden, welche Attilas Niederlage (Kap. 9) auf den katalaunischen

Feldern vor einem halben Jahrtausende hervorgebracht hatte. Wie damals, schien für die unterdrückten Völker Europas die Stunde gekommen, die Fremdenherrschaft abzuschütteln. Aller Augen richteten sich sogleich auf Preußen, und man verrechnete sich nicht. Ohne Instruktionen von Berlin schloß der kühne General York von Wartenburg im Dezember 1812 mit dem russischen General Diebitsch einen Vertrag, der die Verbindung der preußischen Truppen an der russischen Grenze mit der französischen Kriegsmacht löste. „Da möchte einen ja der Schlag rühren!" rief der immer noch schwankende König von Preußen beim Empfange der Nachricht von dem Vorgehen Yorks, wohl nur scheinbar entrüstet, aus. Bald aber schloß er mit Rußland ein Bündnis, dem dann auch Oesterreich und Schweden beitraten.

„Jetzt oder nie!" war des deutschen Volkes Losung. So erließ denn Friedrich Wilhelm III. von Breslau aus den Aufruf zu den Waffen: „Es ist der letzte entscheidende Kampf, den wir bestehen für unser Dasein, unsere Unabhängigkeit, unseren Wohlstand. Keinen anderen Ausweg giebt es, als einen ehrenvollen Frieden oder einen ruhmvollen Untergang. Wir dürfen aber mit Zuversicht vertrauen, Gott und unser fester Wille werden unserer gerechten Sache den Sieg verleihen und mit ihm einen sicheren ruhmreichen Frieden und die Wiederkehr einer glücklichen Zeit."

Begeistert erhob sich das preußische Volk. Es war nur eine Stimme: das Vaterland muß gerettet, Deutschland befreit, der französische Uebermut gebrochen werden! Männer und Frauen, Alt und Jung, Arm und Reich, Alle waren einig. Zum erstenmale trat jetzt die Landwehr, für den Kampf wohl vorbereitet, in Reih und Glied; Freikorps bildeten sich; die Frauen und Jungfrauen opferten ihr Geschmeide, manche das schöne blonde Haar auf dem Altare des Vaterlandes. Begeisterte Dichter, wie Körner und Arndt, sangen ihre Kriegslieder; zündende Rufe zu den Waffen: „Das Volk steht!

auf, der Sturm bricht los!" hieß es da, und „Frisch auf, mein Volk,
die Flammenzeichen rauchen!" „Der Mann muß herunter", sagte
Stein, und er hatte Recht. Napoleon mußte beseitigt, unschädlich
gemacht werden, früher war an Ruhe nicht zu denken. Dann aber:
nicht Preußen allein, das ganze Deutschland mußte wieder frei und
einig werden. Diesen Männern waren für den Augenblick die Re=
gentenhäuser vollkommen gleichgiltig; sie betrachteten dieselben als
bloße Werkzeuge.

Nicht überall aber that man es den Preußen gleich. Die allge=
meine augenblickliche Erhebung Deutschlands erfolgte nicht; auch
Oesterreich ließ sich auf eine Zeit lang von Napoleon in eine passive
Neutralität zurückschüchtern; Preußen und Rußland trugen allein
die schwere Wucht des Krieges. Zwei größere Schlachten, die auf
ein erstes siegreiches Treffen bei Lüneburg folgten, fielen zu Un=
gunsten Preußens aus. Da kam ganz unerwartet Rettung, indem
Napoleon, wie er später selbst eingestanden hat, den größten Fehler
seines Lebens beging und einen Waffenstillstand anbot.

Jetzt kam Oesterreich, gleichviel ob freiwillig oder auf heftiges
Drängen, wieder zum Bündnisse, das nunmehr mit 800,000 Mann
in Böhmen, Schlesien und Norddeutschland operiren sollte. Sieg
folgte auf Sieg — bei Großbeeren, an der Katzbach, bei Dennewitz;
und dann kam die Entscheidung. Am 16. Oktober 1813 begann die
große Völkerschlacht bei Leipzig, die am 18. Oktober mit einer
gänzlichen Niederlage der Franzosen endete. Vor und während der
Schlacht gingen die Truppen Sachsens und Bayerns zu den Ver=
bündeten über; die Franzosen eilten dem Rheine zu, überschritten
denselben, die Deutschen ihnen nach an der Spitze der verbündeten
Heere, nicht sowohl um Frankreich zu erobern, als um seinen Kaiser
zu fangen und ihn abzusetzen. Beides geschah. Im März 1814
zogen die Verbündeten in Paris ein; Napoleon unterzeichnete die

bedingungslose Abdankung für sich und seine Familie und durfte sich auf die Insel Elba im Ligurischen Meere zurückziehen, als deren Souverain mit dem Kaisertitel und 900 Mann Soldaten.

Ludwig XVIII. von Bourbon bestieg den französischen Königs= thron, und im November 1814 wurde in Wien ein allgemeiner Kon= greß eröffnet, wo die Bevollmächtigten aller an den Kriegen gegen Napoleon beteiligt gewesenen Staaten die Neuordnung Europas in Angriff zu nehmen begannen. Der Fragen waren viele, der Köpfe und Sinne nicht minder, und an Umtrieben aller Art fehlt es keineswegs.

Das Gefühl der Freiheit und der Erlösung in allen deutschen Herzen und das Bewußtsein, bei dem Sturze des genialen Eroberers die erste Rolle gespielt zu haben, waren hoch erhebend, und man begreift wohl E. M. Arndts Jubel:

> „Viktoria, ihr Brüder!
> Der Feind, er liegt im Feld
> Zu vielen, vielen Tausend
> Von unsrem Schwert gefällt.
> Vorwärts! Wir woll'n nicht ruhen,
> Bis wir sie allesamt
> Erschlagen und verjaget
> Aus unsrem deutschen Land.
> Frisch auf und immer weiter!
> Der Himmel hilft uns schon:
> Zum Teufel mit Franzosen
> Und mit Napoleon!"

59.

Der letzte Akt.

(E)s beburfte nur weniger Monate, um bie, beê Ruhmeê fowohl,
wie ber Tyrannei müben Franzofen zu ben Kunbgebungen beê
leibenfchaftlichen Zorneê unb ber tiefften Verachtung gegen ihren
gefallenen Göhen, Napoleon Bonaparte, zu bewegen. Wie ein
Blih auê heiterem Himmel fuhr baher bie Kunbe unter fie: Na=
poleon ift wieber ba!

In ber That hatte ber unruhige Mann Enbe Februar 1815
Elba berlaffen. Bezeichnenb ift bie Art unb Weife, wie man fich in
Frankreich mit ber Thatfache abfanb. Am 23. Februar laê man in
bem offiziellen Regierungêblatte „Moniteur": „Der Korfe hat mit
900 Mann bie Infel Elba berlaffen"; am 7. März: „Bonaparte ift
an ber Küfte ber Probence gelanbet"; am 11. März: „General Bo=
naparte ift in Grenoble eingezogen"; am 17. März: „Der Kaifer
wurbe in Lyon enthufiaftifch begrüßt"; am 20. März: „Ihre Kaifer=
liche Majeftät werben in bero Schloffe ber Tuilerien erwartet". So
gefchah eê. Der König Lubwig XVIII., ber nicht wenig bazu bei=
getragen hatte, biefeê Ereigniê überhaupt möglich zu machen, war
bereitê geflohen; „er fügte fich", nach einer wohlfeilen Rebenêart,
„bem Willen ber Nation." In Wien hatte Napoleonê plöhlicheê
Erfcheinen nur bie Wirkung, baß bie bort bertretenen Staaten fich
um fo fefter an einanber fchloffen. Am 13. März erließ ber Con=
greß ein Aechtungêbekret, wie Napoleon fie fo oft in bie Welt hinein=
gefchleubert hatte, gegen ben Ruheftörer, unb feine eintreffenben
fchriftlichen Anträge wurben ungelefen abgewiefen. Allerbingê
fchloffen fich in Frankreich bie früheren Generäle, bie Feftungêtrup=
pen unb bie heimgekehrten Kriegêgefangenen an ihren früheren
Kriegêherrn an, unb er hatte balb eine Armee bon 270,000 Mann

beifammen. Im Großen und Ganzen war von Enthufiasmus beim
Volke nur fehr wenig zu bemerken.

Alles ftand nun wieder und allein auf der Spitze des Schwer=
tes. Napoleon befchloß daher, den rechten Flügel der Verbündeten,
welcher, 250,000 Mann ftark, in der Nähe von Brüffel in den Nie=
derlanden ftand, ohne Verzug anzugreifen. Es waren dies 130,000
Deutfche unter Marfchall Blücher und 95,000 Engländer unter
Marfchall Wellington. Am 16. März fchlugen die Franzofen die
Blücherfchen Truppen bei Lignh, und am 18. ftanden fich bei Mont
Saint Jean oder Waterloo Engländer und Franzofen in gewaltigem
Ringen gegenüber. Letztere waren bedeutend ftärker an Truppen=
zahl. Wellington aber hielt aus. „Unfer Plan", fagte er, „ift ein=
fach Blücher oder die Nacht". Blücher konnte, durch Regen und
bodenlofe Wege aufgehalten, erft gegen fünf Uhr nachmittags ein=
treffen. Dann aber fuhr er darein wie Hagelwetter. Napoleon
hatte zur Stunde nur noch 5000 frifcher Truppen, die Garde.
Jeder vorfichtige Feldherr würde jetzt, ohne Schaden für feinen
Kriegsruhm, die Schlacht abgebrochen haben; nicht fo der Verblen=
dete, der, auf feinen Stern vertrauend, hier Alles aufs Spiel fetzte
und — verlor.

Julius Sturm fchildert das Zufammenwirken Blüchers und
Wellingtons wie folgt:

> Der Blücher war fo lahm und wund,
> Daß kaum im Bett er liegen kunnt';
> Doch ftand er auf, rief nach dem Pferd
> Und fchnallte um fein fcharr'ges Schwert:
> „Vorwärts! Laßt die Fahnen wehn,
> Was gehen foll, das muß auch gehn!
> Ich hab's dem Wellington verfprochen
> Und hab' noch nie mein Wort gebrochen.
> Vorwärts! Und wenn zu dick die Reih'n
> Der Feinde, fchlagt mit dem Kolben drein!"

Und fort ging's mutig drauf und dran,
Da hub ein luſt'ges Tanzen an;
Die Deutſchen nahmen mit den Briten
Viel Tauſend Franzen in die Mitten
Und ließen ſie nicht früher los,
Als bis ſie endlich atemlos
Vom blutbedeckten Tanzplatz floh'n,
Voran ihr Held Napoleon.
Und als der Tanz vorüber war,
Umarmte ſich das Heldenpaar
Und theilte ohne Neid den Kranz
Des Sieges bei La Belle Alliance.

Eine höchſt energiſche Verfolgung durch die preußiſchen Trup=
pen löſte das geſchlagene franzöſiſche Heer vollends auf. Napoleon
hatte die Faſſung verloren. „Die bonapartiſche Geſchichte iſt aus!"
ſagte Blücher und war ſchon am 7. Juli, immer hinter den Fran=
zoſen her, in Paris, wo Napoleon dann abdankte mit der Phraſe:
„Mein politiſches Leben iſt beendet; ich rufe meinen Sohn unter dem
Namen und Titel Napoleon II. zum Kaiſer der Franzoſen aus!"
Das verfing aber nicht. Die Franzoſen hatten wohl nicht viel für
den bereits zurückgekehrten Ludwig XVIII., noch weniger aber für
den zum zweiten Male gefallenen genialen, wenn auch keineswegs
wirklich großen, Napoleon, am allerwenigſten aber für ſeinen Sohn
übrig. Der, erſt im fünfundvierzigſten Jahre ſeines gewiß thaten=
reichen und in ſeiner Art ruhmvollen Lebens ſtehende, ſeltene Mann
hatte ſeine Rolle ausgeſpielt. Unvorſichtiger Weiſe zögerte er zu
lange, den franzöſiſchen Boden zu verlaſſen, um ſich, wie er beabſich=
tigte, nach Amerika zu begeben. Die Engländer hatten inzwiſchen
eine „Kontinentalſperre" gegen ihn in Scene geſetzt und alle franzö=
ſiſchen Seehäfen blockiert. In Rochefort begab er ſich ſehr ſonder=
barer Weiſe auf ein engliſches Kriegsſchiff und rief „die bekannte
Gaſtfreiheit der engliſchen Nation" an. Im Einverſtändnis mit den
übrigen Mächten übte nun England dieſe Gaſtfreiheit in der Weiſe

aus, daß es den gefallenen Kaiser als Kriegsgefangenen betrachtete und ihm die einsame Insel St. Helena im atlantischen Ozean zum ferneren Aufenthalte anwies.

Das große Drama, eine furchtbare Lektion für Deutschland, wie für ganz Europa, war zu Ende, nicht ohne, neben unsäglichem Unglücke auch viel Gutes für die Nachwelt bewirkt zu haben. Für Deutschland insbesondere war es ein Teil des Läuterungsprozesses, in welchem es seit der Schlacht im Teutoburger Walde (Kap. 6) begriffen war — immer noch nicht der letzte allerdings, denn Größeres stand ihm noch bevor.

60.

Der deutsche Bund.

Was kein Friedenswerk vermocht hätte, das vollbrachte Napoleon mit roher Hand: Die vielen kleinen reichsunmittelbaren Ländchen und Städte, die der deutschen Einheit so hindernd im Wege gestanden, haben durch ihn zum größten Teil ihre Selbständigkeit verloren. Deutschland wurde auf dem Wiener Kongresse 1815 als Staatenbund von 38 Staaten geordnet. Oesterreich, das das alte Reich zerrissen hatte, spielte sich wieder als deutsche Macht auf, und es bekam, sehr bezeichnend für die Langmut der Deutschen, den Vorsitz bei der, „Bundestag" genannten Bundesversammlung, die zu Frankfurt am Main ihre dauernde Stätte hatte. Alle Bundesglieder versprachen feierlich, mit einander gegen jeden Angriff zu stehen und, wenn der Bundeskrieg erklärt sei, keine einseitigen Verhandlungen mit dem Feinde einzugehen. Innere Streitigkeiten sollten nicht durch die Waffen, sondern durch Bundesspruch entschieden werden.

Verschiedene Gebietsverschiebungen und Austausche fanden statt. Die Hauptsache blieb, daß Friede war, wenn auch das deutsche

Volk gar bald nicht mit Unrecht sich fragte, wo denn der deutsche
Nationalstaat bleibe, das deutsche Reich und die deutsche Einheit, auf
deren Wiederherstellung man so große Hoffnung gehegt hatte. Der
Zweck des deutschen Bundes war aber, wie die Fürsten es zu Wien
untereinander abgemacht hatten, sehr bescheiden in dieser Hinsicht:
„Die Erhaltung der inneren und äußeren Sicherheit Deutschlands
und die Unabhängigkeit und Unverletzlichkeit der einzelnen deutschen
Staaten". Wenn nun das deutsche Volk sich damit beruhigen ließ,
so durfte es doch hoffen, daß die ihm vor und während der Be=
freiungskriege versprochenen Erleichterungen und Freiheiten gewährt
würden — die Durchführung neuer Verfassungen, die Rechtsgleich=
heit aller Stände, die Eröffnung der Landtage, die gänzliche Ab=
schaffung des Lehenswesens u. s. w. Preußen erfüllte sogleich, was
es versprochen hatte. In Oesterreich aber stand ein schlauer harter
Mann am Staatsruder, der Kanzler Fürst Clemens Lothar von
Metternich, der von keinem Fortschritte etwas hören wollte und, bei
seinem großen Einflusse auf die meisten deutschen Staaten, viele
Jahre lang der böse Geist des Deutschen Bundes war. Es blieb
beinahe überall „halt beim Alten", wie der österreichische Kaiser so
gemütlich sich ausdrückte.

Ein reges geistiges Streben und Schaffen aber machte sich so=
fort in Deutschland allerorten geltend und trug reiche Früchte. Auch
der Handel und Verkehr blühte auf, und wieder ging Preußen bahn=
brechend vor. Schon im Jahre 1836 gelang es seinen Staatsmän=
nern, einen „Deutschen Zollverein" zu gründen, der sich bald über
8252 Quadratmeilen deutschen Landes und die 25 Millionen Be=
wohner derselben erstreckte, die nunmehr unter sich Waaren und
Bodenerzeugnisse zollfrei austauschen konnten.

Hoffmann von Fallersleben hat das humoristisch folgender=
maßen ausgesprochen:

„Schwefelhölzer, Fenchel, Bricken,
Kühe, Käse, Krapp, Papier,
Schinken, Scheren, Stiefel, Wicken,
Wolle, Seife, Garn und Bier,
Pfefferkuchen, Lumpen, Trichter,
Nüsse, Tabak, Gläser, Flachs,
Leder, Salz, Schmalz, Puppen, Lichter,
Rettich, Rips, Raps, Schnaps, Lachs, Wachs,
Und ihr andern deutschen Sachen,
Tausend Dank sei euch gebracht!
Was kein Geist je konnte machen,
Ei, das habet ihr gemacht:
Denn ihr habt ein Band gewunden
Um das Deutsche Vaterland,
Und die Herzen hat verbunden
Mehr als unser Bund dies Band."

An die politische Seite der vielen schwebenden Fragen wollte
aber kein kluger Mann, der es mit Deutschland ehrlich meinte, fürs
erste rühren. In Spanien, Italien und Frankreich hatte es sich 1815
zu verschiedenen Malen gezeigt, welche Massen revolutionären Zünd=
stoffes in Europa aufgehäuft lagen, die nur des Funkens zu harren
schienen, der sie zu heller Lohe entfachen sollte.

Wohl zum Heile Deutschlands blieb es dort vorerst noch bei dem
idealen Sehnen nach Einigung, das ja so alt war wie das deutsche
Volk selbst. Arndt hat darum in seinem herrlichen Liede „Des
Deutschen Vaterland" die Frage: „Was ist des Deutschen Vater=
land?" beantwortet:

„Das ganze Deutschland soll es sein!
O Gott vom Himmel sieh darein
Und gieb uns echten deutschen Mut,
Daß wir es lieben treu und gut.
Das soll es sein!
Das ganze Deutschland soll es sein!"

61.

Zeichen der Zeit.

In Frankreich war im Jahre 1830 der sehr unbeliebte letzte König aus dem Hause Bourbon, Karl X., verjagt worden. An seine Stelle trat Louis Philipp aus dem Hause Orleans, der sogenannte „Bürgerkönig", der dem Lande alle möglichen Freiheiten, Sicherheit im Inneren und Frieden mit der ganzen Welt versprach. Diese soge= nannte „Julirevolution" fand Nachhall, wenn auch nicht überall Nach= ahmung, in ganz Europa. In Deutschland bewirkte sie zum wenigsten das Gute, daß die, mit der Durchführung der versprochenen Reformen immer noch zögernden Regierungen, wie z. B. Hessen=Kassel und Han= nover, sich nunmehr recht sehr damit beeilten. Andererseits aber ent= stand auf den Universitäten und sonst unter jungen, mehr oder weniger unklaren Köpfen eine zweck= und ziellose Aufregung, die, als sie in revolutionäre Kundgebungen, ja sogar in politische Meuchelmorde ausarteten, dem Bundestage, besser gesagt dem Kanzler Metternich, geradezu gelegen kam, um sofort eine schöne Reihe bundestäglicher Be= schlüsse und Verhütungsmaßregeln, Strafedikte u. dgl. zu schaffen, unter denen vor allem Studenten, freisinnige Beamte, Offiziere, Pro= fessoren, kurz jeder, der im Verdachte stand, mit dem Stand der Dinge unzufrieden zu sein, auf die unrechtmäßigste, häufig grausame, Weise verfolgt wurden.

Dann bestieg in Preußen, 1840, Friedrich Wilhelm IV. den Thron — bei außerordentlicher Begabtheit, Strebsamkeit und Idealität königlichen Schaffens ein unklarer, wankender, unpraktischer Regent, der eigentlich nie auf dem Boden seiner Zeit, sondern immer mit dem einen Fuße im Mittelalter und mit dem anderen in nebelhafter Zu= kunft stand. Seine Regierung, die sich außerdem meist im russischen Fahrwasser befand und gefiel, war daher eine wenig glückliche, wenn auch intereffante. So sagte er unter anberem bei ber Eröffnung bes rheinischen Provinzial=Lanbtages: „Sie, meine Herren, sollten sich bemühen zu verhanbeln als unabhängiger Ratgeber ber Regierung, nicht aber als Vertreter von irgenbwem unb irgenb etwas."

Etwas erfreulicher gestalteten sich bie Dinge in sübbeutschen Lan= ben, wie in Baben unb Württemberg, wo wirkliche Lanbtage statt= fanben, auf benen bie ersten unb weisesten Männer bes Lanbes frei unb offen ben brennenben politischen unb religiösen Fragen nahe= traten. Doch kam eine rechte Ruhe nirgenbs zur Geltung; es stanb eben noch so vieles aus, auf bas man gehofft unb bas, wenn es schließ= lich benn boch gewährt werben mußte, mit Worten versalzen wurbe, wie bie, welche Friedrich Wilhelm IV. wieber hören ließ, als er, enb= lich nachgebenb, im Jahre 1847, ben „Vereinigten Preußischen Lanb= tag" zu Berlin mit einer alle Abgeordneten in bas höchste Erstaunen versetzenben Rebe eröffnete, in beren Verlauf er sagte: „Ich werbe nun unb nimmer zugeben, baß sich zwischen unsren Herrgott im Himmel unb bieses Lanb ein geschriebenes Blatt gleichsam als eine zweite Vor= sehung einbränge, um uns mit seinen Paragraphen zu regieren unb burch sie bie alte Treue zu ersetzen." Also keine konstitutionelle Re= gierung für Preußen. Der König verstanb bie Zeichen ber Zeit nicht zu lesen, unb boch war er schon zu weit vorgegangen, wenn er fort= fahren wollte absolut zu regieren. „Ihre Provinzialstänbe," so hatte ber weitsehenbe Metternich ihm gesagt, „werben als solche kommen, als Reichsstänbe gehen unb als Aufrührer wieberkommen."

Auch in Bayern, wo gleichfalls ein hochgebilbeter unb wohlmeinen= ber, aber höchst eigensinniger Mann regierte, Lubwig I., nahmen bie Dinge einen recht bebenklichen Charakter an. Noch aber stanb überall glücklicherweise ber Reichs= unb Einheitsgebanke obenan unb behütete bie Deutschen vor unzeitigen umstürzlerischen Gelüsten, wenn auch einige Fürsten es gerabezu barauf anzulegen schienen, ein „Entweber,

ober!" herbeizuführen. Pietätvoll und sehnend beschäftigte sich der
vaterlandsliebende Deutsche immer noch mit der Lösung der Schenken=
dorff'schen Frage:

> „Wollt ihr keinen Kaiser küren?
> Ach, die Sehnsucht wird so laut!
> Kommt kein Ritter, heimzuführen
> Deutschland, die verlaßne Braut?".

Wieder kam endlich von außer her der entscheidende Anstoß zu
einer Wendung der Dinge. Dänemark, das schon seit Karls des
Großen Zeit wegen der Herzogtümer Schleswig und Holstein haberte,
gab nunmehr in einem „Offenen Brief" des Königs Christian VIII.
die noch offenere Absicht kund, die beiden Länder als bänischen Besitz
endgiltig zu betrachten. Den Handschuh, der damit den Herzogtümern
hingeworfen wurde, nahm aber ganz Deutschland auf; auch der
Bundestag regte sich und ließ dem bänischen Könige, der als Lehns=
herr des deutschen Bundeslandes Holstein sich den Bundesbeschlüssen
zu fügen gelobt hatte, eine Warnung zukommen. Dieser aber dachte
nicht ans Nachgeben, und — der Bund zeigte nicht übel Lust, ihm das
echt deutsche Land am Meere zu überlassen.

> „Nein und aber nein", riefen die Holsteiner,
> „Zu solchem Einverleiben!
> Wir wollen keine Dänen sein,
> Wir wollen Deutsche bleiben.
> Hie deutsches Land trotz Spruch und Brief,
> Ihr sollt's uns nicht verleiden;
> Wir tragen Muth im Herzen tief
> Und Schwerter in den Scheiden.
> Von unsern Lippen soll allein
> Der Tod das Wort vertreiben:
> Wir wollen keine Dänen sein,
> Wir wollen Deutsche bleiben!"   E. Geibel.

Nahm der deutsche Bund diesen Schimpf hin, so war damit seine
Ohnmacht aufs Deutlichste bewiesen, und jeder Nachbar konnte sich
ihm gegenüber Alles ungestraft erlauben. So dachte das deutsche Volk
über die Sache, und so handelte es.

62.

Das deutsche Parlament.

Während sich die Völker Europas die Köpfe zerbrachen, wie sie sich endlich einmal in Wirklichkeit den ihnen zukommenden Anteil an der Regierung ihrer Staaten sichern könnten, nahmen die ihres Bürgerkönigtumes bereits müden Franzosen den Stier wieder einmal bei den Hörnern, jagten ihren Louis Philipp im Februar 1848 einfach weg und errichteten eine Republik mit einer provisorischen Regierung an der Spitze. „Freiheit, Gleichheit, Brüderlichkeit!" schallte es über die Pyrenäen, über die Alpen, über den Rhein, und bald hallte es von dort wieder.

In den Wochen nach diesem Ereignisse kannte man das deutsche Volk nicht wieder. Mit einem Schlage trat die seit Jahrzehnten gährende Bewegung ans Tageslicht: Ueberall Volksversammlungen, Bürgerbewaffnung, „Sturmpetitionen" an die Fürsten um Preß= freiheit, Geschworenengerichte, Volksvertretung beim Bunde u. s. w. Zugeständnisse aller Art seitens der Regierungen, Entlassung unbe= liebter Minister, Abdankung einzelner Landesfürsten, schleunigste Ein= berufung von Landtagen. Das waren so die ersten Zugeständnisse — „Märzerrungenschaften", auf die das erregte Volk denn auch keine Abschlagszahlungen mehr annahm.

In Wien machte sich der verhaßte Metternich alsbald aus dem Staube und ein kaiserliches Manifest kündigte eine konstitutionelle Regierung an.

In Berlin, wo jetzt der König gleichfalls zum Nachgeben bereit war, kam es nichtsdestoweniger am 18. März zu einem blutigen Auf= stande. Am folgenden Tage verließen die Truppen die Stadt, welche der Bürgerwehr übergeben wurde. Ein liberales Ministerium wurde ernannt und der König that viel und versprach noch viel mehr.

Der Bundestag ordnete die Wahl eines verfassunggebenden deut=
schen Parlamentes an und erklärte die schwarz=rot=goldnen Farben
einer von ihm kurz vorher schwer verfolgten Studentenverbindung, der
„Burschenschaft", für die Farben des deutschen Bundes.

Die Schleswig=Holsteiner erhoben sich, sagten sich von Dänemark
los, setzten eine provisorische Regierung ein, organisirten eine Armee
und baten Preußen direkt um Beistand gegen die Dänen.

In Baden erregte der Abvokat und Landtagsabgeordnete Fried=
rich Hecker einen republikanischen Aufstand, der jedoch von Bundes=
truppen ohne Mühe überwältigt wurde.

Am 18. Mai 1848 begann in der Paulskirche zu Frankfurt am
Main das vom Volke erwählte deutsche Parlament seine Arbeiten:
ein großer Augenblick in der deutschen Geschichte, da über 500 Männer
aus allen Schichten der Gesellschaft, und darunter die Ersten und die
Besten der Nation, über die Geschicke des Reiches entscheiden sollten.
Es wurde eine Exekutivbehörde geschaffen, ein Reichsverweser wurde
eingesetzt, und ein beim Volke sehr beliebter Mann, der Erzherzog
Johann von Oesterreich, wurde als solcher gewählt. Sodann wurde
die neue Verfassung, „die Grundrechte des deutschen Volkes", in
Angriff genommen.

Inmittels hatten die schleswig=holsteinischen Wirren ihren Fort=
gang genommen. Es wurde bereits gekämpft und die Schleswig=
Holsteiner bewiesen sich als tapfere Soldaten. Der Bundestag beauf=
tragte Preußen mit der Bundesexekution gegen das störrische Bundes=
mitglied Dänemark, und der Reichsverweser schickte noch außerdem
36,000 Mann süddeutscher Bundestruppen nach Holstein. Freiwillige
strömten aus allen Teilen Deutschlands in die Herzogtümer, und die
ganze Sache hätte in wenigen Wochen gethan, Dänemark aus dem
Lande und aus dem Bunde gejagt werden können. Da kam die über=
raschende Nachricht, daß Preußen im August 1848 auf eigene Faust

einen Waffenstillstand auf sieben Monate unter für Dänemark ent=
schieden günstigen Bedingungen abgeschlossen hatte. Krawalle in
Süddeutschland waren die erste, schwere Schädigung des Ansehens des
Parlaments die nächste Folge dieses eigenmächtigen Schrittes.

In Wien brach nun auch ein bedeutender Aufstand aus, in Folge
dessen der Kaiser Ferdinand abdankte und sein 18jähriger Sohn,
Franz Josef, den Thron bestieg. Auch diese Erhebung wurde erdrückt.

Allmählich bekam nun in ganz Deutschland die konservative Stim=
mung wieder die Oberhand, und am Ende des Jahres 1848 schien nur
das Dasein des Frankfurter Parlaments an die soeben durchgemachte
Krisis zu erinnern. Es war die Windstille vor dem Sturme.

63.

1849.

Dem deutschen Parlamente war es klar geworden, daß es sich, um zu
einem das deutsche Volk auch nur einigermaßen befriedigenden
Resultate zu gelangen, nunmehr darum handelte dem Reiche ein Ober=
haupt zu geben, denn die Reichsverfassung war in ihren Hauptzügen
fertig. In der entscheidenden Sitzung vom 28. März 1849 wurde
König Friedrich Wilhelm IV. von Preußen zum deutschen Kaiser ge=
wählt. Zum Unglücke Deutschlands aber, oder vielleicht auch zum
Beweise, daß der Augenblick für die endgiltige Lösung der Geschicke
des Reiches noch nicht gekommen sei, zeigte es sich, daß in Preußen nicht
der rechte Mann an der rechten Stelle saß. König Friedrich Wilhelm
lehnte die Kaiserwürde ab und stieß dadurch Deutschland in das Chaos
der Revolution zurück. In Sachsen, in Rheinpreußen, in der bayeri=
schen Pfalz und in Baden brach die Erhebung aus und nahm in den
beiden letztgenannten Ländern einen sehr ernsten, entschieden republi=

tanischen Charakter an. Das Parlament verlegte seine Sitzungen nach Stuttgart, der Hauptstatt von Württemberg, aber nur die Mitglieder der äußersten Linken, etwa 125 republikanisch gesinnte Abgeordnete, traten dort zusammen und erwählten unter sich eine Regentschaft behufs Durchführung der Reichsverfassung, da der Reichsverweser natürlich das Weite gesucht hatte. Die württembergische Regierung aber machte dem hoffnungslosen Treiben durch Schließung des Sitzungslokales ein Ende. Das Bleiben dieser idealen Körperschaft, die trotzdem viel Gutes gewirkt hat, war fernerhin nirgends. Es gab kein deutsches Parlament mehr.

Preußen hatte, da die Reichstruppen sich unzulänglich und unzuverlässig zeigten, die Niederwerfung der Volkserhebungen übernommen, und Ende Juli war mit der Einnahme der von den Aufständischen tapfer verteidigten Bundesfestung Rastatt in Baden die „1849er deutsche Revolution" beendigt.

Ruhe herrschte in Deutschland; eine dumpfe Schwüle lagerte auf dem Volke; die Reaktion begann, und, was schlimmer war, Rußland, Frankreich und England mischten sich eifrigst in die Angelegenheiten des deutschen Bundes. Das mußten vor allem die braven Schleswig-Holsteiner fühlen, denn trotz deutscher Siege — schon im Februar 1849 waren die Feindseligkeiten mit Dänemark wieder aufgenommen worden — lagen im Juli 1850 die Herzogtümer in Folge englischer und russischer Vermittelung und deutscher Nachgiebigkeit wieder zuckend und blutend in Dänemarks eisernem Griffe.

Ein Versuch Preußens, mit 21 Staaten eine „deutsche Union" zu bilden, scheiterte. Und doch — die sogenannte deutsche Revolution war die Morgenröte einer besseren, größeren Zeit.

64.

Neue Männer.

Wie immer man auch über die Vorgänge der Jahre 1848 und 1849 denken und urteilen möge — dies kann nicht geleugnet werden: Sie haben Männer ersten Ranges heranreifen lassen, Staatsmänner und Krieger, Gelehrte und Denker, Bürger und Fürsten, die sich über die Anforderungen der Zeit und die Bedürfnisse des Volkes ebenso klar waren, wie über die Mittel ihnen zu genügen. Sie wußten, was not that und verstanden es, einerseits nationalen und sozialen Begehren bis zu einem gewissen Grade zu willfahren, andererseits aber sich der freudigen Mitwirkung der Nation zu versichern, wenn es galt die Kräfte derselben für die äußere Politik in Anspruch zu nehmen.

So wurde es dann in Deutschland möglich gemacht, daß eine unheilbare Krankheit, von der Friedrich Wilhelm IV. heimgesucht wurde, in Preußen zu keiner Erschütterung, vielmehr zu der damals noch unberechenbar heilsamen Uebernahme der Regierung durch den Prinzen Wilhelm, Oktober 1858, führte, der als Prinz-Regent bis zum Jahre 1861 seines Amtes waltete, wo ihn dann der Tod seines Bruders auf Preußens Thron brachte. Ein fester, gerader, männlicher Wille trat an die Stelle launischer, wenn auch wohl nie böse gemeinter Willkür. Mit ebenso ehrlichen Männern, wie er selbst war, umgab sich König Wilhelm schon als Prinz-Regent. Sein Programm bewegte sich nicht in den Wolken, es war ausführbar und wurde ausgeführt: „Gemäßigter Fortschritt, aber kein jäher Bruch mit der Vergangen- heit; Achtung der Rechte der Kirche, dabei Freiheit der Wissenschaft; Vertretung des Rechts in der auswärtigen Politik; Preußen, Deutsch- lands Hort." Es wurden ja Fehler gemacht, Demütigungen erlitten, nicht-verfassungsmäßige Schritte gethan — der Ausgang hat aber so ziemlich alles gerechtfertigt und wieder gut gemacht.

Auch im übrigen Deutschland fanden sich Männer, die es durchaus ehrlich mit diesem und dem Volke meinten: die Könige Johann von Sachsen und Maximilian von Bayern, die Großherzöge Ernst von Koburg-Gotha und Friedrich von Baden, auch sie waren Männer nach dem Herzen des Volkes.

Nie hat Deutschland eine solche Reihe von wohlmeinenden und höchst fähigen Staatsmännern und Organisatoren gezeitigt, wie damals, zu viele um sie hier zu nennen. Da aber Preußen seine Pflichten als mit denen Deutschlands zusammenfallend bezeichnete, so müssen die zwei Männer genannt werden, die sich dieser großen Aufgabe vor allen anderen weihten: der Staatsminister, Graf Otto von Bismarck-Schönhausen, und der Kriegsminister, Graf Albrecht von Roon, in mehr als einer Beziehung mit Stein und Scharnhorst zu vergleichen. Sie unternahmen, gestützt auf die Zustimmung des Königs, die ebenso große wie undankbare Aufgabe, lieber eine Zeitlang ohne den Beifall und gegen den Willen des Volkes zu regieren, als das Land Preußen und mit ihm Deutschland zugrunde gehen und eine Beute gieriger Nachbarn werden zu lassen. Fürst Schwarzenberg, der schlaue österreichische Staatskanzler, sagte: „Preußen muß zuerst gedemütigt und in den Staub geworfen, dann aber vernichtet werden"; — ein Rechenfehler, der Oesterreich teuer zu stehen kommen sollte.

65.

Der Norddeutsche Bund.

Wie im Jahre 1846, so gab auch im Jahre 1863 Dänemark durch seine Erbfolgestreite infolge des Ablebens König Friedrich VII. in Schleswig-Holstein gewissermaßen das Wort zu gewaltigen Ereignissen auf deutschem Boden. Jetzt fielen die Herzogtümer nach Brauch und Erberecht dem Herzog Friedrich von Holstein-Augustenburg zu. Dänemark aber erklärte, es werde sich nur mit dem Schwerte zur Herausgabe der nunmehr völlig unrechtmäßiger Weise festgehaltenen Länder zwingen lassen. Deutschland erwies ihm diesen Dienst.

Der weitsehende Staatsmann in Berlin begriff sogleich, daß es für Deutschland übel angebracht sei und eine beständige Kriegsgefahr in sich berge, wenn man an der Grenze des unruhigen Dänemarks die Errichtung eines kleinen deutschen Staates erlaube. In der vollen Gewißheit, daß der deutsche Bundestag im Begriffe sei, wieder einmal eine Schmach auf Deutschland laden zu lassen, verständigte Bismarck sich mit Oesterreich, und die beiden deutschen Großstaaten erklärten dem Bundestage einfach, daß sie, ohne sich von irgend jemanden im In- oder Auslande etwas dareinreden zu lassen, entschlossen seien, die Wahrung der Rechte der Herzogtümer in die Hand zu nehmen. Als Dänemark sich dann weigerte nachzugeben, rückten im Januar 1864 Preußen und Oesterreicher, 45,000 Mann stark, ein; schlugen die Dänen wo immer sie dieselben fanden; jagten sie auf ihre Inseln; wiesen jegliche Vermittelung ab und schlossen im Oktober 1864 mit Dänemark den Wiener Frieden, in welchem dieses alle Ansprüche auf Schleswig, Holstein und Lauenburg endgiltig aufgab und sich verpflichtete anzuerkennen, was Preußen und Oesterreich in Betreff dieser Länder beschließen würden. Preußen, die Einheit Deutschlands von seinem Standpunkte aus im Auge haltend, forderte nun die Einverleibung der Herzogtümer in seinen Staat. Das konnte Oesterreich freiwillig nicht zugeben; es willigte jedoch vorläufig in die Abtretung von Lauenburg an Preußen und erhielt für diese Gefälligkeit 1½ Millionen Dollars. Dann wurde Schleswig unter preußische, Holstein unter österreichische Verwaltung gestellt.

So konnte es aber auf die Dauer nicht bleiben; Streitigkeiten im Bundestage kamen dazu; Preußen erklärte diesen für aufgelöst und schloß ein Bündnis mit Italien. Der Bund beorderte alle übrigen deutschen Staaten mit der Exekution gegen Preußen. Dieses wartete aber darauf nicht. Am 14. Juni 1866 begann der Krieg, und drei Tage später waren die Hauptstädte von Sachsen, Hannover und Hessen= Kassel in den Händen der Preußen. Am 26. wurde in Böhmen der erste Sieg gegen die Oesterreicher errungen, am 30. der zweite, und am 3. Juli der Entscheidungssieg bei Königgrätz. Schon am 2. August wurde ein Waffenstillstand geschlossen, dessen Oesterreich um so drin= gender beburfte, als inzwischen auch seine Verbündeten, die Bayern und Badenser u. s. w., geschlagen worden und es selbst in Italien große Verluste erlitt. Es war daher froh, am 23. August Frieden schließen zu können, infolge dessen es gänzlich aus dem politischen Verbande mit Deutschland scheiden mußte und Venetien an Italien verlor. Preußen bekam Schleswig=Holstein, Nassau, Kurhessen, Hessen=Homburg, Han= nover und Frankfurt am Main.

Es ward nun aus 22 nördlich vom Main gelegenen Staaten unter Preußens Vorsitz der Norddeutsche Bund gebildet. Die südlich vom Main gelegenen Staaten blieben für sich, hatten sich aber verpflichten müssen — durch geheime Verträge fürs erste — im Kriegsfalle ihre Truppen unter Preußens Oberbefehl zu stellen. Sonst aber blieben die Südstaaten durch den Zollverein mit' dem Norddeutschen Bunde in Verbindung. Das erschien dem, der das Alles geschaffen und als Kanzler die Geschicke des Norddeutschen Bundes leitete, Bismarck, für den Augenblick genügend.

Noch ein Anlaß nun, und Deutschland war ein einiges mächtiges Reich. Das wußten und hofften die Deutschen; sie ahnten auch, von welcher Seite der Ruck kommen werde.

66.

Der Erbfeind.

Die neue Wendung der Dinge in Deutschland ließ den Franzosen und ihrem Kaiser Napoleon III., dem seit 1852 zu dieser Würde erhobenen Neffen des im Jahre 1821 auf St. Helena gestorbenen Napoleon I., keine Ruhe. Dieselben sahen in den preußischen Erfolgen der Jahre 1864 und 1866 eine Gefahr für Frankreich und verlangten, sonderbar genug, „Rache für Königgrätz" (Kap. 65).

Sie mochten und sollten allerdings voraussehen, daß Preußen sein letztes Wort noch nicht gesprochen hatte, und Napoleon III. hatte augenscheinlich das geflügelte Wort noch nicht vergessen, womit Bismarck im Jahre 1854 es ablehnte, im Krimkriege für Frankreich die Kohlen aus dem Feuer zu holen, als die anderen Großmächte diesem gegen Rußland Heeresfolge leisteten: „Nicht die Knochen eines einzigen pommerschen Grenadiers ist uns die Sache wert!" und das war lang vor Königgrätz.

Es gelang nun dem sonst so schlauen französischen Kaiser ausnehmend, die Bedeutung Preußens immer noch zu unterschätzen, sonst würde er sich doch wohl gehütet haben, im Jahre 1867 jenem das Ansinnen zu stellen, entweder das Bündnis mit Italien (Kap. 65) aufzugeben und außerdem die wichtige deutsche Stadt und Festung Mainz sofort an Frankreich abzutreten, oder einer Kriegserklärung gewärtig zu sein. „Gut," war Bismarcks Antwort, „dann ist Krieg!" Das gab zu denken, und man verfiel auf etwas Anderes. Der König von Holland, als Großherzog von Luxemburg früher Mitglied des Deutschen Bundes, brauchte Geld und schien geneigt, das Ländchen an Frankreich zu verkaufen. Luxemburg schwebte seit der Auflösung des alten Bundes gewissermaßen in der Luft, gehörte aber zum deutschen Zollverein und die Festung Luxemburg hatte eine deutsche Besatzung. Napoleon

drohte unverfroren mit Krieg, wenn Preußen nicht in den Schacher
mit Holland willige. Bismarck veröffentlichte nun einfach die bisher
geheim gehaltenen Schutz= und Trutzbündnisse des Norddeutschen
Bundes und äußerte sich: „Luxemburg war und ist deutsches Land und
von diesem soll Frankreich nicht einen Zoll haben!" Doch willigte
Preußen ein, daß das Ländchen ein neutraler Staat unter europäischer
Garantie werde, aber im deutschen Zollverein verbleibe.

Napoleon mußte jedoch einen Krieg haben, denn die Franzosen
fingen wieder einmal an, sich nach einer Veränderung zu sehnen, und in
solchen Fällen können sie nur mit einem vollgeschüttelten Maße von
Ruhm ("gloire") von inneren Konvulsionen abgehalten werden; und
— Napoleon kannte seine Leute und wußte die Vorzeichen des nahen=
den Sturms wohl zu deuten.

Als nun die Spanier im Jahre 1870 einen König brauchten und
es ihnen gelang den deutschen Prinzen Leopold von Hohenzollern, einen
entfernten Verwandten des preußischen Königshauses sowohl wie der
französischen Kaiserfamilie, zur Annahme dieses wenig begehrten
Thrones zu bewegen, da protestierte Napoleon sofort gegen die Er=
hebung des Prinzen zum König von Spanien. Auf den Rat des
Königs von Preußen leistete der Prinz Verzicht. Dies lag jedoch nicht
im Plane Napoleons, der jetzt vom König Wilhelm verlangte, er solle
die schriftliche Versicherung geben, daß er niemals seine Einwilligung
geben werde, falls diese Kandidatur doch wieder auflebe. Mit unaus=
sprechlicher Verachtung drehte der greise König, dessen Wort noch nie=
mals in Zweifel gezogen worden war, dem französischen Abgesandten
den Rücken.

Der Krieg war da. Ein großer, vielleicht der größte, Augenblick
in der Geschichte Deutschlands war gekommen. Der dreiundsiebzig=
jährige Greis, auf dessen Haupt die Ehre der deutschen Nation ruhte,
hatte gehandelt wie ein echter deutscher Mann, und aus allen Herzen

schlug die Begeisterung zu heller Lohe empor. Am 19. Juli 1870 traf
die französische Kriegserklärung in Berlin ein, als der Kaiser soeben
den norddeutschen Reichstag eröffnet hatte mit den Worten: „Heute,
wo Deutschlands Rüstung dem Feinde keine Oeffnung mehr bietet,
trägt Deutschland in sich selbst den Willen und die Kraft zur Abwehr
erneuerter französischer Gewaltthat." Was Scharnhorst, Roon und
Moltke, dessen Wirken jetzt erst Erwähnung gethan wird, vorbereitet,
kam in niemals dagewesener Größe zur Entfaltung: Innerhalb zehn
Tagen war das norddeutsche Bundesheer vom Friedensfuß, 300,000
Mann, auf den Kriegsfuß, 900,000 Mann, gebracht, und mit gleicher
Raschheit sammelten sich die süddeutschen Streitkräfte, nahezu 200,000
Mann, unter dem Oberbefehle des preußischen Kronprinzen Friedrich
Wilhelm, eines als „Unser Fritz" in ganz Deutschland längst höchst
beliebten Mannes. Am 3. August, genau an dem Tage, an welchem
nach dem Feldzugsplan der Aufmarsch der deutschen Armee vollendet
sein mußte, begann diese den Feldzug, und zwar in Frankreich anstatt,
wie die Franzosen, der Lehre von 1866 nicht achtend, gehofft hatten,
etwa am Rhein auf ein in Deutschland einbringendes und auf „der
Promenade nach Berlin" begriffenes französisches Heer wartend. Mit
diesem Spaziergang war es nichts. Bereits am 4. August errang der
preußische Kronprinz den ersten Sieg bei Weißenburg; diesem folgte
zwei Tage darauf die Niederlage des berühmten tapferen französischen
Marschalls Mac Mahon bei Wörth und ein dritter Sieg bei Spichern,
wo die süddeutschen Truppen dem Franzosenkaiser bewiesen, wie falsch
er gerechnet hatte, als er behauptete, wenn die Süddeutschen überhaupt
mit den Preußen zu Felde zögen, so würden sie dennoch nur laue Bun-
desgenossen für dasselbe sein. Nun machte die ganze französische
Heeresmacht Kehrt und trat den Rückmarsch auf die starke Festung Metz
in Lothringen an — die Deutschen hinter ihnen her unter den Klängen
der Wacht am Rhein:

Es braust ein Ruf wie Donnerhall,
Wie Schwertgeklirr und Wogenprall:
Zum Rhein, zum Rhein, zum deutschen Rhein!
Wer will des Stromes Hüter sein?
Lieb Vaterland magst ruhig sein,
Fest steht und treu die Wacht am Rhein.

Durch Hunderttausend zuckt es schnell
Und Aller Augen blitzen hell;
Der deutsche Jüngling, fromm und stark,
Beschirmt die heil'ge Landesmark:
Lieb Vaterland magst ruhig sein,
Fest steht und treu die Wacht am Rhein.

Er blickt hinauf in Himmelsau'n,
Wo Heldengeister niederschau'n,
Und schwört mit stolzer Kampfeslust:
„Du Rhein bleibst deutsch wie meine Brust!
Lieb Vaterland magst ruhig sein,
Fest steht und treu die Wacht am Rhein!

„Und ob mein Herz im Tode bricht,
Wirst Du drum ein Wälscher nicht;
Reich, wie an Wasser deine Flut,
Ist Deutschland ja an Heldenblut.
Lieb Vaterland magst ruhig sein,
Fest steht und treu die Wacht am Rhein!

„So lang ein Tropfen Blut noch glüht
Und eine Faust den Degen zieht
Und noch ein Arm die Büchse spannt,
Betritt kein Feind hier Deinen Strand!
Lieb Vaterland magst ruhig sein,
Fest steht und treu die Wacht am Rhein!"

Der Schwur erschallt, die Woge rinnt,
Die Fahnen flattern hoch im Wind:
Zum Rhein, zum Rhein, zum deutschen Rhein!
Wir alle wollen Hüter sein!
Lieb Vaterland magst ruhig sein,
Fest steht und treu die Wacht am Rhein.

Max Schneckenburger.

67.

Sedan.

Unaufhaltsam war der Zug der Deutschen nach Frankreich hinein.
Ein gewaltiges Ringen entspann sich um die Festung Metz, wo
die Franzosen festgehalten und vom weiteren Rückzuge auf Paris
abgeschnitten werden mußten. Dieses gelang vollständig, freilich
mit großen Verlusten, denn die Gegner fochten mit großer Tapfer=
keit. In drei großen Schlachten — Courcelles, Mars la Tour,
Gravelotte — wurden die Franzosen nach heldenmütiger Gegenwehr
besiegt und der beste Teil ihrer Armee, 200,000 Mann, war nun=
mehr von 160,000 Deutschen unter dem preußischen Prinzen Frie=
drich Karl eingeschlossen in Metz, einer der stärksten Festungen
Europas.

Inzwischen hatte sich bei Chalons unter Mac Mahon, dem
Besiegten von Wörth, eine neue französische Armee gesammelt, die
Metz entsetzen sollte. Ihr stellten sich die nicht um Metz beschäftigten
deutschen Truppen entgegen, so daß ihr nur die Wahl blieb, auf
belgisches Gebiet überzutreten und sich dort entwaffnen zu lassen,
oder hinter der Maas bei der kleinen Festung Sedan eine Verzweif=
lungsschlacht zu wagen. Der tapfere Mac Mahon entschied sich für
das letztere. Am frühen Morgen des 2. September 1870 begann der
Kampf, und am Nachmittage waren die Franzosen in einem wirren
Knäuel teils in die Festung gedrängt, teils außerhalb derselben unter
den Mauern umringt, in nicht großer Zahl auch nach Belgien ent=
wichen. Sedan mußte also beschossen werden; 500 deutsche Geschütze
standen bereit. Mac Mahon war verwundet; Kaiser Napoleon
befand sich in der Festung, von deren Mauern gegen Abend eine
weiße Flagge wehte. Bald kam ein französischer General in die
deutschen Linien mit einem eigenhändigen Briefe Napoleons, dessen
kurzer Inhalt lautete:

„Da ich nicht inmitten meiner Armee habe sterben können, so übergebe ich Ew. Majestät meinen Degen."

83,000 Franzosen streckten am nächsten Morgen die Waffen; der gefangene Kaiser wurde nach Kassel abgeführt.

Die Franzosen, in ihrer Eitelkeit tief verletzt, riefen nun eine Republik aus und beschlossen, den Krieg bis aufs äußerste fortzu= setzen. Die Deutschen, gründlich wie immer, hätten jetzt wohl einen Frieden erzwingen können, wollten aber lieber die ganze Sache in Feindesland beendigen, als vielleicht in kurzer Zeit eines neuen Krieges gewärtig sein, eines Rachekrieges, von dem man in Frank= reich ohnehin noch lange genug geträumt hat. Sie zogen daher gegen Paris, und bald war diese gewaltigste Festung der Welt ringsum eingeschlossen; und, eine um die andere, fielen die übrigen Festungen, zuletzt Metz mit 180,000 Mann und Marschall Bazaine in deutsche Hände. Auch Paris sah sich am 28. Januar 1871 genötigt, den Widerstand aufzugeben, und am 2. Februar wurde die letzte fran= zösische Armee, 83,000 Mann unter General Bourbaki, auf Schwei= zer Gebiet gedrängt und entwaffnet. Damit war der gewaltige Kampf zu Ende.

In dem bald folgenden Friedensschlusse zu Frankfurt am Main gab Frankreich die Provinzen Elsaß und Deutsch=Lothringen wieder heraus und verpflichtete sich zur Zahlung von einer Billion Dollars Kriegskosten.

Die glorreichen Errungenschaften Deutschlands in diesem Kriege hat der amerikanische Staatsmann und Schriftsteller Bayard Taylor in deutscher Sprache gefeiert, wie folgt:

„Triumph! Das Schwert in tapfrer Hand
Hat hohe That vollbracht:
Vereint ist nun das deutsche Land
Zum Sieg und Ruhm erwacht.

Die Macht, die jüngst so höhnisch prahlt',
Gibt auf die letzte Wehr,
Und neuer Glanz der Thaten strahlt
Auf Deutschlands Heldenheer.

Heil, edles Volk, dem neu das Herz
So unerschüttert schlug,
Das sich verband und allerwärts
Verwarf den fränkschen Trug,
Das fest und heilig, Glied an Glied,
Stand endlich im Verein
Mit Trost und Mut, Gebet und Lied
Als starke Wacht am Rhein.

Kanonen, donnert noch einmal!
Den Frieden nun ihr bringt;
Ihr Glocken, über Berg und Thal
Von tausend Türmen klingt!
Fromm neige dich, o deutsches Land,
Laß Rache ruh'n und Spott!
Dein Gott, Er half und überwand —
Nun danket alle Gott!

68.

Die Kaiserproklamation zu Versailles.

Noch zehn Tage vor der Uebergabe von Paris vollzog sich im alten Königsschlosse zu Versailles ein Akt von ungeheurer weltgeschichtlicher Bedeutung und Tragweite, die Uebernahme der ihm von den deutschen Fürsten und dem Reichstage, in Uebereinstimmung mit dem sehnlichen Wunsche des deutschen Volkes, angetragenen deutschen Kaiserwürde durch König Wilhelm I. von Preußen. Still und ohne Gepränge, aber unter dem Donner der die Weltstadt beschießenden deutschen Geschütze, ging die, an Wichtigkeit die einstimmige Krönung Karls des Großen und Otto des Großen wohl noch übertreffende Handlung vor sich. Nach einer vorhergegangenen einfachen kirchlichen Feier sagte der fast vierundsiebzigjährige Herrscher, daß er die Kaiserkrone annehme und in diesem Sinne die Deutschen seiner Treue und des vollen Bewußtseins seiner großen Pflichten versichere in der Hoffnung, daß er und seine Nachfolger „allzeit Mehrer des Reiches sein werden, nicht an kriegerischen Eroberungen, sondern an den Gütern und Gaben des Friedens auf dem Gebiete nationaler Wohlfahrt, Freiheit und Gesittung."

Durch die Versammlung ging brausender Jubel, als dieselbe in den Ruf des Großherzogs von Baden einstimmte: „Es lebe hoch König Wilhelm, der deutsche Kaiser!"

So mochten vor Jahrhunderten deutsche Stämme in eroberten Ländern ihre Heerkönige, das deutsche Volk an den Ufern des Rheins oder des Mains seine erwählten Kaiser begrüßt haben.

Durch ganz Deutschland ging freudiger Dank über die Erfül= lung des alten Sehnens, über die Wiederkehr Barbarossas:

> „Als Friedrich ging er schlafen,
> Als Wilhelm stand er auf!"

Die Raben flogen nicht mehr um den Kyffhäuser.

69.

Kaiser Wilhelms I. Ende.

Wir haben gesehen, was Wilhelm als Prinz=Regent und König verrichtet hat. Ein langes Leben ward ihm verliehen, das ihn instand setzte, auch die innere Einigung des neuen deutschen Reiches zu vollenden.

Ganz Deutschland erhielt einerlei Münzen, Maße und Gewichte, sowie gleiches Recht. Post= und Telegraphenverwaltung, die Ober= leitung der Armee, die Flotten=Verwaltung und Führung wurden

Reichssache, und auch die Eisenbahnen gingen allmählich, teils durch Ankauf und teils durch Pachtung, in die Hände des Staates über. Das deutsche Volk half freudig mit, die Einigkeit befestigen und weiter ausbauen. Genossenschaften und Vereine, Alters= und Krank= heitskassen, vom Staate geleitet und überwacht, mehrten die Stan= des= und Berufsehre und brachten die Leistungen der Einzelnen zu höherer Vollkommenheit. Ein heilsamer Wettstreit erhob sich auf deutschem Boden und ließ die früher weniger beachteten Erzeugnisse deutschen Fleißes und Geschickes auch im Auslande zu verdienter Anerkennung kommen.

Die im Auslande weilenden Deutschen, früher ihres zersplitter= ten Heimatlandes halber oft verspottet und mißachtet, konnten nun= mehr mit Stolz auf das mächtige, in gar mancher Hinsicht an der Spitze aller Nationen stehende Reich hinweisen, dem sie angehören oder in dem die Wiege ihrer Ahnen stand.

Dem greisen Kaiser war es eine Lust, die Wohlfahrt des deut= schen Volkes noch unter seiner Regierung in solchem Maße blühen und gedeihen zu sehen. Dafür war er bis zu seiner letzten Stunde thätig. „Ich habe keine Zeit, müde zu sein“, sagte er noch auf seinem Sterbebette. Als Vater des Vaterlandes priesen ihn die Deutschen und als Ersten unter Gleichen verehrten ihn die Fürsten Europas. Es war ein schwerer Schlag für Deutschland und eine traurige Bot= schaft für die ganze Welt, als am Morgen des 9. März 1888 die Kunde sich verbreitete: „Kaiser Wilhelm ist gestorben!“

„Weihet meinem Andenken eine Thräne; aber begnügt euch nicht mit Thränen, sondern handelt! Werdet Männer!“ So hatte die Gemahlin Friedrich Wilhelms III. von Preußen, die allverehrte Königin Luise, eine echte deutsche Frau und Mutter, auf dem Ster= bebette zu ihren jugendlichen Söhnen Friedrich Wilhelm und Wil= helm gesprochen. Beide haben über Preußen geherrscht. Wilhelm, der jüngere, ist ein Mann geworden im vollen Sinne des Wortes — kein Genie, aber ein ganzer Mann. Geboren am 22. März 1797, zur Zeit der größten Heimsuchung, die Deutschland und Europa überhaupt je betroffen, hat er viele Freuden, hohe Ehren und viele Leiden genossen, von letzteren wohl das härteste, daß er seinen geliebten Sohn und Nachfolger Friedrich von einer tückischen Krankheit ergriffen wußte. Trösten konnte ihn aber das Bewußtsein, daß tüchtige junge Männer, seine Enkel, sein Sterbebett umstanden.

Mit Fug und Recht singt heute noch das deutsche Volk mit Müller von Königswinter:

> „Wilhelm, es schaut auf Dich
> Rotbart und Friederich —
> Die ganze Welt.
> Was nicht der Stauf errang,
> Was Habsburg nicht gelang,
> Schuffst Du im Schlachtengang,
> Du greiser Held!"

70.

Unser Fritz.

Friedrich Wilhelm, Kaiser Wilhelms I. einziger Sohn, hat als Kronprinz an den ruhmreichen Feldzügen seines Vaters teilgenommen und sich zur Friedenszeit im Staatsleben als verständiger, hellsehender und versöhnlicher Mann erwiesen. Erfüllt von hohen Idealen, freundlich in seinem ganzen Wesen, eine echte deutsche Heldengestalt in seinem Äußeren, war er der ausgesprochene Liebling des deutschen Volkes, das ihn in Nachahmung seiner Eltern schlechtweg „Unser Fritz" nannte. Wie alle Mitglieder des Hohenzollernhauses erhielt er eine ausgezeichnete wissenschaftliche, militärische und sogar handfertige Ausbildung, und in seinem 27. Lebens-

11

jahre, 1858, vermählte er sich mit der Prinzessin Viktoria von Eng=
land und führte mit ihr und seinen vielversprechenden Kindern zu
Potsdam ein einfaches, glückliches Familienleben.

Unbegrenztes Vertrauen hatte das deutsche Heer zu „Fritz", als
einem der besten und glücklichsten Führer, der die nie aus den Augen
gelassene strenge preußische Disziplin im rechten Augenblicke durch
wohl angebrachte Güte zu mildern verstand. Das trug denn auch
sehr viel dazu bei, daß die im Jahre 1870 unter seinem Befehle
Hand in Hand mit ihren Besiegern von 1866 gehenden süddeutschen
Soldaten allen Groll vergaßen und sich nur noch als Deutsche unter
Deutschen fühlten, dazu berufen, Deutschlands Ehre zu wahren.

Der Kronprinz sprach einst in Frankreich, als er nach dem
Siege bei Wörth nächtlicherweile die Vorposten besuchte, mit einem
bayerischen Jäger in diesem Sinne, und der biedere Bayer, dem das
Raisonnieren über 1866 noch ziemlich geläufig war, meinte: „Ja,
Herr Kronprinz, wenn wir damals Sie zum General gehabt hätten,
so wäre es den Malefiz=Preußen schlecht ergangen!" Lachend sagte
der Kronprinz: „Na, Freund, jetzt wollen wir's halt mit einander
an den Franzosen wettmachen". Und der Bayer rief freudig: „Das
soll ein Wort sein, Fritz!"

Leider erkrankte der Mann, auf den man in Deutschland so
große Hoffnungen baute, an einem bösartigen Halsübel, das sich
mit den Jahren immer mehr verschlimmerte, so daß er zuletzt in
Italien Heilung suchen mußte. Das war aber nur kurze Zeit vor
dem herannahenden Ende Kaiser Wilhelms, der den Wunsch aus=
sprach, seinen Sohn noch einmal zu sehen. Friedrich, den sein Lei=
den am Sprechen hinderte, schrieb für seine neben ihm stehende
Gemahlin die Worte nieder: „Und wenn ich unterwegs sterben sollte,
noch einmal will ich meinen Vater sehen." Der Wunsch sollte nicht
in Erfüllung gehen, denn bald kam die Nachricht vom Tode des
Kaisers.

Friedrich Wilhelm übernahm als Friedrich III. die Regierung, denn er war der dritte preußische König dieses Namens. Seine Verordnungen bekundeten die Milde und Großherzigkeit, die das deutsche Volk mit Recht von ihm erwartete. Nur neunundneunzig Tage aber hat er, schon beim Antritt der Regierung sterbenskrank und todesmatt, diese geführt.

„Lerne leiden, ohne zu klagen, das ist das einzige, was ich Dich lehren kann", schrieb er kurz vor seinem Hinscheiden seinem Sohne und Nachfolger Wilhelm auf einen Zettel, und am 15. Juni 1888 schied „Unser Fritz" aus dem Leben.

Wer sich heute deutsches Gemüt und deutsche Kraft in deutscher Mannesschöne vergegenwärtigen will, der denkt an Kaiser Friedrich III.

71.

Der eiserne Kanzler und der große Schweiger.

Unter den Männern, welche die Geschicke Deutschlands in neue Bahnen gelenkt haben, ragen zwei vor allen anderen hervor: Fürst Otto von Bismarck-Schönhausen, genannt der „eiserne Kanzler" und Feldmarschall Graf Hellmuth von Moltke, der „große Schweiger" — der größte Staatsmann und der größte Schlachten-lenker, die Deutschland je besessen.

welcher er durch seine Unerschrockenheit und Anhänglichkeit an den
König das erste Aufsehen erregte. Friedrich Wilhelm IV. hielt ihn
daher für besonders geeignet, Preußen beim Bundestage zu vertreten,
wozu man einen Mann nötig hatte, der sich von dem vorsitzenden
Oesterreicher nicht leicht einschüchtern ließ. Dieser Erwartung ent=
sprach Bismarck vollkommen, machte sich jedoch dadurch auch Feinde,
so daß der König vorzog, ihn als Gesandter nach Petersburg und
dann nach Paris zu schicken. Im Jahre 1862 wurde er preußischer
Ministerpräsident, in welcher Eigenschaft er sich in Gemeinschaft mit
dem Kriegsminister, Graf Roon, ungemeine Verdienste um das
Königreich erwarb (Kap. 64), aber auch auf eine Zeit lang, wie er
selbst sagte, „der bestgehaßte Mann in Deutschland" war.

König Wilhelm, der unbegrenztes Vertrauen in seinen schlag=
fertigen Minister setzte, sagte einst: Ich sehe weit genug von meinem
Schlosse, um auf dem Platze davor Ihr Haupt fallen zu sehen";
worauf Bismarck antwortete: „Ich könnte mir keinen schöneren Tod
denken als diesen, oder auf dem Schlachtfeld, im Dienste des Vater=
landes." Darunter verstand er aber schon längst das ganze einige
Deutschland unter Preußens Führung, das jedoch, wie er sich aus=
drückte, „nur durch Blut und Eisen geschaffen werden konnte."

In dem Norddeutschen Bunde, seiner selbsteigenen Schöpfung,
wurde er Bundeskanzler und im neuen deutschen Reiche, das haupt=
sächlich, neben der Tüchtigkeit der Deutschen im Felde, seinem Wirken
das Entstehen zu verdanken hatte, war er der erste Reichskanzler.
Harte Kämpfe hatte er noch zu bestehen, ehe er im Inneren den
Parteigeist besiegt und außerdem dem Auslande gezeigt hatte, daß
er wußte, was er sagen wollte und konnte mit den Worten: „Wir
Deutsche können durch Liebe und Wohlwollen vielleicht nur zu leicht
bestochen werden, durch Drohungen ganz gewiß nicht. Wir fürchten
Gott, aber sonst nichts auf der Welt."

Wie bem Vater, bem er sein Wort gegeben hatte, bei ihm aus=
zuhalten bis ans Ende, biente Bismarck, selbst auch krank und müde,
bem Sohne, Friedrich III. Als bann später bie Dinge ihren Gang
änderten und ber große Kanzler sein Amt in bie Hände bes jungen
Kaisers Wilhelm II. niederlegen mußte, ba ging bem beutschen
Volke ein Schnitt burchs Herz, und ber Kaiser selbst klagte: „Mir
ist so weh, als hätte ich nochmals meinen Großvater verloren!"

Bismarck, ber am 30. Juli 1898 zu Friedrichsruh im Sachsen=
walbe hoch geehrt und tief betrauert starb, hat in seinem Werke und
in seinem Leben bem beutschen Volke ein herrliches Vermächtnis
hinterlassen, mit bem sein Name unvergänglich verbunben bleiben
wirb.

Nicht minder teuer und unvergeßlich ist ben Deutschen ber
Generalfeldmarschall und Chef bes Großen Generalstabes, Graf
Hellmuth von Moltke — ber „große Schweiger", benn er, ber in sieben
Sprachen zu reden verstand, war wenig gesprächig und mitteilsam.

Geboren am 26. Oktober 1800 in bem mecklenburgischen Städt=
chen Parchim als Sproß einer bänischen Abelsfamilie, biente Moltke
zuerst in ber bänischen, seit 1819 aber in ber preußischen Armee,
wo er seiner wissenschaftlichen Begabung wegen balb bauernb bem
Großen Generalstab eingereiht und zum Hauptmann beförbert wurbe.
Mit Erlaubnis bes Königs begab er sich 1832 auf vier Jahre nach
ber Türkei, um bas bortige Militärwesen zu verbessern. Der Prinz=
regent Wilhelm von Preußen ernannte ihn zum Chef bes General=
stabes, auf welchem Posten er so Großes leisten sollte. Seinen
genialen Anorbnungen und Plänen hatte bas preußische Heer in ben
Jahren 1864 und 1866, sowie bas beutsche im Kriege von 1870—71
bie erstaunlichen Erfolge zu verbanken, welche ohne jene selbst bie
glänzende Tapferkeit und Ausbauer ber beutschen Solbaten nicht
hätte erringen können. Seine Grundsätze — „Auf ben verschieben=

ften Wegen demſelben Ziele zu, um dann mit vereinten Kräften den
Feind zu ſchlagen", und „Zum Kriegführen gehört vor allem Geld,
Geld und wieder Geld", rechtfertigen Wildenbruchs Zeilen:

> „Das wogt und drängt und wirbelt
> Durch Feld und Wald und Flur
> Als hätt' es tauſend Ziele,
> Und hat doch eines nur.
> Beſeelt von einem Geiſte,
> Durch einen Wink gebannt,
> Ein einzig Volk von Kriegern
> In eines Feldherrn Hand."

In Moltkes Händen wußte das Volk ſeine Söhne, der König
ſeine Armee ſicher und auf dem rechten Wege. Er hat nie eine
Schlacht verloren, ſo viele er auch geplant und geleitet hat. Wenn
Moltke auf dem Schlachtfelde ſein Fernrohr zuſammenſchob, eine
friſche Cigarre anſteckte und ruhig zum Könige ſagte: „Jetzt iſt uns
der Sieg nicht mehr zu nehmen", dann konnte der König mit derſelben Sicherheit nach Berlin telegraphieren: „Ein großer Sieg!
Man ſoll Viktoria ſchießen!" Dennoch behauptete der Schweiger
immer: „Ich habe meine Pflicht gethan, weiter nichts!"

Mit Widerſtreben erteilte Kaiſer Wilhelm II. dem verdienten
Manne im Jahre 1890 die lange erſehnte Erlaubnis, in den Ruhe-
ſtand zu treten. Moltke ſtarb am 24. April 1891. Seine Grab-
ſchrift lautet:

> „Alle Zeit
> Treu bereit
> Für des Reiches Herrlichkeit."

Auch als Schriftſteller und Redner, wenn letzteres auch ſelten,
hat Moltke ſich ausgezeichnet. Im Reichstage lauſchte man ebenſo
gern⸗ den ſeltenen patriotiſchen Reden Moltkes, wie den häufigen,
großen, erhabenen und nicht ſelten leidenſchaftlichen Ergüſſen Bis-

mards. Entſcheidend war unter anderem der Eindruck der Worte, die er anläßlich der verdächtigen Anwandlungen Frankreichs und Rußlands im Dezember 1886 dem Reichstage zurief: „Die ganze Welt weiß, daß wir keine Eroberungen beabſichtigen, mag ſie aber auch wiſſen, daß wir das, was wir haben, erhalten wollen, daß wir dazu entſchloſſen und gewappnet ſind.“

Bismarck und Moltke gehören zu jenen Namen, deren Anſehen ſelbſt durch die der größten auf dem Throne geborenen Herrſcher nie verdunkelt werden kann. Sie ruhen in der Hut des Volkes.

72.

Wilhelm II.

„Nun gehe hin und thue Deine Pflicht, wie ſie Dir gelehrt werden wird.“ Mit dieſen Worten entließ Kaiſer Wilhelm I. ſeinen 18jährigen Enkel Wilhelm. als deſſen Vater, Kronprinz Friedrich Wilhelm, ihn vor dem Eintritte in das Regiment, dem er als jüngſter Lieutenant zugeteilt war, dem Großvater und oberſten Kriegsherrn vorſtellte. Wie Prinz Wilhelm auf dem Gymnaſium zu Kaſſel ein vorzüglicher Schüler geweſen war, ſo lag er auch jetzt, 1877, ſeinen militäriſchen Pflichten mit großem Eifer ob und erwarb ſich die volle Zufriedenheit ſeiner Vorgeſetzten. Sodann ſtudierte er nach Gepflogenheit der Hohenzollern eine Zeit lang auf der Univerſität Bonn und trat ſpäter wieder in den Militärdienſt.

Im Jahre 1881 vermählte Wilhelm ſich mit der Prinzeſſin Auguſta Viktoria von Schleswig-Holſtein. Als ein Jahr darauf ſein erſter Sohn, der jetzige Kronprinz, geboren wurde, rief der kaiſer=liche Urgroßvater fröhlich aus: „Hurra, vier Könige!“

Bei seiner Thronbesteigung im Jahre 1888 sagte Wilhelm II.: „Ich habe die Regierung übernommen im Aufblicke zu dem König aller Könige und ihm gelobt, nach dem Beispiele meiner Väter dem Volke ein gerechter und milder Fürst zu sein."

Dieses Versprechen trachtet er in Treuen zu erfüllen, nach seinem Wahlspruche:

„Recht muß Recht bleiben!"

73.

Kaiser und Reich.

Das deutsche Reich ist seit der Zeit Karls III. ein Wahlreich gewesen, also 919 Jahre lang. Im neuen Reiche, seit 1871, ist der jeweilige erbliche König von Preußen zugleich deutscher Kaiser. Die gewöhnliche Einteilung der Kaiser nach Familien oder Häusern ist nicht ganz richtig, weil es sich häufig ereignete, daß zwischen einer Anzahl von Angehörigen eines solchen Hauses aus irgend welchen Gründen die Wahl auf Fürsten aus anderen Familien fiel. Wir folgen daher einer neueren Einteilung in Perioden, geben aber dabei nur die Namen der Familien an, aus denen etwaige Zwischen- und Gegenkaiser stammten, und bezeichnen dieselben mit *.

1. Die Periode der Karolinger:

Karl der Große; 768—814.

Ludwig I., der Fromme; 814—840.

Ludwig II., der Deutsche; 843—876.

Karl III., der Dicke; 876—887.

*Arnulf von Kärnthen; 887—899.

Ludwig III., das Kind; 899—911.

*Konrad I., der Franke; 911—919.

2. Die Periode der Sächsischen Kaiser:

Heinrich I., der Finkler; 919—936.

Otto I., der Große; 936—973.

Otto II.; 973—983.

Otto III.; 983—1002.

*Heinrich II., der Bayer; 1002—1024.

3. Die Periode der Fränkischen Kaiser:

Konrad II., der Salier; 1024—1039.

Heinrich III.; 1039—1056.

Heinrich IV.; 1056—1106.

*Gegenkaiser: Rudolf von Schwaben; 1077—1080.

Hermann von Luxemburg; 1080—1088.

Heinrich V.; 1106—1125.

*Lothar von Sachsen; 1125—1138.

4. Die Periode der Hohenstaufen:

Konrad III.; 1138—1152.

Friedrich I.; Barbarossa; 1152—1190.

Heinrich VI.; 1190—1197.

Philipp von Schwaben; 1197—1208.

*Gegenkaiser: Otto IV., von Sachsen; 1198—1218.

Friedrich II.; 1208—1250.

*Gegenkaiser: Heinrich Raspe von Thüringen; 1224—1247.

Wilhelm von Holland; 1247—1256.

Konrad IV.; 1250—1254.

5. Das Interregnum:

Doppelherrschaft { Richard von Cornwallis; 1257—1272.

fremder Regenten { Alfons von Castilien; 1257—1273,

6. Die Periode der Habsburger:

Rudolf von Habsburg; 1273—1292.

*Adolf von Nassau; 1292—1298.

Albrecht I., von Habsburg; 1298—1308.

*Heinrich VII., von Luxemburg; 1308—1313.

*Ludwig IV., der Bayer; 1313—1347.

Gegenkaiser: Friedrich der Schöne, von Habsburg; 1313—1330.

*Karl IV., von Böhmen; 1347—1378.

*Wenzel, von Böhmen; 1378—1400.

*Ruprecht, von der Pfalz; 1400—1410.

*Sigismund, von Böhmen; 1410—1437.

Albrecht II., von Habsburg; 1437—1439.

Friedrich III.; 1439—1493.

Maximilian I.; 1493—1519.

Karl V.; 1519—1556.

Ferdinand I.; 1556—1564.

Maximilian II.; 1564—1576.

Rudolf II.; 1576—1612.

Matthias; 1612—1619.

Ferdinand II.; 1619—1637.

Ferdinand III.; 1637—1657.

Leopold I.; 1657—1705.

Josef I.; 1705—1711.

Karl VI.; 1711—1740.

*Karl VII., von Bayern; 1740—1745.

*Franz I., von Lothringen; 1745—1765.

Josef II., von Habsburg; 1765—1790.

Leopold II.; 1790—1792.

Franz II.; 1792—1806.

7. Neunjähriger Zwischenzustand: Während der napoleonischen Invasion; 1806—1815.

8. Der deutsche Bund: 1815—1866.

9. Der Norddeutsche Bund: Und die Südstaaten; 1866—1871.

10. Das Neue Deutsche Reich: Wilhelm I., von Hohenzollern; 1871—1888. Friedrich III.; 1888. Wilhelm II.; seit 1888.

Das aus 26 Staaten bestehende Neue Deutsche Reich zählt in Europa 209,995 Quadratmeilen und 60 Millionen Einwohner, mit der Reichshauptstadt Berlin.

Die deutschen Kolonien in Ost= und West=Afrika haben eine Ausdehnung von 950.000 Quadratmeilen; in Asien besitzt Deutsch= land die Karolinen=Inseln, etwa 600 an Zahl, und eine Pachtung in China von ungefähr 1000 Quadratmeilen; in Polynesien befinden sich die vier größten der Samoa= oder Schiffer=Inselgruppe unter der deutschen Botmäßigkeit.

Der deutsche Reichs=Wappenspruch lautet: „Jedem das Seine!"

Anhang.

Die Deutsch-Amerikaner.

74.
Unter fremder Flagge.

Bei keinem der vor Jahrtausenden von den Hochebenen und Steppen Asiens westwärts gezogenen und in dem heute Europa genannten Teile der alten Welt anfäßig gewordenen Völkerstämme hat sich die Wanderluft so fortdauernd erhalten, wie bei den Germanen. Nicht nur die Nachbarländer Deutschlands wurden, wie wir aus unseren vorhergehenden Geschichten ersehen haben, beständig bald in kriegerischer und bald in friedlicher Weise von unseren Ahnen heimgesucht, neu bevölkert oder ihrem stets heilsamen Einflusse unterworfen; als die neue Welt aufgefunden wurde, waren gleich von Anfang an Deutsche unter den Bahnbrechern einer neuen Kultur. Freilich konnten sie bei der nachherigen Teilung Amerikas keinen Anteil bekommen oder auch nur beanspruchen, weil es zur Zeit noch keine deutsche Flotte gab, und weil, mit dem Ozeane zwischen Europa und Amerika, nur seefahrende Nationen — Seemächte — imstande waren ihre sogenannten Anrechte auf die entdeckten ungeheuren Landstrecken gegen die rechtmäßigen Besitzer derselben, die dem Untergange geweihten Indianer, geltend zu machen und, bei den bald ausbrechenden Streitigkeiten unter den neuen Herren selbst, zu behaupten.

Dennoch aber zieht sich, wie ein roter Faden, von den ältesten Entdeckungszeiten an, der Name der Deutschen durch die Geschichte derselben, und es soll jetzt gezeigt werden, bis zu welchem hohen Grade sich ihr Eingreifen in den Gang der Ereignisse als eine der größten Segnungen für Amerika erwiesen hat.

Es ist heutzutage geschichtlich festgelegt, daß die Entdeckung Amerikas durch Christoph Columbus eigentlich nur eine Wiederauffindung des schon fünfhundert Jahre vorher durch den skandinavischen See-könig oder Viking Leif Erichson entdeckten amerikanischen Fest-landes genannt werden kann. Im Frühling des Jahres 1001, also gerade vor 900 Jahren, fuhr dieser kühne Seeheld von Island aus, welches die Skandinavier oder Normannen seit dem Jahre 986 be-reits innehatten, nach Grönland und Labrador und von dort weiter südlich bis Rhode Island und vielleicht bis Virginien, ohne jedoch dort feste Ansiedlungen zu gründen. Bis in das fünfzehnte Jahrhun-dert dauerten die Besuche der normannischen Vikinger fort und sie nannten die Küsten, an denen sie bald längere und bald kürzere Zeit verweilten, „Vinland", das Weinland, denn sie fanden dort wilde Weinreben und Trauben in großer Masse, und zwar war es Diet-rich Dyrker, ein am Rhein gebürtiger Schiffsschmied, der, nach skandinavischer Ueberlieferung, diesen glücklichen Fund machte.

Bei einer Landung Leifs an der Küste von Rhode Island, die den beutelustigen Seefahrern der näheren Besichtigung würdig schien, drang Dyrker allein vom Meeresufer aus in das Innere der bewaldeten Küste. Er blieb einige Tage weg, und schon wollten seine Gefährten, ihn verloren glaubend, sich ohne ihn zur Rückfahrt einschiffen, als er plötzlich mit Weinreben und schönen rotblauen Trauben beladen, aus

dem Walde kam. Er konnte nicht genug erzählen von der Schönheit
der von ihm erforschten Gegend und pries, als echter Rheinländer,
dieselbe besonders wegen der so reichlich dort wild wachsenden Reben.
Einem solchen Lande, meinte er, stehe eine große Zukunft bevor, und er
forderte seine Gefährten auf, zu bleiben und den Weinbau zu betreiben.
Derartige Arbeit war aber keineswegs nach dem Geschmacke der beutelustigen Wikinger, die gewohnt waren, sich mit Gewalt dessen zu bemächtigen, was andere geschaffen hatten, vor allem aber damals noch
eine große Scheu vor jeglicher Art des Landbaues hatten. Sie fuhren
ab, erzählten aber zu Hause von der gemachten Entdeckung.

Es ist als sicher anzunehmen, daß zu jener Zeit, so kurz nach der
gewaltsamen Austreibung der heidnischen Sachsen durch Karl den
Großen (Kap. 15), die sich notgedrungen nordwärts wenden mußten,
gar viele Deutsche sich mit den skandinavischen Normannen, die ja dem
nordisch-deutschen Stamme angehören, vereinigten und ihre Schicksale
teilten:

„Der Abend kommt und die Herbstluft weht,
Reifkälte spinnt um die Tannen;
O Kreuz und Buch und Mönchsgebet —
Wir müssen alle von dannen.

Die Heimat wird dämmernd und dunkel und alt,
Trüb rinnen die heiligen Quellen:
Du götterumschwebter, du grünender Wald,
Schon blitzt die Axt, dich zu fällen!

Und wir ziehen stumm, ein geschlagen Heer,
Erloschen sind unsere Sterne —
O Island, du eisiger Fels im Meer,
Steig auf aus nächtiger Ferne!

Steig auf und empfang unser reisig Geschlecht —
Auf geschnäbelten Schiffen kommen
Die alten Götter, das alte Recht,
Die alten Nordmänner geschwommen."

Viktor Scheffel.

Dieses alte Lied verbildlicht die Lage und den Ausgang der vor
dem, ihnen zur Zeit noch verhaßten, Christentume nord= und see=
wärts ziehenden Sachsen und Normännern, die, mit Abenteurern
aus aller Herren Länder vermischt, zu jener Zeit, wie wir gesehen ha=
ben, (Kap. 18), nicht nur alle Küsten Europas, sondern auch die noch
unentdeckte Welt jenseits des atlantischen Ozeans heimsuchten.

Unter so bewandten Umständen ist es wahrscheinlich, daß schon
mit Columbus, Cortez, Balboa und Pizarro deutsche Krieger in die
neue Welt herüberkamen, wenn auch urkundlich darüber nichts bekannt
ist. Deutsche aber, reiche Kaufherren aus Augsburg, die Welser, waren
es, welche im Jahre 1527 drei Schiffe in Spanien ausrüsteten, die unter
dem Befehl des Ambrosius Dalfinger, eines Ulmers, nach
Amerika segelten und die heutige benezuelische Provinz Caracas in
Besitznahmen, die Kaiser Karl V. ihnen als Pfand für eine bei ihnen
aufgenommene Geldanleihe überließ. Wenn sie auch schon nach zwan=
zig Jahren durch die Spanier ihrer Besitzung beraubt wurden, so ge=
bührt ihnen doch der Ruhm der Entdeckung und Erwerbung derselben.

Deutsche waren es auch, nicht etwa Spanier oder Italiener, welche
Amerika seinen Namen gaben. Als nämlich der Italiener Amerigo
Vespucci in den Jahren 1499 bis 1504 die von Columbus und anderen
entdeckten Teile der neuen Welt besucht hatte, gab er im Jahre 1507
eine Beschreibung seiner Reisen in lateinischer Sprache heraus. Das
Werk wurde alsbald ins Französische und aus diesem von dem Frei=
burger Martin Walbseemüller, zur Zeit Buchhändler zu
St. Diö in Lothringen ins Deutsche übersetzt; und Walbseemüller
selbst machte den Vorschlag, die Neue Welt dem Amerigo zu Ehren
„Amerika“ zu nennen. Schon auf einer im Jahre 1522 erschienenen
Karte oder „Welttafel“ ist dieser Name eingetragen, den bald alle Ge=
lehrten annahmen, so daß selbst die Spanier sich dazu bequemen muß=
ten, denselben endgiltig anzuerkennen.

Nach dem Bekanntwerden der Vespuccischen Beschreibung der neuen Welt, regte sich der Trieb nach weiteren Entdeckungen und fester Besitzerwerbung in Amerika bei allen seefahrenden Völkern. Ueberall wurden Handelsgesellschaften, Westindische Compagnien, gegründet, welche Schiffe und Leute, Soldaten, Bauern und Handwerker, brave Männer sowohl, wie auch Abenteurer und Nichtsthuer herübersandten. Auf die Spanier folgten die Franzosen, auf diese die Engländer, Holländer und Schweden. Mit diesen aber kamen immer D e u t s c h e, angeworben oder freiwillig, bedienstet oder als Glücksucher auf der Jagd nach besseren Verhältnissen als die zur Zeit in Deutschland herrschenden.

Gab es schon viele solcher Deutscher unter den Engländern, so ward ihre Zahl verhältnißmäßig noch größer unter den Holländern, die im Jahre 1623 das erste Schiff mit Auswanderern nach Nordamerika schickten. Diese ließen sich hauptsächlich am Hudson-Flusse, in der Nähe der heutigen Stadt Albany nieder; und drei Jahre später erfolgte die thatsächliche Gründung von Neu-Amsterdam, der jetzigen Weltstadt New York, und zwar durch einen im Dienste der Holländer stehenden Deutschen, P e t e r M i n u i t aus Wesel am Rhein.

Die ersten Generaldirektoren der holländisch-amerikanischen Kolonien, May und Verhulst, hatten sich als unfähig erwiesen. Die westindische Handelsgesellschaft war schon nahe daran, aus diesem Grunde das wenig versprechende Unternehmen am Hudson wieder aufzugeben, entschloß sich jedoch zu guter Stunde zu einem letzten Versuche. Sie besaß in M i n u i t seit einigen Jahren einen tüchtigen, fähigen Beamten und sandte diesen im Jahre 1628 mit ausgedehnten Vollmachten als General-Direktor und Gouverneur herüber, um es noch einmal zu versuchen, die Kolonie Neu-Amsterdam lebensfähig zu machen. Am 4. Mai 1626 landete M i n u i t in der neuen Welt. Seine erste Maßregel bestand in dem Ankaufe des Grund und Bodens, auf wel-

chem die holländische Niederlassung sich befand, von den bisherigen Be=
sitzern, den Indianern. Er zahlte für die 22,000 Acker große Man=
hattan=Insel 60 holländische Gulden oder 24 Dollars Gold, errichtete
sogleich das erste steinerne Fort, die heutige Battery, und nannte es
Fort Amsterdam. Schon nach wenigen Jahren waren die anfänglich
besonders Landbau und Viehzucht treibenden Neu=Niederländer im=
stande, die notwendigsten Lebensbedürfnisse an Ort und Stelle selbst
zu erzeugen. Bald begann der Pelzhandel mit den Indianern; nach
allen Seiten reckte die junge Kolonie die fleißigen Arme aus; auf
Leng=Island saßen betriebsame D e u t s c h e, besonders aus West=
falen und Holstein, denen die Westindische Compagnie Land, Acker=
geräte und Vieh, Kleidung und Saatkorn gegen spätere allmähliche
Rückerstattung der Kosten geliefert hatte. Dann folgten die deutschen
Kleinhandwerker und die Weinbauer — die Deutschen übertrafen die
Holländer zuletzt auch an der Seelenzahl.

Nun erfolgte aber von Seiten der Direktoren eine Maßregel, die
von den nachteiligsten Folgen begleitet war. Es wurden die sogenann=
ten Patronate geschaffen, wobei jeder, der sich anheischig machte, eine
Niederlassung von wenigstens 50 Personen zu gründen, sich eine sehr
ansehnliche Strecke Landes mit fast unumschränkten Souveränitäts=
rechten auswählen konnte, zuerst von 16 und später von 8 Quadrat=
meilen. Dadurch wurde ein förmlicher Besitz= oder doch Lehensstand
geschaffen, der in der Kolonie zu großen Uneinigkeiten führte. Die
Gegner Minuits benutzten diese zu seinem Verderben, indem sie ihn,
als sie im Direktorium die Oberhand bekamen, anklagten als Haupt=
urheber der mißliebigen Maßregel. Es erging Minuit nun, wie es
Columbus, Pizarro und anderen spanischen Gouverneuren ergangen
war: er wurde verdächtigt, angeklagt und endlich im Jahre 1631 ab=
berufen, trotzdem die Kolonie sich unter seiner umsichtigen Leitung un=
gemein schnell und günstig entwickelt hatte, sodaß bei seiner Abreise

das ganze westliche Long Island mit blühenden Ansiedelungen bedeckt war und Niederlassungen nach allen Seiten hin, sogar am Delaware eben angefangen hatten.

Es gelang Minuit nicht, in Holland, wohin er sich zunächst begeben hatte, seine Wiederanstellung zu erwirken. Erbittert über das ihm angethane Unrecht, verließ er die Niederlande und ging nach Schweden, wo man sich eben anschickte, von der neuen Welt auch einen Anteil zu ergattern. Alles war aber noch im Unklaren, als Minuit in der schwedischen Hauptstadt eintraf und alsbald der Regierung einen praktischen Plan für eine Kolonie in der Landschaft zwischen dem englischen Virginien und Neu-Niederland an der Delaware-Bai vorlegte, um sich im Falle des von Minuit garantierten Gelingens über die heutigen Staaten Delaware, Pennsylvanien, New Jersey und Maryland ausdehnen zu können — eine ganz vortreffliche Wahl, denn diese Gegend war ja zweihundert Jahre lang so recht die Kornkammer Amerikas. Gegen Ende des Jahres 1637 segelte Minuit mit etwa 50 schwedischen und deutschen Auswanderern auf zwei Schiffen nach Amerika, als erster Gouverneur des zu gründenden Neu-Schweden.

Ohne sich an den Einsprachen der Engländer von Jamestown, noch weniger an denen der Holländer von Fort Nassau am Delaware zu stören, landeten die Schweden im April 1638 in der Nähe der heutigen Stadt Wilmington im Staate Delaware und fingen sogleich an, ein Fort zu bauen, Fort Christina. Minuit verstand es, wie früher in Neu-Amsterdam, sogleich mit den Indianern vorteilhaft Handel zu treiben und noch vor seinem drei Jahre später erfolgten Tode die Blüten seiner umsichtigen Verwaltung zu sehen. Er starb im Jahre 1641 auf seinem Posten und wurde bei Fort Christina begraben.

Nach Minuits Tod ging es aber bald bergab mit seiner Schöpfung. Im Jahre 1655 schon ergab sich Neu-Schweden den sie fortwährend bedrängenden Holländern.

Damit wird aber das große Verdienst Minuits als eines der bedeutendsten deutschen Männer, die einen nachhaltigen Einfluß auf die Entwickelung der europäischen Kolonien in Amerika ausgeübt haben, durchaus nicht vermindert.

Auch die Holländer erfreuten sich ihres nordamerikanischen Besitzes nur noch 23 Jahre nach dem Ableben Minuits. Im Jahre 1664 eroberten die Engländer Neu-Amsterdam. Die Kurzsichtigkeit, gegen die ihr deutscher Gouverneur so oft vergeblich geeifert hatte, rächte sich an den Neu-Niederländern, und aus Neu-Asterdam wurde New-York; Schweden, Holländer und Deutsche, die dort noch ansässig blieben, waren nunmehr englische Unterthanen. Jetzt aber begann die große deutsche Einwanderung, der wir in allen Teilen des Landes nunmehr begegnen werden.

75.
Die große deutsche Einwanderung.

Der für Deutschland wenig zufriedenstellende Ausgang des dreißigjährigen Krieges (Kap. 44) und die darauf folgenden Kriege mit Frankreich waren es, die in der letzten Hälfte des siebenzehnten Jahrhunderts eine förmliche Massenauswanderung, besonders aus Süddeutschland veranlaßten. Engländer und Franzosen bemühten sich um die Wette, diese Auswanderer, besonders die Pfälzer, nach ihren amerikanischen Kolonien zu locken. Es gelang ihnen denn auch in unerwartet großem Maße. Hunderttausende fleißiger, nüchterner deutscher Landleute und Handwerker kamen damals herüber und besiedelten nach und nach nicht nur die heutigen Staaten New York und Pennsylvanien, sondern setzten sich auch im Süden sowohl wie im fernen Nordosten bis nach Maine hinauf fest. Groß, fast unglaublich waren

oft die Leiden und Mühsalen, welche die, nur zu häufig unter falschen
Vorspiegelungen aus ihrer deutschen Heimat fortgezogenen Auswan=
derer beinahe ausnahmslos schon auf der langen Reise, noch mehr aber
nach ihrer Ankunft hierzulande erdulden mußten. Um so bewunde=
rungswürdiger war aber auch die Ausdauer, bei vielen die fromme
Ergebenheit, bei allen das Bewußtsein, sich in einem großen freien
Lande zu befinden, und die unerschütterliche Zuversicht auf die nahe
Zukunft, die sich gewiß günstig gestalten werde. Darin täuschten sich
allerdings manche; der großen Mehrzahl aber, vielen Tausenden und
Abertausenden gelang es in der That, für sich selbst und ihre Nach=
kommen hier Anwesen zu gründen und Heimstätten zu errichten, die
man gar bald Paradiese nennen konnte.

Daß die meisten dieser Deutschen, oder doch ihre nächsten Nach=
kommen im Englisch=Amerikanertum aufgingen, ihre Sprache verkom=
men ließen — man mochte es ja wohl betrauern, aber es war ein un=
ermeßlicher Segen für Amerika. Die deutsche Art blieb und ist heute
trotzdem bei ihnen erhalten, wenn auch der Name englisch klingt; der
deutsche Mutterlaut ist nicht untergegangen; sondern lebt fort im
Pennsylvania=Deutsch; das deutsche Lied hat sich im ganzen Lande
seine prächtigen Heimstätten errichtet; die deutsche Turnerei stählt die
Muskeln der Anglo=Amerikaner nicht minder, als die der Deutschen;
deutsche Wissenschaft und Gelehrsamkeit, deutsche Schulen und Kir=
chengemeinden bestehen und blühen allüberall; deutsche Industrie steht,
wenn auch vielfach im Dienste des amerikanischen Großkapitals, keiner
anderen des Landes nach; noch heute holt man sich die technischen Lei=
ter der größten industriellen Unternehmungen aus Deutschland oder
man schickt Amerikaner behufs ihrer Ausbildung hinüber auf deutsche
Schulen und höhere Lehranstalten.

Daß dies Alles sich so verhält, dazu legten vor mehr als zwei=
hundert Jahren eine Anzahl von deutschen Männern, bald hier und

balb bort mit ber Führung unb Leitung von Taufenben zugleich be=
traut unb beren Borteil emfig wahrenb, ben Grunb. Es finb ihrer
zu viele, um fie alle zu nennen; nur bie hervorragenbften unter ihnen
können an biefer Stelle Erwähnung finben, unb es wirb jetzt fchon
betont, baß es vor allem bie freien beutfchen Anfiebler waren, bie=
jenigen, bie englifcher ober franzöfifcher Unterftützung nicht beburften,
es waren unb fein fonnten, bie ben beutfchen Namen in Amerifa ba=
mals zu Ehren brachten.

Religiöfe Verfolgungen unb Quälereien, welchen gewiffe pro=
teftantifche Gemeinfchaften ausgefetzt waren, bie alsbalb nach bem
breißigjährigen Kriege in Deutfchlanb, wie in Frankreich unb Eng=
lanb, erftanben, bewogen viele ihrer Anhänger zur Auswanberung nach
Amerifa, wo fie ber Dulbfamfeit unb ber freien Ausübung ihres Glau=
bens ficher fein zu fönnen glaubten. In Englanb waren es Quäter
unb Puritaner, in Frankreich Hugenotten, in Deutfchlanb Alt=Luthe=
raner, Mennoniten, Wiebertäufer unb anbere.

So traten im Jahre 1682 zu Frankfurt am Main zehn ange=
fehene, burch ben Engländer William Penn bereits bem Quäfertume
zugeführte Männer zu einer „Frankfurter Lanbcompagnie" zufammen,
um für ihre Freunbe unb Religionsgenoffen bie Auswanberung nach
Pennfylvanien zu ermöglichen. Bereits am 20. Auguft 1683 lanbete
einer ber Zehn, Franz Daniel Paftorius mit etwa zwanzig
Familien aus ber Rhein= unb Maingegenb am Ufer bes Delaware=
Fluffes. Die Anfiebler fauften von William Penn, bem infolge einer
Schenfung ober Abtretung bes englifchen Königs Karl II. alles Lanb
in jener Gegenb gehörte, anfänglich 5350 Acfer Lanb am Schuylfill=
fluffe, auf bem fie im Oftober 1685 bie rein beutfche Stabt German=
town, bie heute im Weichbilbe von Philabelphia liegt, auslegten. Im
Jahre 1689 wurbe bie Gemeinbe mit ihren eigenen Gefetzen von ber
Legislatur von Pennfylvanien anerfannt, fie wurbe inforporirt, unb

entwickelte sich bald für eine Zeitlang als Sammelplatz neuankommen=
der unabhängiger Deutscher, auch wenn sie keine Quäker waren.

Pastorius war die Seele der Niederlassung, ihr erster Bürger=
meister. Als deutscher Doktor der Rechte und hochgebildeter Mann
konnte er auch andere Gemeindeämter mit Erfolg versehen, wenn es
not that: Er war nicht allein der weltliche, sondern auch der geistliche
Führer der Gemeinde, ihr Prediger und Lehrer. Er gründete die erste
deutsche Schule in Amerika, schrieb Lehrbücher in deutscher Sprache,
Erbauungsschriften und Katechismen, und blieb bis zu seinem Tode
ein rechter, ebenso energischer wie frommer Leiter dieser rheinischen
Weinbauern und Weber, denn als solche gewannen die meisten ihren
Lebensunterhalt, wie auch die Umschrift des Germantowner Wappens
beweist: "Vinum, linum, textrinum" — zu Deutsch: Wein, Lein,
Webeschrein.

Zum Zeichen ihres großen Vertrauens wählten die Bewohner von
Germantown den Pastorius zum ihrem Vertreter in der Legislatur
von Pennsylvanien, wo er und seine Freunde den ersten öffentlichen
Protest gegen die damals schon herrschende Negersklaverei erließen:
Hatte er doch schon vorher in einem Gedichte gesagt:

„Allermaßen ungebührlich
Ist der Handel dieser Zeit,
Daß ein Mensch so unnatürlich
And're drückt mit Dienstbarkeit.
Ich möchte einen solchen fragen,
Ob er wohl Sklav' möcht' sein;
Ohne Zweifel wird er sagen:
Ach, bewahr' mich Gott, nein, nein!"

Im Jahre 1719 starb Pastorius. Germantown, das sich in=
zwischen auf 28,000 Acker vergrößert hatte, überlebte ihn als Mittel=
punkt deutschen Sinnes und Thuns viele Jahre. Aus den Hand=
webestühlen wurden große Fabriken; Papier wurde dort verfertigt und

Buchdruckereien wurden errichtet. Die erste Bibel, die in Amerika er=
schienen ist, wurde dort gedruckt, und zwar in deutscher Sprache; die
erste deutsche Zeitung Amerikas erschien im Jahre 1759 dort in der
Office des Buchdruckers Christoph Sauer, mit dem Benjamin
Franklin sich kurz darauf verband.

Während sich in Germantown das deutsche Element in so fromm=
friedlicher Weise entfaltete und es dem edlen Pastorius vergönnt war,
sich als wahrer, freier Mann des Friedens die Unsterblichkeit zu
sichern, ward es einem anderen Deutschen aus Frankfurt am Main,
bescheert, gleich berühmt zu werden, jedoch dafür mit einem gewalt=
samen Tode zu bezahlen.

Dieser Mann war Jakob Leisler, der im Jahre 1660
als Soldat im Dienste der englischen westindischen Compagnie nach
New York kam, schon wenige Jahre darauf aber in Folge einer reichen
Heirat Kaufmann wurde und im Jahre 1674 bereits zu den wohl=
habendsten Bürgern der Stadt zählte, hoch angesehen aber auch wegen
seines Gemeinsinns und seiner festen Ueberzeugungstreue. Bald war
er der anerkannte Leiter der freisinnigen Bürger, die im Jahre 1689,
als die Revolution in England ausbrach, es unternahmen, New York
für den künftigen König Wilhelm von Oranien zu halten und sich am
31. Mai gegen den stellvertretenden Gouverneur Nicholson, der es mit
König James II. hielt, erhoben und ihn aus der Stadt vertrieben.

Stadt New York und Provinz New York befanden sich infolge=
dessen in einem regierungslosen Zustande, und die Bürger bildeten zur
Aufrechterhaltung der Ordnung einen Sicherheitsausschuß, welcher im
Juli 1689 Leisler bis zur Ankunft eines neuen Gouverneurs aus
England fürs erste zum Befehlshaber der Forts und der Stadt, nach
dem Eintreffen der Nachricht von der Thronbesteigung Wilhelm's und
Maria's auch zum Interims = Gouverneur der ganzen Provinz New
York erwählte. Die gestürzten Anhänger James II. aber weigerten

dem „Pöbel=Aufwiegler“, wie sie Leisler nannten, die Anerkennung und klagten in England, wo unterdessen auch Nicholson eintraf, wider ihn. Als daher König Wilhelm Leislers Bericht und die Versicherung seiner und der Bürger Treue empfing, war er durch diese Verdächtigungen bereits gegen Leisler eingenommen, obgleich ganz Neu=England ihn als den rechten Mann an der rechten Stelle begrüßte und anerkannte.

Leisler ging gerecht, aber sehr energisch vor und kümmerte sich wenig um die alten Verordnungen, die er, da die alte Regierung nicht mehr bestand, nicht als gesetzlich fortbestehend erachtete. Er nahm, auf Wunsch des Volkes, den Titel „Vice=Gouverneur“ an und schickte sich an, die meist in Albany sich aufhaltenden Aristokraten unschädlich zu machen. Das schlug ihm fehl und schadete seinem Ansehen; und als er im Januar 1690 dennoch seiner erbittertsten Gegner habhaft wurde und das Gericht sie zum Tode wegen Hochverraths verurteilte, da begnadigte er sie zu Gefängnißstrafe. Das war großmütig, aber ein politischer Fehler.

Nun begann Leislers großartigste Wirksamkeit. Der Krieg zwischen Frankreich und England war bereits im Gange, und die Franzosen drangen im Januar 1690 von Canada aus gegen New York vor. Leisler befestigte die Stadt; lud die Nachbarprovinzen ein, mit New York gemeinschaftliche Sache gegen die Canadier zu machen, und zwar ohne englische Hülfe; rüstete das erste New York zugehörende Kriegsschiff aus; steuerte aus seinen eigenen Mitteln drei Schiffe bei; erbeutete sechs französische Schiffe, und unternahm schließlich mit Massachusetts, Connecticut, Plymouth und Maryland einen Eroberungskrieg gegen Canada. Derselbe schlug fehl, und Leisler bekam natürlich die Schuld an dem Unglück. Im Januar 1691 kam aus England der vom König Wilhelm ernannte neue Gouverneur, Oberst Henry Sloughter, in New York an und verlangte sofort, auf Rat der ihm zueilenden Aristokraten, von Leisler die Schlüssel der Forts. Dieser wollte sich natürlich erst von den Vollmachten Sloughters über= zeugen und wünschte auch Garantien für seine persönliche Sicherheit zu haben. Er wurde sogleich gefangen genommen, der Rebellion ange= klagt und am 15. April 1691 von einem aus lauter Feinden seiner Person bestehenden Gerichtshofe zum Tode verurteilt. Zusammen mit seinem Schwiegersohn Milborn wurde der gesinnungs= und ver= fassungstreue zweite deutsche Gouverneur von New York am 16. Mai 1691 zum Tode geführt: erst gehängt und dann geköpft, die Leichen neben dem Galgen eingescharrt.

Leisler hatte während der kurzen Zeit seiner Amtsführung mehr und Größeres geleistet, als die meisten englischen Gouverneure vor und nach ihm. Die Hauptsache war, daß seit seiner Zeit in New York das Volk an den öffentlichen Angelegenheiten teilnahm und sich nicht mehr durch Einzelne regieren ließ. Erst im Jahre 1695 gelang es Leisler's Sohn, das englische Parlament dazu zu veranlassen, daß es das erlassene Kenntniß gegen seinen Vater als rechtsungiltig umstieß und sein Verfahren in jeder Hinsicht rechtfertigte. Sein von der Krone Englands konfiszirtes Vermögen wurde seinen Erben übergeben, und dem jungen Leisler wurde außerdem von der New Yorker Legislatur eine Entschädigung von 1000 Pfund Sterling zugesprochen.

Noch viele Jahre lang dauerten nun in New York die Streitig= keiten zwischen den Freisinnigen, den Leislerianern, und den Ari= stokraten, den Antileislerianern, fort — ein Zeichen, daß Leislers Auftreten auf dem politischen Schauplatz vollständig im Gange der Dinge und der politischen Entwickelung des Landes und des Volkes begründet war. —

Zu vielen Tausenden ergossen sich auch in der ersten Hälfte des achtzehnten Jahrhunderts die Deutschen mit englischem Beistande nach den heutigen Staaten New York, Pennsylvanien, Virginien,

Georgia, Maryland, kurz über alle englische Provinzen. Zum Glücke
der Auswanderer fanden sich bei allen diesen Zügen immer wieder
die rechten Männer als ebenso mutige, wie weise Führer, die den
bereits genannten früheren in diesen Eigenschaften nicht nachstanden.
Nur zweier solcher Männer werde hier noch gedacht: J o h a n n
K o n r a d W e i s e r aus Großaspach in Würtemberg und sein
Sohn K o n r a d W e i s e r, die im Jahre 1710 mit einigen Tausenden von Pfälzern und Würtembergern unter der Führung des
zum Gouverneur von New York ernannten englischen Obersten Ro-
bert Hunter in New York mit der Bestimmung, am Mohawkflusse
angesiedelt zu werden, landeten. Diese Leute waren bis zur Zeit,
wo sie ihre Ueberfahrts= und Ansiedelungskosten abverdient haben
konnten, nicht viel mehr, in manchen Hinsichten sogar übeler daran,
als Sklaven — es waren Zwangskolonisten, und sie wurden demge=
mäß so schlecht behandelt — als Leibeigene, nicht als freie Männer—
daß sie gar bald auf etwa 1600 Personen zusammenschmolzen, denen
alle und jede Lust zur Arbeit, die ihnen ja doch nichts abwarf,
abhanden kam. Ihre Klagen und Vorstellungen nützten nichts, so
daß sie sich im Jahre 1712 direkt an die Indianer am Schoharie=
Flusse wandten mit der Bitte, ihnen die selbständige Ansiedelung auf
den Ländereien an diesem Flusse zu gestatten. Das geschah. Mitte
im Winter, durch tiefen Schnee, beinahe ohne Lebensmittel und
Kleidung, bahnte sich die von der Verzweiflung getriebene Schar die
Bahn durch die Wildnis, anfänglich in neues Elend. Bald aber
zeigten diese der Vertierung schon beinahe Verfallenen, was der
Deutsche vermag. Dörfer entstanden und blühende Farmen; die
Freundschaft mit den Indianern wurde aufs sorgsamste gepflegt
und erhalten; ja, J o h a n n K o n r a d W e i s e r, der geistig
bedeutendste Mann dieser freien, und gerade darum so schnell erblü=
henden Ansiedelung, gab schon im ersten Winter einen seiner Söhne,

Konrad, einem ihm befreundeten Indianerhäuptling in die Lehre, kaum ahnend, welche großen Vorteile Konrad daraus erwachsen sollten. Bald wurden nun natürlich die Engländer eifersüchtig auf die nie geahnten Erfolge der „pfälzer Rebellen". Ein Verhaftsbefehl, den aber niemand auszuführen wagte, wurde gegen den „Rädelsfüh= rer" Weiser, den Vater, erlassen, und die Kolonisten wurden von New York aus auf alle erdenkliche Weise belästigt, um sie zum Weiterziehen, wenn nicht zur Rückkehr in ihren ursprünglichen Wohnsitz, zu nötigen.

Endlich entschlossen sie sich, eine Deputation nach England abzuschicken, um dem Könige ihre Sache vorzulegen. Weiser und zwei andere gingen, richteten aber nichts aus. Weiser kam erst im Jahre 1722 wieder nach Amerika und fand einigermaßen gebesserte Verhältnisse vor. Beide Teile — Engländer und Pfälzer — hatten Zugeständnisse gemacht und Frieden herrschte in der Ansiedelung. Nur e i n Mann wollte nichts von Verträgen wissen: Johann Kon= rad Weiser selbst. „Er sei", sagte er, „nicht nach Amerika gegangen, um sein Haupt unter die Knechtschaft zu beugen; er wolle ein freier Mann sein und bleiben." So entschloß sich der unbeugsame Mann zur dritten Auswanderung. An der Spitze von einigen Dutzend Familien zog er in die Wälder im Süden des Schoharie, nach Penn= sylvanien, in die Gegend der jetzigen Stadt Harrisburg und gründete dort eine neue Niederlassung, wo er noch zwanzig Jahre lebte, riet, förderte und half, bis er im Jahre 1746, gegen neunzig Jahre alt, sein thatenreiches Leben beschloß.

Noch bedeutender als der Vater war der Sohn, K o n r a d W e i s e r. Durch seine Erziehung bei den Indianern lernte er diese durch und durch kennen und wurde bald einer der unentbehrlichsten Männer sämmtlicher deutscher Niederlassungen in New York, Penn= sylvanien und Virginien, als Friedensrichter, Milizen = Oberst,

amtlicher Dollmetscher unter den Indianern, die volles Vertrauen
in ihn setzten. So machte er im Auftrage verschiedener Gouverneure
gefahrvolle Reisen über die Apalachen-Berge bis nach Ononbaga und
Oswego zu den „Sechs Nationen", und jedesmal mit dem gewünsch=
ten Erfolge.

Im Jahre 1748 reiste Konrad im Auftrage des Gouverneurs
von Pennsylvanien bis an den Ohio und fuhr auf ihm nach Logans=
town, um die dortigen Indianer von einem Bündnisse mit den
Franzosen abzuhalten und zugleich die französischen Niederlassungen
im Ohiothale auszukundschaften. Auch dies gelang ihm.

Und wieder sechs Jahre später, im Jahre 1754, brachte er in
Albany ein Bündnis der sechs Nationen mit den Engländern gegen
die Franzosen zustande — ein höchst glückliches Ereignis.

Im Jahre 1760 starb Konrad Weiser als Oberst im Felde
gegen die Franzosen im Alter von 64 Jahren in Folge der großen
Anstrengungen, die er auf seinen beschwerlichen Reisen durchgemacht
hatte.

Einen sehr bedeutenden Einfluß übten auf die Besiedelung
großer Landstrecken durch Deutsche auch die Führer religiöser Glau=
bensgenossenschaften aus. Schon mit den französischen katholischen
Missionären, jenen unerschrockenen Männern, welche den „wilden
Westen" den Europäern erschlossen, waren auch häufig deutsche
Geistliche und Laien ausgezogen und hatten Leiden und Gefahren
mit ihnen geteilt. Im siebenzehnten Jahrhundert kamen dann die
oben schon genannten Anhänger protestantischer Genossenschaften,
begierig nach günstigeren Verhältnissen als die in der alten Heimat
herrschenden, und siedelten sich teils einzeln und teils gemeindeweise
in vielen Teilen des Landes an, und zwar zum Besten desselben.
Das ruhige, stille Wirken dieser Leute, ihre Missionsarbeit unter
den Indianern, ihr Fleiß, ihre gläubig=ergebene Ausdauer übten

einen unbeschreiblich günstigen Einfluß aus auf ihre eigenen Lands=
leute sowohl, wie auf die ganze Kulturentwickelung der Bevölkerung
im allgemeinen. Sie waren es, die nach dem Beispiele der German=
towner zuerst die Befreiung der Negersklaven allgemein zur Sprache
brachten. Sie waren es aber auch, die die Schwarzen, wo immer sie
mit solchen in Berührung kamen, zu Menschen erzogen. Sie kauften
sogar Sklaven auf, nur um sie sogleich wieder frei zu lassen. Darin
thaten es die Herrnhuter unter dem frommen G r a f e n Z i n z e n =
b o r f allen anderen vor und hatten dafür, besonders in Georgia,
viel von Andersgesinnten auszustehen.

Wie das deutsche Volk unter allen anderen Völkern niemals
einen Anteil am Sklavenhandel gehabt hat, so haben auch seine Ab=
kömmlinge hierzulande nie aufgehört, diesen Schandfleck des Men=
schengeschlechts zu bekämpfen.

Auch in ihrem Wirken unter den Indianern schlugen die Deut=
schen einen neuen Weg ein. Nicht darauf kam es ihnen an, daß die
Wilden sich sogleich taufen ließen; sie wollten erst ihren Zustand
verbessern und erkenntnißreiche Menschen aus ihnen machen. Darum
liebten und achteten die Indianer die deutschen Prediger und achteten
sie, wie sie ihren Freund, „Vater Weiser", lange nach seinem Tode
hochhielten. Den Engländern und Franzosen gefiel das nicht; sie
hetzten die Indianer gegen die deutschen Glaubensboten auf, ja sie
nahmen sogar etliche davon gefangen und verbannten sie aus New
York, Connecticut und Georgia. Viele ihrer indianischen Brüder
aber folgten ihnen in die Verbannung nach Pennsylvanien.

Im Jahre 1748 hielten die deutsch=lutherischen Prediger Ame=
rikas ihre erste Synode zu Philadelphia unter dem Vorsitze des
Begründers der lutherischen Kirche des Landes, H e i n r i c h M e l =
c h i o r M ü h l e n b e r g, Konrad Weisers Schwiegersohn und Vater
des berühmten Revolutionsgenerals P e t e r M ü h l e n b e r g und

des erſten Präſidenten des amerikaniſchen Kongreſſes, F r i e d r i ch
A u g. M ü h l e n b e r g. Doch gab es damals auch ſehr viele ver-
dienſtvolle Männer, die keiner religiöſen Genoſſenſchaft angehörten
und ſich als „Freidenker" bekannten, deren Verdienſte um die Entwickelung des Landes gleichfalls hoch angeſchlagen werden muß.
Dieſe Leute trugen ungemein viel dazu bei, dem Drang nach Selbſt-
ſtändigkeit, welchen die deutſchen Auswanderer mit in dieſes Land
brachten, die rechte Richtung zu geben — das amerikaniſche Volk,
dieſes Gewirr der verſchiedenſten Nationen, zur Mündigkeit heran-
zubilden, ſo daß ſie ſich ſchon lange vor der Revolution als eine
einzige Geſamtheit betrachteten mit gleichen Rechten und Pflichten.
Hinter ſich hatten ſie einen unermeßlichen freien Raum, der ihnen
gehörte, denn ſie, die Anſiedler, nicht etwa die engliſchen Soldaten,
hatten ihn erobert, von den Indianern gewonnen. Daran hatten
die Deutſchen den größten Anteil gehabt. Auch ihr Anteil an der
Behauptung und Verteidigung dieſes Gewinnes ſollte kein gerin-
gerer ſein.

76.

Im Kampfe um die Freiheit.

Am 4. Juli 1776 ſprachen die verſammelten Abgeordneten der
amerikaniſchen Staaten ihre Unabhängigkeit von England
aus und den Vorſatz, ſo wie das Recht, dieſe und die Menſchenrechte
im allgemeinen zu beſitzen und zu verteidigen: Ob nun unter den
Unterzeichnern dieſer Erklärung Deutſche ſich befanden oder nicht,
darauf kommt es nicht an. Es genügt zu wiſſen, daß die Deutſchen,
meiſt alte Soldaten, für die Verteidigung der Grundſätze, die in

derselben ausgesprochen sind, ebenso gute Dienste geleistet haben, wie anderen Nationen Angehörende, und daß die Deutschen verhältnis= mäßig eine stattliche Anzahl der besten Anführer in diesem Kriege lieferten. Unter diesen steht P e t e r M ü h l e n b e r g obenan. Wie sein ehrwürdiger Vater (Kap. 75) war er zur Zeit des Aus= bruchs des Krieges lutherischer Prediger und zwar unter den Deut= schen zu Woodstock im Shenandoah=Thale. Als viele noch sich be= dachten, da predigte Mühlenberg schon in der Kirche die Unabhängig= keit; und als der Krieg losging und sein Jagdgenosse in den Alleghenybergen, Georg Washington, ihn sogleich zum Obersten eines Regiments ernannte, daß er sich jedoch erst sammeln mußte, da nahm er, in voller Officiersuniform auf der Kanzel stehend, von seiner Gemeinde bewegten Abschied und rückte am anderen Tag ins Feld. Sein Regiment, das achte virginische, bestand ganz aus Deutschen und hieß deshalb auch nur „The German Regiment". Washington, die ganze Armee, so weit sie nicht von Neid und Schel= sucht beherrscht war, hielt die größten Stücke auf Mühlenberg: „Wenn man sich auf keinen verlassen könne, dann könne man es auf ihn und auf seine Deutschen"; und wenn es einen verwegenen Streich galt, nahm man die 8. Virginier, weil man auf sie fest vertrauen konnte. Das Regiment und sein Führer waren würdig des Dichter= wortes:

> „Wenn immer ihr die stolzen Helden,
> Die für die Freiheit kämpften, nennt,
> Laßt auch von Mühlenberg euch melden
> Und seinem deutschen Regiment."
>
>   W i l h e l m M ü l l e r.

Nach dem Kriege war Mühlenberg Kaufmann in Philadelphia, Stadt= und Staatsbeamter in Pennsylvanien, und Kongreßmit= glied; er starb im Jahre 1807.

In Pennsylvanien finden wir als Anführer rein deutscher Truppenteile die drei Brüder und Generäle J o s e p h, J o h a n n und D a n i e l H i e s t e r, die sich an der Spitze ihrer tapferen Landsleute großen Ruhm erwarben. Alle drei waren später Kongreßmitglieder, und Josef zuletzt Gouverneur von Pennsylvanien.

Im Süden zeichneten sich die d e u t s c h e n Generäle E l = b e r t, M a h e m und S c h r e b e n besonders aus.

Im Westen wurde der Hauptmann L e o n h a r d t H e l m berühmt. Im Jahre 1770 umzingelte der britische General Hamilton das Fort St. Vincennes. Die Besatzung desselben bestand aber nur aus Helm und einem Soldaten. Helm erschien auf dem Wall, stellte sich mit einer Zündstange neben ein Geschütz und frug die Engländer, unter welchen Bedingungen er das Fort übergeben könne. Hamilton gewährte der Besatzung freien Abzug. Wie ärgerte er sich aber, als er erfuhr, daß die ganze Besatzung nur zwei Mann stark war! Helm hielt überdies die siegreichen Engländer so lange im Fort hin, bis der amerikanische Oberst Clarke herangezogen kam und die Sieger gefangen nahm.

In New York zeichnete sich die pfälzer Familie H e r k h e i m e r vor vielen anderen, die hier nicht genannt werden können, aus. General N i k o l a u s H e r k h e i m e r und die Hauptleute H a n = j o s t und Georg H e r k h e i m e r waren die hervorragendsten Führer der heldenmütigen deutschen Milizen, welche in den Jahren 1777 und 1778 den von Canada aus eindringenden Engländern hartnäckigen und erfolgreichen Widerstand leisteten und nicht nur das Mohawk=Thal und die Schoharie=Gegend, sondern den ganzen nordöstlichen Teil von New York den Amerikanern erhielten. Am glänzendsten bewährte sich die Tapferkeit der deutschen Bauern und das Führertalent Herkheimers in der im Juni des Jahres 1777 an der Stelle, wo heute das Dorf Oriskany steht, mit 800 Mann gegen

eine bedeutende englische und indianische Uebermacht gelieferten
Schlacht, in Folge welcher nach den Worten Washingtons ein Um=
schwung in der Führung des ganzen Feldzuges eintrat. Freilich
fiel ein Viertel der Deutschen; Herkheimer selbst erlag einige Tage
nach der Schlacht seinen Wunden — aber das Thal und seine Be=
siedler waren gerettet und dem Vordringen der Engländer war Halt
geboten. Diese That schildert ein deutsch=amerikanischer Dichter,
Hermann von Wahlbe, in folgender Weise:

Der Held von Oriskany.

„Bringt her mir den Sattel von meinem Tier!
Bringt her ihn! — es fiel — und legt ihn mir
Dort an den Stamm der Eiche!" —
„Zum sichern Ort, Herr Kommandeur!
Sieh her, deine Wunde, sie blutet schwer!
Still dir dein Blut und weiche!" —

„Laßt bluten, laßt bluten! Da sorgt euch nicht!
Als Führer will schaun ich dem Feind ins Gesicht.
Laßt bluten! Nicht weich ich vom Orte." —
Treu hält er die Wacht mit zerschmettertem Bein,
Neu ordnend und lenkend der Kämpfenden Reihn,
Kühnblickend mit kräftigem Worte.

Noch wütet der Kampf, gewaltig die Wehr,
Rings knattern Gewehre, rings blitzet der Speer,
Da weichet der Feind in der Runde.
„Hurra!" Und Herkheimer in freudigem Stolz
Verläßt mit dem Heere das Schlachtfeld im Holz,
Und erbleichet, ein Opfer der Wunde.

Ein Sieg war's, den schufen nicht Zufall und Glück,
Den schufen der Mut und des Führers Geschick
Und Waffen in kernigen Fäusten.
Da hat auch des obersten Feldherrn Wort
Gerühmet den Mann, der's verstand an dem Ort
Solche Dienste dem Lande zu leisten.

Drum, wenn ihr hinfüro die Männer belobt,
Die wacker gewirkt, wo der Kampf getobt,
Wo's galt unser Banner zu schützen:
Den Helden, den Helden, vergesset ihn nicht,
Der blutend noch schaute dem Feind ins Gesicht
Und siegte mit deutschen Milizen! —

Aber auch solche, die, ohne in den Krieg zu ziehn, der guten
Sache nützten, befanden sich unter den Deutschen. Denken wir nur
an Christoph Ludvich, den philadelphiaer Bäckermeister,
der zu jener Zeit ein Vermögen von 3000 Pfund pennsylvanischer
Münze für die Freiheit seiner neuen Heimat opferte. Im Früh=
jahr 1777 wurde er Leiter der Feldbäckerei. Das war das Hunger=
jahr für die Amerikaner, und gar mancher Bäckermeister und Lie=
ferant würde damals sein Schäflein auf Kosten der Armee geschoren
haben. Ludwig aber lieferte, nicht wie sein Vorgänger ein Pfund
Brot für ein Pfund Mehl, sondern er sagte: „Was recht ist! 135
Pfund Brot für jede 100 Pfund Mehl." Mit dem Kriege ging aber
auch Ludwigs Vermögen zu Ende, geopfert für die amerikanischen
Freiheitskämpfer. Er war gänzlich verarmt; doch sein Fleiß brachte
ihn wieder empor und er starb wenigstens wohlhabend, achtzig Jahre
alt. Seiner Familie hinterließ er unter anderem eine alte deutsche
Münze in silberner Kapsel mit dem Wahrspruche: „Mag die Re=
ligion, der Fleiß und der Mut eines deutschen Vaters das Erbteil
seiner Kinder sein".

Wir gedenken jetzt noch der berühmten deutschen Führer und
Helden, welche nur des Freiheitskrieges halber aus Deutschland
herüberkamen, um ihr Können und ihr Leben der amerikanischen
Sache zu weihen.

Da waren es die Obersten von Glaßbeck und Michael
Rudolf im Süden; Major David Ziegler im Westen,
später der erste Bürgermeister von Cincinnati, die am häufigsten
genannt werden.

Diejenigen beiden Männer aber, welche nächst Washington von
allen Heerführern der amerikanischen Armee am meisten genützt
haben, waren Baron Johannes de Kalb, ein Süd-
deutscher in französischen Diensten, der 1777 mit Lafayette herüberkam und alsbald amerikanischer Generalmajor wurde, und
Friedrich Wilhelm von Steuben, ein Preuße von
Geburt und ehemaliger Oberst im siebenjährigen Kriege, der gleichfalls 1777 hier ankam und dem Kongreß seine Dienste anbot zu
einer Zeit, wo es sehr schlecht um das Heer und um das ganze Land
stand, so daß man gerne seine Dienste annahm und ihn zum Generalinspektor des Heeres machte. Diese beiden Männer haben nicht nur
aus den regellosen amerikanischen Truppen ein kriegstüchtiges Heer
geschaffen, sondern sie haben auch, jeder an seinem Platze, trotz der
kleinlichen Eifersucht, mit der man sie verfolgte, die Amerikaner zu
Siegen geführt. Es unterliegt keinem Zweifel, daß die Pläne zu den
erfolgreichsten Operationen größtenteils von ihnen ausgingen.

General de Kalb fiel, wie ein Löwe fechtend, im Jahre
1780 in der gegen seinen Rat von Gates gelieferten unglücklichen
Schlacht von Camden, aus elf Wunden blutend in die Hände der
Engländer und hauchte drei Tage darauf seinen Geist aus. Sein
Gedächtnis wurde von den Bürgern von Camden und dem Staate
Süd-Carolina durch Monumente geehrt. Auch der Congreß be-
schloß, ihm ein Denkmal zu setzen. Es ist aber bis heute noch nicht
geschehen. Sonderbar ist es, daß, außer Washington, gerade die
Deutschen De Kalb und Herkheimer die einzigen Helden aus jener
Zeit sind, denen der Congreß Denkmale votiert, aber niemals ge-
setzt hat.

General von Steuben, der Organisator der amerikanischen Armee, focht auch persönlich in den meisten Schlachten mit
und erwarb sich Washingtons Vertrauen in so hohem Grade, daß

dieser den Congreß dahin brachte, die Stellung eines General=
inspektors beinahe ganz unabhängig zu machen, einzig um Steuben
zum Dableiben zu vermögen. Die kunstgerechte Belagerung von
Yorktown und die Uebergabe des englischen Heeres waren Steubens
Verdienst. Ihn unterstützte Mühlenberg durch sein unwiderstehliches
Stürmen. Zwei Deutsche waren es also, die diesen letzten Haupt=
schlag des Krieges ausführten. Auch dies anerkannte Washington,
indem er, trotz Widerreden französischer und amerikanischer Gene=
räle, Steuben im Befehle der amerikanischen Truppen beließ, bis
Cornwallis sich ihm ergeben hatte. Drei Jahre lang blieb Steuben
nach dem Kriege Generalinspektor der Armee. Dann zog er sich auf
sein Landgut Utica im Staate New York zurück, wo er im Jahre
1794 hoch geehrt und allgemein betrauert starb. Er war ein Edel=
mann im vollen Sinne des Wortes, stolz, ruhig, aber freundlich und
offen — ein ebenso großer Bürger, wie früherer Krieger. Seine
Verdienste um das Land werden heute von niemandem mehr ver=
kannt, vielmehr, allgemeiner vielleicht als die aller anderen Helden
aus jener Zeit, voll und ganz gewürdigt.

Daß Washington eine d e u t s ch e L e i b w a ch e hatte —
ein Schritt, zu dem er sich durch Unzuverläßigkeiten und Unbot=
mäßigkeiten der amerikanischen Soldaten genötigt sah — wird selten
erwähnt, ist aber nichtsdestoweniger geschichtlich genau erwiesen. Die
Musterrolle dieser deutschen Elitetruppe befindet sich in den Archiven
des Kriegsministeriums zu Washington City.

So haben denn die Deutschen redlich und brav ihren Anteil
gehabt an der Freimachung Nord=Amerikas aus dem englischen Joche
und ihre ererbte, angeborene Kriegstüchtigkeit auch auf diesem
Ehrenfelde zur Genüge bewiesen. Lange Zeit hindurch ging, oder
führte man unsere Jugend achtlos an dieser Thatsache vorüber.
Heute weiß sie es besser; soll es auch wissen lernen, daß nicht nur

hochstehende Führer unter ben beutschen Helben sich bes fortbauern=
ben Anbenkens ihrer Nachkommen erfreuen, sonbern auch niebrige
Solbaten in bescheibenen Stellungen, aber voll ber höchsten Opfer=
fähigkeit unb Vaterlanbsliebe, von ber D r. G u st a v B r ü h l von
Cincinnati ein Beispiel besingt:

Der Held von Fort Moultrie.

Herbei ihr Knaben von beutschem Blut,
Ich sing euch ein Liedchen von Jaspers Mut,
Des wackeren Helben, bes Recken.
Laßt brüben sie rühmen am kosigen Herb
Die heimischen Ritter vom Geiste unb Schwert,
Ich singe von unseren Recken.

Ein Häuflein Rekruten bie einzige Macht,
Die auf Moultrie bie Thore bes Hafens bewacht
Gen bie feinblichen Riesengeschosse.
Es speien Verberben nach rechts unb links
Arctäon unb Bristol, Syrene unb Sphinx,
Die schwimmenben Festungskolosse.

Nicht achtet ber Bomben bie mutige Schar,
Nicht scheuen bie Tapferen Tob unb Gefahr,
Gern weihn sie ber Freiheit ihr Leben.
Unb küsset auch Mancher ben blutigen Grund,
So mahnt boch bie Streiter ber Sterbenben Munb,
Sich nimmer bem Feind zu ergeben.

Noch weht bie Fahne stolz auf bem Wall
Im bichten, vernichtenben Kugelgeprall
Zum Trotze unb Spotte ber Britten,
Da schmettert ben Schaft eine Bombe entzwei,
Laut schallt von ben Schiffen ein Jubelgeschrei,
Als wäre ber Sieg schon erstritten.

Da ruft begeistert ein junger Sergeant,
Ein tapferer Sprosse vom Rheinhessenlanb:
„Ich hole bie Fahne uns wieber!"
Wie bie Steppe burcheilt bie Gazelle behend,
So eilt er leichtfüßig vom Schanzengelänb
Im mörbrischen Hagel hernieber.

Gott hütet den Kühnen mit schützender Hand,
Er kehrt unversehrt mit dem teueren Pfand,
Läßt lustig im Walde es flattern
Und hißt es umjauchzet am Ladstock empor:
„Nun speiset mit glühenden Kugeln das Rohr,
Zum rächenden Gruß den Gevattern.

Ha träf' eine Bombe das Pulvergemach,
Verstummte das Feuer, das feindliche, jach;
Herr, schärfe mein Auge beim Richten!"
Es blitzt. Die Kugel mit leuchtendem Schein
Fährt stracks in die Kammer des Bristol hinein:
Ein Krachen, ein wildes Vernichten.

Bald sprüht's auf den Schiffen an Segel und Mast,
Die fliehen noch können, entweichen mit Hast,
Da drohend sie Flammen umlecken.
Der Tag ist gewonnen, den Britten zum Hohn
Die Freiheit gerettet. Hoch Deutschlands Sohn,
Hoch Jasper, dem wackeren Recken!

Stolz raget sein Denkmal am Meeresstrand,
Ihm setzt' es sein neues Heimatland,
Die Heimat der Freien und Helden.
Doch giebt keine dankende Inschrift kund,
Daß seine Wiege am Rheine stund,
Drum soll es mein Lied euch vermelden.

So bekannt ist die That Moll Pitchers, der deutschen Soldaten=
frau aus dem Neckarlande, daß es sich kaum lohnen dürfte, an dieser
Stelle dieselbe nochmals zu erzählen oder B r ü h l s bekanntes schönes
Gedicht auf die Heldin zu wiederholen. Nur den Schluß desselben
wollen wir uns nochmals einprägen:

„Hurra für Mollie!" Die Kampflust erwacht,
Die Fliehenden kehren, es blitzet und kracht,
Bald weichen der Stürmer Kolonnen,
Und Washington rückt mit der Nachhut heran:
„Hurra!" — Ein deutsches Weib hat's gethan,
Die Schlacht von Monmouth gewonnen."

Und noch ein anderes Mädchen deutscher Abkunft, Elisa=
beth Zane (Zahn), verrichtete im Jahre 1777 während der Bela=
gerung des Forts Henry am Ohio, dort wo heute die Stadt Whee=
ling liegt, eine Heldenthat, welche der deutsch=amerikanische Dichter
H. H. Fick folgendermaßen besungen hat:

Das Mädchen von Fort Henry.

„Die roten Teufel nahn dem Fort,
Vom weißen Schuft geführet;
Schnell! Räumt die off'ne Siedlung dort,
Bringt Weib und Kind an sichern Ort!"
    Der Oberst kommandieret.

„Was faselt von dem brit'schen Schutz
Uns Girty, der Verräter?
Wir bieten der Belag'rung Trutz,
So lang die Waffen etwas nutz;
    Fluch sei dem Attentäter!"

Die Horde stürmt, doch Schuß auf Schuß
Kracht ihr gar scharf entgegen,
Und manche tück'sche Rothaut muß
Sich bei der Kugel herbem Kuß
    Im Tode niederlegen.

Doch weh! „An Zündkraut es gebricht,
Bald wird der Vorrat enden!"
Voll Angst der Kommandant es spricht;
„Wird schnell uns frische Zufuhr nicht,
    Sind wir in Feindeshänden.

„Zwar liegt, wo dort die Mauern stehn,
Ein Fäßchen noch versteckt,
Doch müßt' dem Tod ins Auge sehn,
Wer aus dem Thore wollte gehn,
    Wenn ihn der Feind entdeckt."

Ein Mädchen hört's; sie ruft geschwind:
„Laßt mich nur dafür sorgen!"
Sie stürzt hinaus flink wie der Wind,
Und eh' der Feind sich recht besinnt,
    Hat's Pulver sie geborgen.

Sie trägt zurück in flücht'gem Lauf
Den Schatz, so hochwillkommen.
Nun blitzt das Feuer wieder auf,
Und wie auch tobt der Wilden Hauf,
    Das Fort wird nicht genommen.

Die Maid, sie war von deutschem Blut,
Das sei von uns ermessen.
Wohl opfern Männer Leib und Gut,
Doch auch des Weibes Heldenmut
    Werd' nimmermehr vergessen.

77.

Die Dreißiger und die Achtundvierziger.

Die Zeit der napoleonischen Kriege und die Befreiungskämpfe
Deutschlands führten natürlicherweise eine bedeutende Ver=
minderung der Einwanderung von Deutschen hierzulande herbei.
Dem Streite fürs Vaterland entzieht sich kein Deutscher.

Kaum zeigte es sich aber nach der Neugestaltung Deutschlands
zu einem „Deutschen Bunde", daß die großen schweren Opfer, welche
das Volk gebracht hatte, nicht ihm zu gute kommen und die ver=
sprochenen Freiheiten bloße Versprechungen bleiben sollten, da be=
gann ein neuer Strom von Auswanderern sich, befruchtend wie der
Golfstrom, über den Ozean nach dem neugeschaffenen Heim der un=
verkürzten Menschenrechte zu ergießen. Zwar fanden die drüben in
ihren heiligsten Hoffnungen Getäuschten hier auch nicht alles voll=
kommen und ihren Erwartungen entsprechend, denn der Uebergang
vom Alten zum Neuen war noch nicht vollendet. Doch aber gab es
hier Ellbogenraum, Arbeit für die Fleißigen, Gedanken= und Rede=
freiheit für alle. Da kamen die Ritter vom Geiste, vom Pflug und

vom Hammer; und für jeden der bereit war, von seiner Kraft und
seinem Wissen den rechten Gebrauch zu machen und sie, wenn nötig,
gegen einander einzutauschen, gab es Verwendung und gebührenden
Verdienst. So mancher ging unter, nicht immer unverdient, auch
nicht immer durch eigene Schuld; die dem allmächtigen Dollar nach=
jagende Meute ging achtlos über die am Wege Gefallenen hinweg,
und nichts kündet in gar vielen Fällen wie und wo sie fielen.

So kamen sie denn, die deutschen Rechtsgelehrten, Aerzte,
Lehrer, Geistlichen, Zeitungsschreiber, um ihren Ständen die Bahn
zu brechen für das Erklimmen der hohen Stufen, die sie heute ein=
nehmen. Und die fleißigen Landleute kamen, um ausgedehnte
Wüsteneien oder Urwaldstrecken, jungfräulich=fruchtbaren Bodens
allerdings, in kurzer Zeit in Paradiese umzuschaffen. Und das
Kleinhandwerk kam und der klug=sparsame Kleinhandel, und die
Bergleute, und Weber, Drucker und Baukundige. Es kam jedes
Handwerk, jede Kunst, jede Wissenschaft in vollgiltigen zielbewußten
Vertretern und in hervorragenden Größen, die sich in kurzer Zeit
irgendwie geltend machen konnten.

Da war F r a n z L i e b e r aus Berlin, ein verdienter Rechts=
gelehrter und Schriftsteller, Dichter und Redner; Professor der Ge=
schichte und Staatswissenschaft zu Columbia in Südcarolina und
New York; Agitator für die Abschaffung der Negersklaverei. Seine
englisch verfaßten Hauptwerke über Socialpolitik und Rechtswissen=
schaft waren so wertvoll, daß Männer wie Holtzendorff, Mitter=
maier, Thiebaut, es nicht unter ihrer Würde achteten, dieselben ins
Deutsche zu übertragen. Dieser hochverdiente „Dreißiger" starb
im Jahre 1872 zu New York.

Gleichzeitig mit Lieber wirkten hier die Brüder P a u l und
K a r l F o l l e n, Opfer politischer Verdächtigungen in ihrem
hessischen Geburtsstaate, die hier als Juristen, Sprachlehrer, Litte=

raten und, Paul, zuletzt als Farmer wirkten und lebten. Es ist
besonders ihnen mit der erste Anstoß zur Einführung des deutschen
Turnens in diesem Lande zu verdanken.

Eine eigentümliche Erscheinung jener Jahre waren die ver=
schiedenen deutschen religiös=socialen „Gemeinden“, welche hier Nie=
derlassungen gründeten, teils von sehr kurzzeitigem und teils von
festem Bestande. Darunter nahmen die schwäbischen „R a p =
p i ſt e n“, Kommunisten und religiöse Schwärmer in Pennsylvanien,
eine hervorragende Stelle ein und haben es zu großem Wohlstande
gebracht, der schließlich doch dem Lande zu gute kommen muß, wenn
in Folge der eingeführten Ehelosigkeit diese fleißige und sehr wohl=
habende Gemeinde zerfällt. Aber auch jene kommunistischen Genoſſen=
schaften, die von vorneherein dem Untergange geweiht waren, hatten
ihr Gutes. Ihre Auflösung gab dem Lande gar manche intelligente,
fleißige Leute, die, auf eigene Füße gestellt, gute Bürger wurden.

Nicht beſſer als diesen Gemeinden erging es verdientermaßen
allen Gesellschaften, die in Deutschland gebildet und hierher geführt
wurden, um in diesem freien Lande ausschließlich deutsche Nieder=
laſſungen zu gründen, deutsche Kleinstaaten. Diese Leute begriffen
weder die amerikanischen Institutionen, noch die eben erstehende junge
Nation. Die nimmt alle auf, aber alle müſſen in ihr aufgehen. Alle
müſſen Amerikaner werden, und können es werden, ohne darum ihre
Stammesart und Sprache — sei es die deutsche, französische oder
spanische — aufzugeben. Nicht alle deutschen Einwanderer jener
Jahre sahen das ein, sondern trugen sich, zu ihrem eigenen Scha=
den, mit allerlei Ideen von Germanisierung Amerikas und noch
Seltsamerem oft, bis sie schließlich fanden, sich schmählich geirrt oder
an der Nase herumführen gelaſſen zu haben.

Andere deutsche Vereine zur Hebung, Verbreitung und Erhal=
tung der deutschen Sprache und Bildung, zur Errichtung deutscher

Wohlthätigkeitsanstalten, Schulen, Waisenhäuser, Bibliotheken u. dgl. waren sehr lobenswert und haben äußerst viel Gutes gestiftet. Ebenso die Gesang=, Turn= und Kriegervereine, wo deutsches Wesen gepflegt wird. Dieselben sind denn auch Vorbilder geworden für die Anglo=Amerikaner, bei denen sich der Gesang, die Leibesübungen, die Kunst im Allgemeinen, nach deutschen Mustern, auffallend schnell eingebürgert hat.

Einen bedeutsamen Faktor in der Erhaltung und Ausbreitung der deutschen Sprache und Gesittung bilden auch die deutschen Kirchen und Gemeinde=Schulen. Viele Tausende derselben sind über das ganze Land zerstreut. In mustergültigen Seminarien und höheren Schulen werden Geistliche und Lehrer vorgebildet, deren Predigt und Unterricht freilich in erster Linie der Erhaltung der Religion, in zweiter aber auch der Pflege der deutschen Sprache und des deutschen Wesens zugute kommen. Die deutschen Kirchen und Gemeinden Amerikas zählen eine ganze Reihe glaubenstreuer, geistig hoch begabter Männer zu den Ihren. Auch die kirchliche Litteratur ist durch Deutsch=Amerikaner wesentlich gefördert worden.

Nun begann auch die deutsche Presse, das deutsche Zeitungswe= sen, die D e u t s c h a m e r i k a n i s c h e L i t t e r a t u r sich zu regen, die ja, wie wir bereits gesehen haben, schon gegen das Ende des siebenzehnten Jahrhunderts ihren Anfang nahm und in dem wackeren Germantowner Pastorius ihren ersten Vertreter hatte. An gewissen Orten — New York, Philadelphia, Cincinnati, St. Louis, u. s. w. — entwickelte sich diese Seite der deutsch=amerikanischen Kul= tur besonders stark und nachhaltig und hatte u. a. hauptsächlich die Folge, daß der Unterricht in der deutschen Sprache auf Staats= und Stadt=Kosten in den öffentlichen Schulen allda gesetzlich eingeführt wurde. Der Westen wurde nunmehr zusehends der Haupthort des Deutschtums in Amerika, insoweit es auf fortwährende Agitation

unb von Sichrebenmachens babei viel ankommt. Es wären ba viele
Männer zu nennen; boch war ihr Wirken bennoch etwas zu lokaler
Art, nicht so eingreifend in bie Geschicke bes Lanbes, baß wir an
bieser Stelle auch nur beginnen könnten Namen anzuführen. Es
muß genügen, zu wissen, baß ihr Einfluß in ben meisten Fällen ein
günstiger unb nachhaltiger war.

Hier unb ba traten Unternehmungen unb Männer in ben Vor=
bergrunb, bie von ben Umstänben besonbers begünstigt ober schwer
getroffen, burch ihr Glück ober ihren Untergang bleibenbe Einbrücke
hinterlassen haben. Zu biesen gehört unter anberen ber Babenser
J o h a n n H e i n r i c h S u t t e r , ber nach einem mehr ober weni=
ger abenteuerlichen Vorleben im Jahre 1839 in bem mexikanischen
Californien lanbete, bie Erlaubnis erhielt, am Sakramentoflusse
eine Kolonie zu grünben, sehr viel bazu beitrug, baß Californien
währenb bes mexikanischen Krieges ben Vereinigten Staaten zufiel,
im Jahre 1848 bas Glück ober vielmehr bas Unglück hatte, auf sei=
nem Grunb unb Boben bas Golb entbeckt zu sehen, burch biesen
Glücksfall sein ganzes großes Besitztum an Lanb verlor unb schließ=
lich als Pensionär ber Regierung so zu sagen in Armut starb, wäh=
renb auf seinem früheren Eigentum anbere unermeßliche Schätze an
Golb hoben.

Ein eigentümliches, beinahe vermessen zu nennenbes Beginnen
war bie Bilbung bes D e u t s c h e n A b e l s v e r e i n im Jahre
1844. Derselbe, eine Grünbung von beutschen Fürsten unb Stan=
besherren, bezweckte sonberbarer Weise etwas ganz Aussichtsloses
unb Ungesunbes. In Texas, bem kaum ber Freiheit gewonnenen
riesigen Lanbe, ba wollte man eine beutsche Aristokratenwirtschaft
grünben, politischen Einfluß in einer Republik sich sichern auf
monarchischer Grunblage, Männer, bie bas Gemeinwesen burch ihre
Arbeit erhalten sollten, burch einen ober einzelne von oben herab

regieren — lauter Dinge, die von vorneherein unmöglich waren.
Selbstverständlich zerfiel die Sache, die herübergelockten Bauern,
Arbeiter, Handwerker, Lehrer und Gebildete jeder Art aber zerstreu=
ten sich über das weite herrliche Land, oft unter unglaublichen Müh=
salen, ließen sich einzeln oder zusammen nieder, gründeten schöne
deutsche Orte, wie z. B. Neu=Braunfels, Fredericksburg u. a., wo
heute noch gute Amerikaner ihre deutsche Eigenart bewahren. Auch
so mancher Adelige, der herüberkam, um hier den Lehensherren zu
spielen, mußte sich eines Anderen besinnen, wenn er nicht gänzlich
untergehen wollte, mußte Landmann werden, Kaufmann, Arbeiter
— und so entstand in Texas jene höchst ehrenwerte, fein gebildete
Klasse, die man die „Barone" nannte und noch nennt, welche, in
manchen Beziehungen noch in alten Vorurteilen befangen, gewissen
texanischen Ortschaften und Städten einen verfeinerten, aristokrati=
schen Anstrich geben, nicht immer zum Nachteile derselben.   Die
Grafen Schulenburg, Solms, Meysenbuch und andere sind würdige
Vertreter dieser Bevölkerungsklasse, die keinem Deutschen und keinem
Amerikaner im Lande an Ehrenhaftigkeit und Vaterlandsliebe nach=
stehen.

Nun kam der mexikanische Krieg und die Okkupierung von
Californien, Arizona, New Mexiko und Oregon. Auch bei dieser
Gelegenheit haben viele Deutsche sich ausgezeichnet als Oberste, Ma=
jore, Hauptleute von Freiwilligen = Truppenteilen, und hat es
mancher junge deutsche Soldat in Folge seiner Bildung und seiner
darauf beruhenden Führung zum Officier in der regulären Armee
gebracht, dem bald genug der Weg offen lag zu höheren Posten.

Wie wir des „lutherischen Patriarchen Mühlenberg (Kap. 75)
erwähnt haben, so müssen wir jetzt auch einen anderen sehr verdienst=
vollen deutschtümlichen Mann nennen, „Bruder" Wilhelm
Nast, den Stifter des deutschen Methodismus, dieses an Anzahl

stetig zunehmenden Zweiges einer englischen Religionsgemeinschaft, der gar manchen Deutsch-Amerikaner in Treuen bei der deutschen Sprache und Sitte ausharren läßt. Nast ist nach langem segensrei= chen Wirken am Schlusse des 19ten Jahrhunderts gestorben. Aus= gezeichnete Redner, Schriftsteller, Gelehrte und Lehrer besonders höherer Anstalten finden wir auch unter der deutschen katholischen Geistlichkeit, die im Großen und Ganzen sich ihre Deutschtümlichkeit zu wahren gewußt hat trotz des sie sowohl wie die israelitischen Rabbiner von den Protestanten bedeutend unterscheidenden kosmopo= litischen Charakters ihres Amtes.

Goethe sagte einmal: „Die Deutschen streiten sich darüber, wer, Schiller oder ich, der größere Dichter sei. Sie sollten lieber froh sein, zwei solche Kerle, wie wir sind, zu haben." Man erinnert sich an diesen kernigen, aber treffenden Ausspruch oft angesichts der wirklich nutzlosen Streitereien darüber, ob die „Dreißiger" oder die „Achtundvierziger" dem Lande Amerika mehr Vorteil gebracht haben. Unendliche Vorteile haben sie diesem Lande gebracht, die vielen Tau= sende und Hunderttausende von Deutschen, welche seit dem Beginne der deutschen Bundesregierung 1815 bis zum Bürgerkriege von 1860 herüberkamen. „Dreißiger" nennen wir sie bis etwa 1846, „Acht= undvierziger" nach dieser Zeit. Da scheint es denn doch ganz natürlich, sich daran zu erinnern, daß die Achtundvierziger drüben dasjenige teilweise verwirklicht gesehen und erlebt hatten, was die Dreißiger ersehnten und anstrebten, das Sehnen und Streben vielfach mit dem Verluste ihrer Freiheit, mit Verbannung schwer büßend. Parla= mentarisches Leben, teilweise Preßfreiheit, Versammlungsrecht, Schwurgerichte, Barrikadenkämpfe, kurzlebige republikanische Volks= regierungen, Kriegszüge gegen neidische Nachbarn, Standrecht, Einzelhaft und gar manches andere hatten die Achtundvierziger, jung wie alt, mehr oder weniger durchgemacht, ehe sie, viele Schiffs=

labungen voll, aus allen Nordseehäfen herüberströmten, des
Wunsches voll, nicht nur für sich persönlich eine bessere Zukunft
schaffen, sondern auch dem neuen Vaterlande ihre Kräfte nach
irgend einer Richtung hin weihen zu können. Wenn sie auch nicht
alle sich verwirklichten, diese Ideale — die Saat ward doch ausge=
worfen, und nicht alles fiel auf unfruchtbaren Boden. Und erst die
Landleute, die Ritter von der Scholle, die zu 10, zu 20, zu 30 Tau=
senden auf einmal oder kurz nach einander in das große Land im
Westen strömten — nach Ohio, Illinois, Michigan, Wisconsin, ja nach
Oregon — immer hinter dem rastlos weiter ziehenden Yankee her,
seine Ländereien neu bepflanzend und zu wahren Paradiesen um=
schaffend. Ganze Territorien haben die Achtundvierziger wie mit
stürmender Hand eingenommen, bevölkert, zu Staaten gemacht,
wahre und treue Horte deutscher Sitte, Sprache und Bildung,
dabei aber gut und echt amerikanisch allewege. Das sollte sich gar
bald ganz und voll bewahrheiten, und da wird sich auch Gelegenheit
bieten zu näherer Erwähnung der Hauptrepräsentanten der Achtund=
vierziger = Zeit.

78.

Der Bürgerkrieg.

Franz Lieber (Kap. 77) sowohl wie die Brüder Fol=
len und andere hervorragende „Dreißiger" hatten—würdige
Nachfolger eines Pastorius — in Schrift und Wort für die Abschaf=
fung der Sklaverei gekämpft. Männer wie Lincoln, Summer und
andere wußten die Verdienste dieser ihrer deutsch=amerikanischen
Gesinnungsgenossen wohl zu würdigen. Hunderte von Achtund=
vierzigern aber griffen im Jahre 1861 zu den Waffen für jeden
einzelnen dieser Dreißiger, die beim Ausbruche des Bürgerkrieges

nicht mehr im Leben ober bereits zu alt waren für aktiven Dienſt im
Felde. Waren ihre Verdienſte barum geringer? Mit nichten! Wie
ſtanb es nun mit den Deutſchen im Bürgerkriege?

Am 15. April 1861 erließ Präſibent Lincoln ſeinen Aufruf für
75,000 Mann freiwilliger Truppen. Drei Tage ſpäter ſtanb z. B.
in Cincinnati, Ohio, bas Erſte Deutſche Regiment von Ohio, „Die
Neuner", 1100 Mann ſtark, zum Ausmarſche bereit. Der Exerzier=
meiſter bieſes ganz unb gar aus Deutſchen unb Deutſch=Amerikanern
beſtehenden Regimentes — ber Oberſt McCook war ber einzige Nicht=
Deutſche — war ber vormalige preußiſche Artillerie=Officier unb
Acht= unb Neununbvierziger Freiſcharenführer A u g u ſt W i l l i ch
ber wegen ſeiner Umſicht unb Tapferkeit im ganzen amerikaniſchen
Bunbes=Heere hochgeſchätzte ſpätere Generalmajor.

Ebenſo ſchnell ſammelten ſich in New York, Michigan, Wisconſin
u. ſ. w. Deutſche regimenterweiſe um beutſche Führer, neununb=
vierziger Officiere.

Am 5. Juli 1861 erfocht ber beutſche Oberſt F r a n z S i g e í,
ber geweſene babiſche Heerführer im Jahre 1849, ben erſten Sieg ber
Unionstruppen im Weſten bes Lanbes, bei Carthage, Miſſouri. Auch
bieſer äußerſt geſchickte Krieger erwarb ſich große Verbienſte während
bes Bürgerkrieges unb erkämpfte ſich ben Rang eines Generalmajors.

Wer könnte, wer wollte ſie alle nennen die beutſchen Generäle
unb Oberſten rein beutſcher ſowohl wie gemiſchter Regimenter unb
Brigaben? Wo fänbe man Zeit unb Raum, die vielen, echt beutſchen
Geiſt unb echt beutſche Pflichttreue atmenben Epiſoben wiederzu=
geben, die noch heute, nach vierzig Jahren, die nimmer erlöſchenbe
ibeale Sinnesart ber Deutſchen kennzeichnen? Wenn u. a. ber
beutſche Oberſt B e r n h a r b L a i b o l b t bes rein beutſchen 2.
Miſſouri (Turner=) Regiments im Jahre 1864 mit ſeinen 1000
Mann bas Stäbtchen Dalton in Tenneſſee gegen 6000 Rebellen=

Kavalleriften unter General Wheeler erfolgreich verteidigt, alle Vor=
fchläge auf Uebergabe ftandhaft zurückweift und zuletzt dem Rebellen=
General, der „ihn gerne fprechen möchte", einfach fagen läßt:
„Komm' und hole mich!", fo ift das ein Ausfpruch, welcher dem
bekannten Leonidas'fchen würdig zur Seite geftellt werden kann.

Man muß die offizielle Gefchichte des Bürgerkrieges genau lefen,
um fich eine richtige Vorftellung machen zu können von der großen
Menge verdienftvoller Führer deutfcher Nationalität oder Abftam=
mung, die fich unter den Unionsbannern Ruhm und Ehre erwarben.
Man muß ferner in Anfchlag bringen, daß die Deutfchen nach Maß=
gabe ihrer Kopfzahl, gut 60,000 Mann über ihre Quote — 188,000
Mann ftatt 128,000 — für den Kampf ftellten, und daß diefe Leute
fich überall, wo fie ftanden und ftritten, unabänderlich ausgezeichnet
fchlugen. Man muß unter anderem die Gefchichte der Schlacht bei
Chancellorsville genau kennen lernen und alles, was die feitherigen
Unterfuchungen darüber zu Tage gefördert haben, um zu verftehen
und zu wiffen, daß alles, was da über die Haltung des General=
majors K a r l   S c h u r z, über General   S c h i m m e l p f e n =
n i g, über Oberft   F r i e d r i c h   H e c k e r gefafelt worden ift,
weiter nichts war als neidifche, böswillige Verleumdung, wie fie den
Deutfchen früher oft fchon, und feither nicht felten wieder, zugefügt
worden find.

Wir können uns da an einen Ausfpruch eines der deutfchen
Streiter aus jenen Jahren, Hauptmann   W i l h e l m   B o c k e von
Chicago, halten: „Während des ganzen Krieges haben die Deutfch=
Amerikaner in der Erfüllung ihrer heiligften Pflichten mit ihren
eingeborenen amerikanifchen Mitbürgern im edelften Wetteifer
geftanden, und fich an deren Seite als Soldaten glänzend ausge=
zeichnet."

Der deutfche Soldat in Amerika kann gar nicht zu ftolz fein;

er hat dazu das vollkommenste Recht. Sogar der Zufall, oder die Vorsehung, wenn man will, schien da mitzuwirken: Deutsche Heer= führer waren es, die Generäle S ch i m m e l p f e n n i g und W e i h e l, welche an der Spitze ihrer Abteilungen zuerst in dem Geburtsorte der Rebellion, Charleston, sowohl, wie in ihrem Haupt= sitze, Richmond, einrückten. Sie müssen diese Auszeichnung doch wohl vor allen anderen so sehr verdient haben, daß man sie ihnen gewähren mußte — sonst würde es nimmer geschehen sein.

Da war es denn natürlich, daß dem Treiben der Knownothings, Nativisten, Jingoes und wie sie alle heißen, die kurzsichtigen, mit der Geschichte Amerikas nur sehr oberflächlich bekannten Leute, nach dem Kriege auch von Seiten gebildeter Amerikaner Halt geboten wurde. Die Deutschen erhielten von den Ehren, welche den Unions=Kriegern gezollt wurden, den ihnen zukommenden Anteil. Dennoch darf nicht aus dem Auge verloren werden, daß die Ereig= nisse, welche während des Bürgerkrieges sowohl, wie unmittelbar nach demselben in Deutschland sich abspielten — der dänische Krieg 1864 (Kap. 64), die Gründung des Norddeutschen Bundes (Kap. 65) und die Errichtung des neuen deutschen Reiches (Kap. 68) — die letzten und hauptsächlichsten Ursachen waren, welche hierzulande, wie in der ganzen Welt, in der Stellung der Deutschen die große Aende= rung zum Besseren bewirkten, deren wir uns heutzutage erfreuen. Erst durch diese wurde es vor allen den Deutsch=Amerikanern möglich, ganz und voll ebenbürtig mit anderen Nationalitäten des großen Landes, für dessen Wohl sie sich immer geopfert haben, dazustehen und nicht nur ihrer Pflichten als Amerikaner mit glänzendem Erfolge sich zu erledigen, sondern auch zu sorgen, daß ihnen die daraus erwachsenden Rechte ungeschmälert gewahrt bleiben; daß sie geachtet und geehrt werden nach ihren nicht mehr angezweifelten oder unbe= achteten Verdiensten; daß viele von ihnen zu hohen, einzelne zu den höchsten Stellungen sich emporschwingen konnten, die dieses Land, die Präsidentenwürde allein ausgenommen, seinen deren würdig befundenen Bürgern verleihen kann. Sie haben diese Würden mit Ehren und zum Frommen des Landes und des Volkes bekleidet.

„Komm' und hole mich!"

Noch tobt unentschieden der Bürgerkrieg,
Den gestern Geschlagnen blüht heute der Sieg.

Sherman beginnt gen Atlanta den Zug,
Der bracht' den Rebellen des Leids genug.

Im Staat Tennessee bei Dalton, der Stadt,
Aufs neu deutsche Treu' sich bewähret hat.

Missouri's Mannen mit Herzen wie Gold,
Turner ein Tausend und Oberst Laiboldt,

Die hielten dort stand gegen Wheelers Heer,
Sechstausend Reiter in furchtbarer Wehr.

Voll Staunen schickt und voll Unmut zumal
Nach jedem Sturm Boten der General.

Die Boten reiten zum Obersten hin,
Ihm zu wenden den starren Heldensinn.

Umsonst, wie das Stürmen, das Reden war,
Nicht denkt ans Ergeben der Deutschen Schar.

Zuletzt mahnt den Führer des Boten Mund:
„Mein General möcht' Dich sprechen zur Stund!"

Da sagt der Oberst: „Zu Deinem Herrn sprich,
Er möge nur kommen und holen mich!"

Wheeler vernimmt's und ruft: „Größer fürwahr
Leonidas nicht, der Sparterheld, war!"

Bald von Chattanooga nahet Entsatz,
Des Südens Macht weicht unwillig vom Platz.

Obrist Bernhard Laiboldt, er hält das Feld
Mit den deutschen Turnern, jeder ein Held. —

Mit Ruhm wird das Regiment noch genannt,
Als „Zweites Missouri" ist es bekannt.

C. Grebner.

79.

Der Lebende hat recht.

Deutschland hatte im Jahre 1871 seine Neugestaltung vollendet. Groß, siegreich und mächtig stand es da unter den Völkern der Erbe. Wie mit Zauberschlag erschien die deutsche Flagge, das schwarz=weiß=rote Banner, auf allen Meeren, und eine mächtige Kauffarteiflotte vermittelte den überseeischen Handel des neuerstande= nen deutschen Reiches. Besonders Amerika fühlte das Dasein dieser Flotte, und es könnte noch heute ohne dieselbe seine Ein= und Aus= fuhr, ja sogar seinen eigenen Küstenhandel, nicht bewältigen. Der langsam aber stetig sich hebende Wohlstand des deutschen Volkes hatte bei diesem ein allgemeines Wohlbehagen und ein Bewußtsein der Zugehörigkeit zu einem überall hoch angesehenen Staatswesen zur Folge. Das kurz vorher noch vorherrschende Verlangen und Sehnen nach auswärts zu suchenden besseren Verhältnissen fand daher wenig Raum mehr in den Herzen vaterlandsliebender Deutscher. Die Auswanderung nach anderen Ländern und Weltteilen nahm sehr bedeutend ab, und auch Amerika fühlte diese Veränderung. Sehr viele hier ansässige Deutsche wanderten sogar damals aus, um sich in ihrer alten Heimat wieder niederzulassen.

Da hatten denn diejenigen, welche hier blieben, sowohl, wie auch die, welche, mit hinlänglichen Mitteln versehen oder mit besondern Kenntnissen und Fertigkeiten ausgerüstet, damals hier ankamen, vollauf Gelegenheit, sich nach allen Richtungen hin fühlbar zu machen. Das amerikanische Volk, insoweit die Verständigen und Denkenden in Betracht kommen, erkannte denn auch diesen Um= schwung der Dinge gerne an. Die Deutschen und Deutsch= Amerikaner erfreuten sich bald einer ihnen früher nie zuteil geworde= nen Achtung. Da war denn die Gelegenheit gegeben für deutsche

Männer und Frauen, die jedem Lande zur Zierde gereichen konnten
sich mit Erfolg auf allen Gebieten des staatlichen und gesellschaftlichen
Lebens hervorzuthun.

Es ist nicht möglich, und, da die meisten von ihnen noch leben,
nicht angezeigt, viele Namen zu nennen von solchen Deutsch=
Amerikanern, denen dieses Land so viel verdankt. Nur einige seien
hier genannt. Die Nicht=Genannten seien darum nicht vergessen.

Der im Jahre 1884 leider zu früh verstorbene Stuttgarter
F r i e d r i c h L e y p o l d t war es, der dem soliden deutschen Buch=
handel hierzulande die Bahn eröffnete; und E m i l S t e i g e r,
G e o r g B r u m b e r, J. K o h l e r und andere brachten es bald
dahin, daß wir nicht nur deutsche Bücher leicht hier beziehen können,
sondern daß auch deutsch=amerikanische Schriftsteller Verleger und
Abnehmer für ihre Werke finden.

Das deutsch=amerikanische Schrifttum steht heute dem anglo=
amerikanischen achtunggebietend zur Seite und findet auch im Aus=
lande volle Würdigung. Bedeutende Geschichtsforscher, wie O.
S e i d e n s t i c k e r, H. A. R a t t e r m a n n, F r i e d r i c h
R a p p; Dichter, wie K o n r a d K r e z, E d u a r d D o r s c h,
G u s t a v B r ü h l, T h e o d o r K i r c h h o f f, E. A.
Z u e n d t, H. H. F i c k, M i n n a K l e e b e r g, M a t h i l d a
A n n e c k e; hervorragende Journalisten und Herausgeber hoch ange=
sehener deutscher Zeitungen, wie F r i e d r i c h H a s s a u r e c k,
E m i l P r ä t o r i u s, W. W. C o l e m a n, H e r m a n n
R a s t e r, O s w a l d O t t e n d ö r f e r; Lehrer und Erzieher,
wie A d o l f D o u a i, L o u i s S o l d a n, W. N. H a i l =
m a n n, H e i n r i c h R a a b, E m i l D a p p r i c h, I s i d o r
K e l l e r, W. H. R o s e n s t e n g e l; Industrielle, Erfinder,
Reisende, Großhändler, wie J o h a n n J a k o b A s t o r, J a k o b
L i c k, J. A. R ö b l i n g, H e i n r i c h S u t e r, A u g u s t

Belmont; Mufiker, Bildhauer und Maler, Sänger und Schau=
spieler; berühmte Aerzte und Rechtsgelehrte, hochstehende Staats=
beamte, Kongreßmitglieder und hervorragende Politiker, Kanzel=
redner und Priester, Armee= und Flotten=Officiere, ihrer viel zu
viele, um auch nur eine annähernde Schätzung ihrer Zahl, oder gar
Nennung von Namen in diesem Buche unternehmen zu können.
Nicht wenige solcher Männer sind infolge ihrer Beschäftigung im
Amerikanertume vollständig aufgegangen, würden jedoch durch
Namen und Gesinnung schon die deutsche Abstammung verraten, auch
wenn sie auf dieselbe nicht stolz wären.

Noch ein Beispiel nur deutschen Wirkens und Erfolges in diesem
Lande sei hier angeführt: Karl Schurz aus Liebelaar im
preußischen Rheinlande, wohl der meistgenannte und bedeutendste
aller jetzt lebenden Deutsch=Amerikaner, ein „Achtundvierziger" (Kap.
77) in des Wortes vollster Bedeutung. Journalist, Schriftsteller,
Redner wie das Land nur wenige besitzt, Politiker und Staatsmann.
General im Bürgerkriege, Bundessenator, Gesandter, Minister des
Inneren, Vorsitzer der Civildienst=Kommission, Verfechter alles
Guten und Widersacher alles dem Gemeinwohle Schädlichen, ist
dieser deutsch=amerikanische Mann mit Recht „das Volksgewissen"
genannt worden, denn, so wie er, hält kein Zweiter im Lande dem
Volke zur rechten Zeit den Spiegel vors Auge, unerschrocken, unbe=
einflußbar, immer nur das Wahre und Zeitgemäße im Leben
anstrebend. Seiner Gegner und Feinde sind viele, mehr aber noch
seine Freunde; und wann immer es gilt, die Deutsch = Amerikaner für
die Förderung eines eblen Zieles zu sammeln und einander nahe zu
bringen, dann ruft man den Schurz, und es fehlt an ihm nicht.

Sollten den Deutsch=Amerikanern keine Fehler anhaften?
Gewiß! Die alte Zersplitterung, die Deutschland viele Jahrhunderte
hindurch anderen Nationen gegenüber beinahe ohnmächtig gemacht

hat, macht sich im Deutsch=Amerikanertume nur zu oft sehr empfind=
lich fühlbar, und meist zu seinem Nachteile. Doch, wie dieses Ge=
brechen im alten Vaterlande neuerdings zusehends verschwindet, so
verliert es auch hier mehr und mehr seinen nachteiligen Einfluß,
zumal da wir alle nachgerade wissen und fühlen, welche große Rolle
das Deutschtum im Leben dieser so mächtig sich entwickelnden Nation
in der Zukunft zu spielen berufen ist. Daß wir dieser Aufgabe in
jeder Hinsicht gerecht werden, wird in großem Maße davon ab=
hängen, daß nicht nur die älteren, sondern vor allem auch die
jüngeren Deutsch=Amerikaner immer der großen und ruhmvollen
Vergangenheit des deutschen Volkes gedenken; daß sie sich immer die
Thaten und Errungenschaften der Deutschen in Amerika vergegen=
wärtigen; daß sie als gute echte Amerikaner ihrem Deutschtume nie
ungetreu werden; daß sie ihr höchstes und schönstes Erbe, die deutsche
Sprache, stets treu pflegen und hochhalten, und daß sie dies Alles auf
ihre Nachkommen verpflanzen.

Möge daher besonders die deutsch=amerikanische Jugend stets
der schönen Worte des Anglo=Amerikaners John B. Peaslee
eingedenk bleiben: „Der ist kein guter Amerikaner, der sich seiner
Abstammung schämt. Vor allem aber haben die Deutsch=Amerikaner
das Recht und die Pflicht, stolz auf ihre Herkunft von einem Volke
zu sein, dessen ruhmreiche Geschichte, herrliche Litteratur und gegen=
wärtige Machtfülle es zu dem bedeutendsten Kulturvolke der Welt
gemacht haben. Die Sitten und besonders die Sprache ihrer Vor=
fahren auch in diesem Lande hochzuhalten, zu bewahren und zu
verbreiten, das wird sie selbst ehren und ihnen um so gewisser die
Achtung anderer sichern.“

So meint es auch der deutsch=amerikanische Dichter Fried=
rich Karl Castelhun, wenn er singt:

„Teuer, meine Kinder,
Sei uns dieses Land;
Doch an Deutschland knüpfet
Uns der Sprache Band.
Wahrt der Heimat Erbe,
Wahrt es euch zum Heil;
Noch den Enkelkindern
Werd es ganz zu teil.

Pflegt die deutsche Sprache,
Hegt das deutsche Wort,
Denn der Geist der Väter
Lebt darinnen fort,
Der so viel des Großen
Schon der Welt geschenkt,
Der so viel des Schönen
Ihr ins Herz gesenkt."

Register.

(Die Zahlen bezeichnen die einzelnen Kapitel.)

www.ingramcontent.com/pod-product-compliance
Lightning Source LLC
Chambersburg PA
CBHW021424110726

47901CB00008B/2294

* 9 7 8 3 9 4 4 3 4 9 5 1 0 *